Heike Wanner
Rieslingsommer

Das Buch

Verträumte Dörfer, sanfte Hügel, malerische Burgruinen und mittendrin das kleine Weingut der Familie Schwanthaler im Rheingau. Als Luisa mit ihrer Tochter Amelie dorthin zurückkehrt, hofft sie auf einen geruhsamen Neuanfang.

Ein vergeblicher Wunsch, denn um das traditionsreiche Familienunternehmen steht es gar nicht gut. Und auch das Zusammenleben mit der Verwandtschaft gestaltet sich schwieriger als gedacht. Zwischen Luisa, Oma Lisbeth, Mutter Marlies und Schwester Bianca kracht es immer wieder heftig.

Doch dann bringt ein überraschender Fund im Gewölbekeller die Frauen wieder zusammen. Neugierig begeben sie sich auf eine Reise in die Vergangenheit. Und erkennen dabei, dass das Wort Familie viel mehr bedeutet als ein gemeinsamer Nachname.

Die Autorin

Heike Wanner, Jahrgang 1967, schreibt seit 2008 Liebes- und Frauenromane, mit denen sie es bis auf die Spiegel-Bestsellerliste geschafft hat. Sie lebt mit ihrer Familie in der Nähe von Wiesbaden. Wenn sie nicht gerade schreibt oder arbeitet, ist sie viel in der Natur unterwegs – egal auf welchem Kontinent. Denn Reisen ist ihr größtes Hobby.

HEIKE WANNER

Riesling sommer

Roman

Deutsche Erstveröffentlichung bei
Tinte & Feder, Amazon Media EU S.à r.l.
38, avenue John F. Kennedy, L-1855 Luxembourg
November 2019
Copyright © der deutschsprachigen Ausgabe 2019
By Heike Wanner

Umschlaggestaltung: zero-media.net, München
Umschlagmotiv: © Frank Bienewald / Alamy Stock Photo;
© Australian Scenics / Getty; © movit / Shutterstock;
© Yuriy Kulik / Shutterstock; © adison pangchai / Shutterstock;
© Tanya Puntti / Shutterstock; © nasidastudio / Shutterstock;
© NinaM / Shutterstock; © Rostislav_Sedlacek / Shutterstock;
© Venus Kaewyoo / Shutterstock; © sakdam / Shutterstock
1. Lektorat: Marketa Görgen
2. Lektorat und Korrektorat: VLG Verlag & Agentur,
Haar bei München, www.vlg.de
Gedruckt durch:
Amazon Distribution GmbH, Amazonstraße 1, 04347 Leipzig /
Canon Deutschland Business Services GmbH, Ferdinand-Jühlke-Straße 7,
99095 Erfurt /
CPI books GmbH, Birkstraße 10, 25917 Leck

ISBN 978-2-91980-208-1

www.tinte-feder.de

Prolog

»Ein junger Riesling muss rein und lebendig schmecken«, hatte der Vater ihr einst erklärt. »Man sollte den warmen Sonnenschein förmlich auf der Zunge spüren können.«

Charlotte Schwanthaler seufzte unglücklich und blickte in den leicht bewölkten Himmel hinauf. Warmen Sonnenschein gab es reichlich in diesem Sommer, darum musste sie sich keine Gedanken machen. Es war der fehlende Regen, der ihr Sorgen bereitete.

Seit sechs Wochen war kein einziger Tropfen mehr gefallen. Wenn diese schreckliche Dürre anhielte, würden die Trauben vertrocknen und die Ernte wäre verloren. Was dann passierte, wollte Charlotte sich lieber nicht ausmalen.

Unwillig schüttelte sie den Kopf und setzte ihren Kontrollgang durch den Weinberg fort. Dabei strich sie immer wieder sanft mit den Fingern über die Weinblätter. Der süßliche Duft der Pflanzen war ihr herrlich vertraut und machte das Atmen erträglicher. Denn hier, in der Hanglage zwischen den Weinstöcken, hielt sich die Hitze besonders hartnäckig.

Die Luft flimmerte regelrecht.

Glücklicherweise waren die Reben in diesem Abschnitt schon älter und widerstandsfähiger. Ihre Wurzeln reichten bis

tief in den Boden und konnten immer noch Grundwasser aufnehmen. Aber lang würde das nicht mehr gut gehen: Das Laub
am unteren Ende der Stämme war bereits ausgedörrt und ver-
färbte sich. Und jeden Tag kamen neue gelbe Blätter hinzu.

Charlottes Sorgenfalten vertieften sich.

Inzwischen hatte sie das Ende des schmalen Durchgangs
erreicht und trat auf den Weg, der zum Kloster der heiligen
Hildegard hinaufführte. Wie jeden Tag, so blieb sie auch heute
einen Moment lang stehen – um zu verschnaufen, aber auch,
um den Ausblick zu genießen.

Unten im Tal schlängelte sich der Rhein vorbei an den
schmucken Fachwerkhäusern und Adelshöfen von Rüdesheim.
Das wenige Wasser, das der Fluss noch mit sich führte, glitzerte
hell im Sonnenlicht. Doch der größte Teil des Flussbetts war
bereits ausgetrocknet, breite Sandbänke säumten die Ufer. Zur
Mäuseturm-Insel, die normalerweise von Wasser umgeben war,
konnte man derzeit sogar zu Fuß laufen.

Charlottes Blick wanderte hinüber zur Brömserburg. Der
wuchtige Bergfried ragte weit über die Baumwipfel hinaus und
war selbst aus großer Ferne gut zu erkennen. Das alte Gemäuer
war aber nicht das einzige markante Bauwerk hier in der
Gegend. Auch der Adlerturm, die Ruinen von Burg Ehrenfels,
der eckige Turm der Vorderburg und mehrere Kirchen präg-
ten das Stadtbild von Rüdesheim. Und dann gab es natürlich
noch das Niederwalddenkmal, das auf einem Hügel oberhalb
der Weinberge thronte.

Aber Charlotte verzichtete darauf, sich zur Statue der
Germania umzudrehen. Schon immer war ihr die kriegerische
Figur mit Krone und Schwert unheimlich gewesen. Auch die
patriotischen Gedenkfeiern, die dort oben regelmäßig statt-
fanden, schreckten sie ab. Die gelegentlichen Fahrten mit der
dampfbetriebenen Zahnradbahn zum Denkmal hinauf hatte sie
jedoch genossen – wie jedes Rüdesheimer Kind.

Damals.

Als ihre kleine Welt noch in Ordnung gewesen war.

Und der Vater und der Bruder noch gelebt hatten.

Ein einziger Moment der Unachtsamkeit – eine winzig kleine Sekunde – hatte dieses Familienglück für immer zerstört. Das war Anfang 1926 gewesen, an einem klirrend kalten Sonntag. Halb Rüdesheim war auf den Beinen gewesen, um einen äußerst seltenen Anblick zu genießen: den zugefrorenen Rhein. Vom Loreley-Felsen bis nach Bingen könne man über das vereiste Flussbett laufen, hatten die Leute sich erzählt.

Ein tödlicher Irrtum.

Charlottes Bruder war als Erster ins Eis eingebrochen, ihr Vater nur wenig später. Beide waren vor den Augen ihrer entsetzten Familie ertrunken.

Immer noch legte sich ein kalter, dumpfer Schmerz um Charlottes Herz, wenn sie an diese dramatischen Minuten zurückdachte. Nur mit knapper Not hatte sie ihre Mutter daran hindern können, selbst aufs Eis zu laufen. Ihre Schwestern hatten verzweifelt um Hilfe gerufen, aber für die beiden Männer war jeder Rettungsversuch zu spät gekommen. Man hatte sie nur noch tot bergen können.

Seitdem war nichts mehr wie zuvor.

Als älteste Tochter des Hauses war Charlotte plötzlich verantwortlich gewesen für ihre kränkelnde Mutter und ihre beiden kleinen Schwestern. Trotz des eigenen Kummers hatte sie diese Aufgabe von Anfang an klaglos übernommen und noch am Tag der Beerdigung verkündet, den väterlichen Winzerbetrieb weiterführen zu wollen.

»Papa hat immer gesagt, der Wein sei ein Geschenk der Götter«, hatte sie ihrer staunenden Familie erklärt. »Dieses Geschenk gibt man nicht einfach so her. Man muss es hegen und pflegen.«

Der männliche Teil der Verwandtschaft hatte missbilligend

die Stirn gerunzelt. Was waren denn das für alberne Flausen? Eine Frau als Familienoberhaupt? Undenkbar!

Aber Charlotte hatte sich durchgesetzt.

Der Weinberg und der kleine Winzerhof waren alles, was ihnen geblieben war. Alles, was dem Vater wichtig gewesen war. Und alles, was Charlotte je gewollt hatte.

Schon als Kind war sie stundenlang mit Vater und Bruder durch die Weinberge gestreift. Anfangs hatte der Vater nur mit ihrem Bruder geredet, doch Charlotte hatte aufmerksam zugehört und jedes seiner Worte behalten. Später, als ihr Interesse nicht mehr zu übersehen gewesen war, hatte der Vater sie in ihrem Lerneifer bestärkt.

»Meine kleine Weinprinzessin«, hatte er sie genannt, und Charlotte war stolz auf seine Anerkennung gewesen. Niemals jedoch hatte sie ernsthaft damit gerechnet, eines Tages tatsächlich für das Weingut verantwortlich zu sein.

Doch das Schicksal ging manchmal seltsame Wege.

Und jetzt, mit gerade einmal fünfundzwanzig Jahren, war Charlotte tatsächlich die jüngste Winzerin in Rüdesheim. Und auch die erste Frau im Ort, die sich in diesem Gewerbe versuchte.

Noch dazu schwanger. Aber immerhin verheiratet.

Dass diese Ehe in Wahrheit nur auf dem Papier bestand, wusste niemand. Außer natürlich Charlotte selbst und ihr Gatte Rudolf – ein Vetter zweiten Grades, der durch die Hochzeit unter anderem dafür gesorgt hatte, dass der Name Schwanthaler auch in der nächsten Generation erhalten bliebe.

Rudolf Schwanthaler war ein unscheinbarer junger Mann, der nur dann richtig aufblühte, wenn es um Kunst, Theater, Mode und andere schöne Dinge ging. Von Landwirtschaft und Weinbau hatte er keine Ahnung.

Trotzdem hatte sich Charlotte schon immer gut mit ihrem stillen, einfühlsamen Vetter verstanden. An dieser freundlichen

Zuneigung hatte sich auch nach der Hochzeit nichts geändert. Im Gegenteil – ihre Verbundenheit war eher noch gewachsen.

Es störte Charlotte nicht im Geringsten, dass Rudolf keinerlei Interesse an einer körperlichen Beziehung zeigte. Sie fragte auch nicht, warum er seine Abende am liebsten in Frankfurt verbrachte und erst spät in der Nacht nach Hause kam. Angeblich hatte er im Amt zu tun und wichtige Dinge zu erledigen. Charlotte wusste es besser, doch sie behielt ihre Gedanken für sich.

Andererseits stellte auch Rudolf keine neugierigen Fragen – etwa zu dem Kind, das sie unter dem Herzen trug. Er gab sich mit dem wenigen zufrieden, das sie ihm anvertraut hatte. »Egal, welche Vorgeschichte das Baby hat. Ich werde es lieben wie mein eigenes«, hatte er ihr versichert.

Das war Anfang März gewesen, und vor diesem Zeitpunkt hatte keiner von beiden auch nur einen Gedanken an eine Heirat verschwendet. Aber wie selbstverständlich war Rudolf sofort für sie da gewesen, als sie ihm schluchzend – und als Erstem in der Familie – von ihrer ungewollten Schwangerschaft erzählt hatte.

»Anscheinend können wir beide nicht mit den Menschen zusammen sein, die wir lieben«, hatte er nur gemeint und ihre Tränen mit seinem viel zu stark parfümierten Taschentuch getrocknet. »Aber wir können zumindest versuchen, uns gegenseitig zu trösten und unser Leben erträglicher zu machen. Was meinst du?«

Ein merkwürdiger Heiratsantrag.

Aber nicht der schlechteste Ansatz für eine Ehe, wie sich bald schon herausstellen sollte. Denn ihr kleines Arrangement funktionierte. Mehr noch – manchmal fühlte sich Charlotte dabei sogar ansatzweise glücklich.

Mit Rudolf waren Verlässlichkeit und Ruhe in ihr Leben zurückgekehrt. Familie und Nachbarn hatten aufgehört, den

Kopf über sie und ihren Eigensinn zu schütteln. Und es schien auch niemanden zu stören, dass Charlottes Kind ganz offensichtlich weit vor der Hochzeitsnacht gezeugt worden war. So etwas passierte nun mal, sagten die Leute. Hauptsache, es war wieder ein Mann im Haus!

Seit drei Monaten füllte Rudolf diese Rolle nun schon sehr überzeugend aus. In der Öffentlichkeit spielte er das gestrenge Familienoberhaupt, hinter verschlossenen Türen jedoch war es Charlotte, die die Geschicke des Hauses lenkte und alle wichtigen Entscheidungen traf.

Meistens ganz allein.

Denn Rudolf fehlten der Sachverstand und die nötige Entschlusskraft. Immerhin half er, so gut er konnte, und trug mit seinem schmalen Beamtengehalt zum Haushaltseinkommen bei – eine weitere willkommene Unterstützung, gerade in schweren Zeiten wie diesen.

Aber wenn der Regen weiterhin ausbliebe, würde auch dieses Geld nicht mehr reichen. »Dann hilft wohl wirklich nur noch beten«, seufzte Charlotte und machte sich auf den Weg zurück in den Weinberg.

Vor dem ersten Rebstock blieb sie stehen und hockte sich auf den Boden. Langsam glitten ihre Hände über den holzigen Stamm. Die bräunliche Rinde fühlte sich immer noch kräftig an.

Wie lange noch?

Gedankenverloren ließ sie die trockene Erde durch ihre Hände rieseln. Bedeutete dies das Ende ihres schönen Traums? War es nicht doch purer Leichtsinn gewesen, den Winzerhof fortführen zu wollen? Hätte sie stattdessen nicht lieber als Näherin oder Wäscherin arbeiten sollen, so wie es die Mutter vorgeschlagen hatte?

Aber was wäre dann aus dem Weinberg geworden? Aus ihrer Familie?

Und hätte sie dann überhaupt die Liebe ihres Lebens getroffen?

Ihren Paul …

Beim Gedanken an das, was sich vor ein paar Monaten im Geheimen abgespielt hatte, musste Charlotte plötzlich lächeln – so wie immer, wenn sie an ihn dachte und in Gedanken seinen Namen flüsterte.

Paul.

Er würde auf ewig einen besonderen Platz in ihrem Herzen haben – als der Mann, der ihr die Tür zu einer neuen Welt geöffnet hatte. Niemals hätte sie es für möglich gehalten, so tief und vorbehaltlos lieben zu können.

Doch es war passiert. Und sie bereute nichts, auch wenn ihr nur noch Erinnerungen geblieben waren. Und natürlich das Kind unter ihrem Herzen, das sich in diesem Moment bewegte.

Manchmal glaubte Charlotte, dass das Baby es spürte, wenn sie an seinen Vater dachte. Schützend legte sie die Hände auf ihren Leib und hielt leise Zwiesprache mit ihrem ungeborenen Kind. Die Tritte gegen ihre Bauchdecke waren unangenehm und tröstlich zugleich.

»Dein Vater war genauso lebhaft«, teilte sie dem Baby mit und lächelte versonnen. »Ich glaube, du hast seine Energie geerbt. Du wirst sie eines Tages gut brauchen können.«

Ein weiterer Tritt.

»Du willst wissen, warum?«, fragte Charlotte. »Nun, weil die Welt nicht einfacher wird, weder im Großen noch im Kleinen. Da braut sich gerade einiges zusammen. Aber keine Angst, ich werde immer für dich da sein.«

Die Bewegungen des Babys wurden sanfter.

»Du und ich, wir gehören zusammen«, versicherte sie ihrem Kind. Dann deutete sie auf den Weinberg. »Und gemeinsam werden wir eines Tages den besten Riesling des Rheingaus produzieren.«

Plötzlich war aus der Ferne leises Donnergrollen zu hören. Charlotte schaute auf, mehr überrascht als erschrocken.

Ein Gewitter? Konnte das sein?

Schnell erhob sie sich – und griff nur einen Moment später Halt suchend nach einem Ast. Seit sie guter Hoffnung war, spielte ihr Kreislauf bei solchen Bewegungen nicht mehr mit.

»Das ist normal«, hatte ihre Mutter ihr erklärt. »Der kleine Rudolf zehrt an deiner Kraft.«

Der kleine Rudolf.

Warum hoffte eigentlich jeder in ihrer Familie auf einen Jungen? Sogar ihr Ehemann sprach nur von »dem Kleinen«.

Natürlich, ein Junge hatte es viel einfacher im Leben. Das musste ihr niemand erzählen.

Trotzdem wünschte Charlotte sich eine Tochter.

Ein kleines Mädchen, deren Leben sie mitgestalten konnte.

Ein Spiegelbild, das aussehen würde wie sie: schlank und feingliedrig, mit dunkelblonden Haaren, blauen Augen und einem winzigen Grübchen am Kinn.

Eine Verbündete, die ähnlich dachte und fühlte wie sie selbst.

Eine Mitstreiterin, die irgendwann sagen würde: »Natürlich schaffen wir das!« – selbst wenn der Rest der Welt anderer Meinung war. Eine Freundin …

Wieder donnerte es, dieses Mal schon etwas lauter. Dunkle Wolken schoben sich vor die Sonne und ein kühler Wind fegte über den Hügel. Charlotte schloss die Augen und atmete ein paarmal kräftig durch. Die Luft schmeckte klar und frisch, ein erneuter Windstoß zerzauste ihr Haar und das heftige Rascheln der Weinblätter kam ihr plötzlich vor wie ein Versprechen.

Man konnte den Regen fast schon spüren.

»Danke!«, flüsterte sie in den Himmel hinauf. Eigentlich war sie nicht besonders gläubig, aber in diesem Moment konnte ein wenig Demut nicht schaden.

Helle Blitze zuckten durch die Wolken, gleich darauf grollte ein weiterer Donner durchs Tal.

Und dann – endlich! – kam der Regen.

Lachend streckte Charlotte ihre Hände aus und begrüßte jeden einzelnen Tropfen mit einem lauten Jubelruf. Sie tanzte förmlich durch den Weinberg.

»Auf uns Schwanthaler-Frauen!«, rief sie ihrem Baby zu. »Und auf das Geschenk der Götter!«

Der Regen wurde stärker, und Charlotte hielt inne, um Luft zu schöpfen. Mit strahlenden Augen beobachtete sie, wie das Wasser von den Blättern tropfte und langsam im Boden versickerte – schön gleichmäßig, nicht zu viel und nicht zu wenig.

Der Duft des Regens war betörend.

Sie selbst war inzwischen völlig durchnässt, doch das störte sie nicht – sie war einfach nur glücklich. Wenigstens für den Moment war die Ernte gerettet. Der Traum von ihrer ersten eigenen Rieslinglese konnte weitergehen.

Vielleicht würde ja doch noch alles gut …

1

»Dieser außergewöhnliche und noch sehr junge Riesling stammt aus Naturns in Südtirol.«

Gekonnt präsentierte Luisa Schwanthaler ihren Gästen das schlichte, aber edel gestaltete Etikett der Weinflasche und goss dann einen kleinen Schluck in ein bereitstehendes Probierglas.

»Oft sind frische Weißweine unausgereift und säurebetont. Doch keine Angst! Bei diesem hier hat der Winzer ein kleines Wunder vollbracht: mild und harmonisch auf der Zunge, im Abgang zarte Aromen von Pfirsich und Marille.«

Einer der Gäste, ein älterer Herr im Nadelstreifenanzug, schwenkte das Glas hin und her, schnupperte am Rand und nahm einen kleinen Schluck. Dann gab er Luisa durch ein Kopfnicken zu verstehen, dass er mit der Wahl einverstanden war. Sofort traten zwei Kellner an den Tisch und übernahmen das Ausschenken.

»Kann ich sonst noch etwas für Sie tun?«, wollte Luisa wissen und blickte freundlich lächelnd in die Runde. Sie zählte sechs Herren und fünf Damen, alle in festlicher Abendkleidung. Hier wurde ein siebzigster Geburtstag gefeiert, das hatte sie vorhin den Reservierungsdaten entnommen.

»Ist das schon deutscher Spargel?«, wollte eine der Damen am Tisch wissen.

»Nein.« Luisa schüttelte den Kopf. »Für deutschen Spargel ist es jetzt im März noch zu früh. Dieser hier kommt aus Santena in Italien und ist von bester Qualität. Wir kaufen nur bei ausgesuchten Familienbetrieben, die Wert auf nachhaltige und ökologische Landwirtschaft legen. Ich bin mir sicher, das werden Sie auch schmecken.«

Diskret ließ sie ihren Blick noch einmal über den Tisch wandern. Die weiße Damastdecke lag sauber und faltenfrei, das feine Porzellan und die langstieligen Weingläser glänzten im Kerzenschein. Dezenter Blumenschmuck, silberne Brotkörbe und kleine Schüsseln mit frischer Knoblauchbutter waren gleichmäßig über die lange Tafel verteilt. Soeben wurde der erste Gang serviert, eine Spargelterrine mit feinem Räucherlachs und Kräuterschaum.

Luisa trat einen Schritt zurück, um ihren Kollegen Platz zu machen. Heute Abend war jeder Tisch belegt, die Servicekräfte hatten alle Hände voll zu tun. Doch ihre Leute waren hervorragend ausgebildet und blieben trotz der vielen Arbeit ruhig, höflich und kompetent.

Eine Mischung aus leiser Klaviermusik und gedämpftem Stimmengemurmel schwebte im Saal, nur unterbrochen von gelegentlichem Geschirrklappern. Durch eine geöffnete Terrassentür strömte Frühlingsluft herein und man konnte das Abendläuten der Wiesbadener Marktkirche hören.

Es dämmerte bereits.

Luisa trat noch einen Schritt zurück, sodass sie die Vorhänge hinter ihrem Rücken spüren konnte. Sie stand oft in dieser Nische am Fenster. Von hier aus hatte man einen hervorragenden Blick auf das Geschehen im Raum. Gewohnheitsmäßig faltete sie die Hände vor ihrem Körper und setzte ein unverbindliches Lächeln auf.

Normalerweise entging ihr in dieser Position nichts. Heute jedoch wollte es ihr nicht so recht gelingen, sich auf den

Serviceablauf zu konzentrieren. Zu viele neue und unschöne Gedanken jagten durch ihren Kopf, seit sie vorhin mit ihrem Ex-Mann telefoniert hatte. Und immer wieder kamen ihr dieselben drei Sätze in den Sinn, die Andreas zu ihr gesagt hatte.

»Nadine und ich werden heiraten.«

Das hatte sie zunächst nicht sonderlich berührt. Sie waren schon seit zehn Jahren geschieden und Andreas war seit knapp zwei Jahren mit Nadine zusammen – einer hübschen, aber recht anspruchsvollen und launischen Frau, die um einiges jünger war als Luisa. *Viel Spaß*, hatte sie nur gedacht, doch da hatte Andreas schon weitergesprochen.

»Wir brauchen das Haus.«

An dieser Stelle hatte Luisa aufgehorcht.

Nach der Scheidung war sie mit ihrer gemeinsamen Tochter Amelie in der kleinen Villa am Stadtrand wohnen geblieben. Das war für alle eine gute Lösung gewesen. Sie hatten Amelie nicht aus ihrem geliebten Umfeld reißen müssen. Außerdem hatte es Luisa nicht weit zum Luxushotel *Kaiserhof*, wo sie als Chef de Service das Restaurant leitete. Und Andreas konnte sich bei seinen häufigen Besuchen immer noch wie zu Hause fühlen. Warum also jetzt dieser Meinungsumschwung?

»Nadine ist schwanger mit Zwillingen.«

Nach dieser Information hatte Luisa sich erst einmal setzen müssen – und gleich darauf einen heftigen Anfall von Neid und Bitterkeit verspürt.

Es war nicht so, dass sie Nadine das neue Familienglück nicht gegönnt hätte. Auch Amelie würde sich nach anfänglichem Zögern vermutlich sehr über zwei kleine Halbgeschwisterchen freuen. Aber war es nicht himmelschreiend ungerecht, dass ausgerechnet ihr Ex-Mann, der eigentlich nie Kinder gewollt hatte, bald schon dreifacher Vater sein würde?

Luisa hatte erst relativ spät damit angefangen, von einer großen Familie zu träumen. Doch leider hatte sie Andreas nur zu einem einzigen Kind überreden können. »Das ist doch viel besser so«, hatte er gemeint. »Mit nur einem Kind müssen wir nicht auf unsere Karriere verzichten. Ein Einzelkind läuft völlig unproblematisch mit.«

Nun, anscheinend hatte er seine Meinung inzwischen geändert. Oder Nadine hatte ganze Überzeugungsarbeit geleistet. Wie auch immer, das Ergebnis blieb das gleiche: Andreas, der Familienmuffel, durfte bald doppeltes Babyglück genießen. Welche Ironie des Schicksals!

Luisa lachte spöttisch. Sofort traf sie der verwunderte Blick eines Kellners. Rasch kaschierte sie das Lachen mit einem Räuspern, schüttelte den Kopf und setzte danach wieder ihre undurchsichtige Miene auf. Darin hatte sie zum Glück Übung. Wer – wie sie – ständig mit anspruchsvollen und fordernden Gästen zu tun hatte, lernte sehr schnell, seine wahren Gefühle und Gedanken hinter einer freundlichen Maske zu verbergen.

Verstohlen musterte sie sich in der gegenüberliegenden Spiegelwand. Was sie sah, gefiel ihr nicht besonders: eine blasse, schmale Frau Mitte vierzig in schwarzem Rock und weißer Bluse. Dezent geschminkt, flache Absätze, schlichte Perlenkette. Müde Augen, dünnes Lächeln und zahlreiche graue Strähnen im kinnlangen dunklen Haar.

Ihre Erscheinung mochte auf den ersten Blick selbstbewusst und seriös wirken, doch Luisa kam sich in diesem Moment alt, langweilig und verbittert vor.

Wann genau war aus ihr eine graue Maus geworden? Und warum fiel ihr das ausgerechnet heute auf?

»Frau Schwanthaler?«, riss sie die Stimme einer Auszubildenden aus ihren Grübeleien. »Der siebzigste Geburtstag an Tisch sieben wünscht noch eine Weinberatung zum Hauptgericht.«

Luisa nickte und folgte dem Mädchen. Für die nächsten Minuten waren alle trüben Gedanken vergessen.

Drei Stunden später hatte Luisa immerhin erkannt, dass Enttäuschung und Bitterkeit nicht ihr größtes Problem waren. Es gab nämlich ein viel dringenderes Thema: Sie musste das Haus räumen, und zwar möglichst schnell.

Aber wie, bitte schön, sollte das funktionieren?

Natürlich könnte sie auf Gewohnheitsrecht pochen und sich weigern, ihr bisheriges Heim zu verlassen. Doch auf eine Auseinandersetzung mit Andreas hatte sie keine Lust, zumal sie wusste, dass sie auf jeden Fall den Kürzeren ziehen würde. Das Haus gehörte Andreas, er hatte es von seinen Eltern geerbt und bislang nur großzügig auf sein Wohnrecht verzichtet.

Also musste eine neue Wohnung her. Wenn das so einfach wäre!

Schon seit einigen Monaten schaute Luisa sich gelegentlich nach Immobilien um. Denn Amelie würde in einem Jahr Abitur machen und danach sicherlich irgendwann ausziehen. Das Haus wäre also in absehbarer Zeit sowieso viel zu groß für sie allein geworden.

Aber es machte einen riesigen Unterschied, ob man sich freiwillig umsah oder durch neue Tatsachen dazu gezwungen wurde.

Außerdem war der Wohnungsmarkt rund um Wiesbaden so gut wie leergefegt. Für die Suche brauchte man viel Zeit und Geduld – beides Dinge, über die Luisa nicht gerade im Übermaß verfügte. Doch allzu lang konnte sie Andreas nicht hinhalten. Die Babys sollten schließlich schon in fünf Monaten kommen, und Zwillinge waren immer etwas früher dran.

Nein, sie musste rasch handeln. Schon allein deshalb, weil sie keine Lust auf vorwurfsvolle Blicke und spitze Bemerkungen hatte.

Da blieb wohl tatsächlich nur noch der Umzug in eine Mietwohnung. Zumindest, bis sich etwas Besseres fand … Luisa seufzte.

»Es ist ganz schön spät geworden heute, nicht wahr?«, meinte einer der Kellner mitfühlend und schaute auf seine Armbanduhr. »Wir haben gleich zehn.«

Normalerweise gingen die Gäste des *Kaiserhofes* nach dem Essen gern weiter ins Kaminzimmer oder in den Wintergarten, um dort bei Kaffee und Digestif den Abend gemütlich ausklingen zu lassen. Heute jedoch waren gleich drei Tische nach Küchenschluss sitzen geblieben.

»Tja, ich weiß auch nicht …«, murmelte Luisa zerstreut und machte sich daran, ein paar heruntergefallene Servietten aufzusammeln.

»Deine Weinempfehlungen waren aber auch absolut perfekt heute«, mischte sich ihr Kollege Bert von der Getränketheke ein, der gerade dabei war, die letzten Gläser zu polieren. »Da bleibt man gern sitzen und genießt. Woher holst du nur immer deine Tipps?«

»Einmal Weinkönigin, immer Weinkönigin«, lächelte Luisa.

Sie mochte Bert. Der ältere Herr war eine Institution im *Kaiserhof.* Viele Gäste kamen nur, um bei einem Drink mit ihm zu plaudern, ihm ihr Herz auszuschütten oder den neuesten Klatsch auszutauschen.

Dabei hätte er längst in Rente gehen können. Aber noch immer erschien er jeden Tag pünktlich zu Dienstbeginn, die wenigen Haare frisch geföhnt und den kleinen Bauchansatz hinter einer schwarzen Weste verborgen.

»Sie waren mal Weinkönigin?« Marie, Auszubildende im zweiten Lehrjahr, nahm Luisa die Servietten ab.

»Ja, vor ewig langer Zeit, in Rüdesheim.«

»Unsere Luisa ist nämlich auf einem Weingut aufgewachsen«, sagte Bert.

»Echt?« Marie machte große Augen.

»Dort wird aber kaum noch etwas produziert«, versuchte

Luisa, Maries offensichtliche Begeisterung zu dämpfen. »Es ist nur ein winziger, unbedeutender Familienbetrieb.«

Doch trotz ihrer beschwichtigenden Bemerkung konnte sie es nicht verhindern, dass sie plötzlich ein wenig sentimental wurde.

Ach ja, das Weingut … Ein dreihundert Jahre altes Fachwerkhaus mit schiefen Balken, Erkern und Türmchen. Wilder Wein, der sich an den Außenwänden entlangrankte. Holpriges Kopfsteinpflaster auf der Zufahrt. Blühende Rosenbüsche, Holzbänke und ein kleiner Springbrunnen im Innenhof. Und der eigene Weinberg gleich hinter dem Haus. Malerisch und romantisch …

Unwillig schüttelte Luisa den Kopf.

Es lag vermutlich an ihrer trüben Stimmung, dass sie ihr Elternhaus auf einmal dermaßen verklärte. Der alte Winzerhof mochte zwar seinen ganz eigenen verträumten Charme verströmen. Doch das Gebäude musste dringend renoviert werden, die Produktion modernisiert, und ein paar neue Geschäftsideen würden auch nicht schaden.

Alles nicht dein Problem, ermahnte sie sich. *Du hast es selbst so gewollt.*

Tatsächlich hatte sie noch nie große Lust verspürt, den elterlichen Betrieb zu übernehmen – zu langweilig und provinziell war ihr das Leben in Rüdesheim erschienen.

Nach Abschluss ihrer Lehre als Hotelkauffrau hatte es Luisa deshalb sehr schnell in die große weite Welt hinausgezogen. München, Davos, Singapur und Chicago waren nur ein paar ihrer Stationen gewesen. Sie hatte rasch Karriere gemacht und nur in den besten Häusern gearbeitet. Viele Jahre lang.

Dann hatte sie auf einem Kongress in London den Börsenmakler Andreas Schmidt kennengelernt. Erfolgreich, gut aussehend und makellos – bis auf seinen langweiligen Familiennamen, den sie wohlweislich bei der Hochzeit abgelehnt hatte. Mit ihm zusammen war sie nach Deutschland zurückgekehrt und hatte in Wiesbaden ein neues Zuhause gefunden.

Jedenfalls hatte sie das geglaubt …

»Sind Sie noch oft dort?«, wollte Marie wissen.

Luisa brauchte einen Moment, um ihre Gedanken zu ordnen. »Wo? In Rüdesheim?«, versicherte sie sich vorsichtshalber. Vielleicht hatten die anderen ja längst das Thema gewechselt.

Marie nickte.

»Nein, nur noch gelegentlich. Zu Familienfesten und an hohen Feiertagen.«

Im Laufe der Jahre war Luisa die enge Bindung ans Elternhaus verloren gegangen. Ihr abwechslungsreiches Leben unterschied sich einfach zu sehr vom beschaulichen Alltag ihrer Verwandtschaft. Doch trotz aller Differenzen wurde sie von ihrer Mutter immer mit offenen Armen empfangen.

Zudem war das Weingut in der schweren Zeit kurz nach der Trennung von Andreas ihr Zufluchtsort gewesen. Und Amelie hatte viele Wochenenden und Ferien dort verbracht.

»Also«, meinte Marie, während sie mit Luisa die Tischdecken zusammenlegte. »Wenn ich so ein altes Weingut erben würde, würde ich auf jeden Fall dort einziehen und es total schön renovieren.«

Über so viel naiven Eifer musste Luisa lachen. »Es gehört mir ja gar nicht«, entgegnete sie. »Und meine Mutter lebt hoffentlich noch eine Weile. Außerdem müsste ich mich beim Erbe mit meiner Schwester arrangieren.«

Was unweigerlich zu Mord und Totschlag führen würde, setzte sie in Gedanken hinzu.

Eigentlich war es zwischen Luisa und ihrer Schwester Bianca bislang nur deshalb nie zu einem echten Zerwürfnis gekommen, weil sie sich nach Möglichkeit aus dem Weg gingen.

Das war schon immer so gewesen.

Jede von ihnen hatte von Anfang an ihr eigenes kleines

Reich gehabt. Früher waren das getrennte Kinderzimmer gewesen. Heute bewohnte Bianca das ehemalige Gesindehaus im Hof des Weingutes, während Luisa bei ihren wenigen Besuchen über Nacht eine Gästewohnung nutzte, die im Dachgeschoss des Haupthauses lag.

Zwei Zimmer, Küche, Bad.

Zu klein, um länger dort zu wohnen, aber für eine kürzere Zeit ideal. Weit weg vom Lärm der Stadt. Warm, hell und gemütlich, Familienanschluss inklusive ...

Moment mal! Das war doch die Idee!

»Ich frage mich ...«, murmelte Luisa und ließ sich auf einen Stuhl sinken.

»Ja?« Marie runzelte die Stirn.

»Ach, nichts.« Mit einer auffordernden Geste schickte sie das Mädchen mit der Wäsche Richtung Hauswirtschaftsraum. »Danach kannst du nach Hause gehen.«

Marie verabschiedete sich und Luisa bestellte bei Bert einen Kamillentee.

Sie saß öfter nach Dienstschluss noch ein wenig mit ihrem älteren Kollegen zusammen. Heute jedoch signalisierte sie Bert, dass sie einen Moment Ruhe brauchte. Er verstand das glücklicherweise auf Anhieb. Dankbar sah sie ihm nach, als er lächelnd, aber kommentarlos verschwand.

Dann lehnte sie sich zurück und dachte nach.

Ein Umzug aufs Weingut? Die Idee war absurd. Aber ... aber sie hatte auch einen gewissen Reiz!

Warum sollte sie sich die Mühe machen, für eine Übergangszeit eine Wohnung anzumieten, wenn sie es im Haus ihrer Familie viel bequemer haben konnte? Sie sparte nicht nur die Miete, sondern könnte ihre freie Zeit auch viel sinnvoller dafür nutzen, in Ruhe nach einer Eigentumswohnung zu suchen, statt sich mit unangenehmen Vermietern herumzuschlagen.

Der vorübergehende Einzug ins Weingut hatte aber noch

weitere Vorteile: Amelie wäre – gerade jetzt, im vorletzten Schuljahr und damit kurz vor dem Abitur – nicht mehr so oft allein, wenn Luisa abends Dienst im Restaurant hatte. Haushalt und Kochen würden sich auf ein Minimum reduzieren, weil ihre Mutter sowieso immer für die ganze Familie sorgte.

Und sie müssten nicht einmal viel Gepäck mitnehmen. Nur Kleidung, Kosmetika und ein paar persönliche Dinge, alles andere war in Rüdesheim bereits vorhanden. Den Rest konnte Luisa bei Andreas einlagern. Zumindest so lange, bis sie eine eigene Wohnung gefunden hätte.

»Also, wo ist der Haken?«, flüsterte Luisa und nahm einen Schluck Tee.

Sie fand keinen. Jedenfalls keinen großen.

Natürlich würde es über kurz oder lang zu Reibereien mit ihrer Verwandtschaft kommen, zu anstrengenden Begegnungen mit Nachbarn, zu lästigen Fragen und neugierigen Blicken. Außerdem lag Rüdesheim ein gutes Stück von Wiesbaden entfernt, der Weg zur Arbeit und zur Schule würde sich um eine gute halbe Stunde verlängern.

Doch das war alles zu verkraften, schließlich sollte es nur eine Lösung auf Zeit sein. Sie musste ihren Alltag einfach ein wenig umorganisieren, früher aufstehen, jedem Streit aus dem Weg gehen und ihre Tochter …

Ach, verdammt! Luisa stöhnte auf. Jetzt wusste sie, wo der Haken lag!

Amelie würde von ihrer neuen Idee nämlich überhaupt nicht begeistert sein. Und das war noch harmlos ausgedrückt …

2

»Was?« Amelie ließ ihr Frühstücksmesser sinken und starrte ihre Mutter an, als könnte sie nicht glauben, was sie soeben gehört hatte.

»Wir ziehen demnächst aufs Weingut«, wiederholte Luisa, obwohl sie genau wusste, dass ihre Tochter sie schon beim ersten Mal richtig verstanden hatte.

»Das ist ... also echt ... bist du wahnsinnig geworden?« Amelie verschluckte sich fast an ihren eigenen Worten. Wütend knallte sie das Messer zurück auf den Teller und sprang auf – so heftig, dass der Küchentisch wackelte, als sie mit ihren Beinen dagegenstieß. »Wie kannst du nur!«

»Das ist doch eine gute Lösung ...«, setzte Luisa an, wurde aber gleich wieder unterbrochen.

»Irrtum! Das ist ein Witz!« Amelies blaue Augen funkelten. Ihre noch ungekämmten rotblonden Locken standen wirr in alle Himmelsrichtungen ab. »Ich will nicht weg. Ich will hierbleiben!«

»Das will ich auch. Aber es geht nicht.«

»Wer sagt das? Papa?«

»Ja. Und er hat jedes Recht dazu.«

»Aber ... aber ... du kannst doch nicht einfach so kampflos

aufgeben! Bedeutet dir das hier«, Amelie ließ ihren Zeigefinger durch die modern eingerichtete helle Wohnküche kreisen, »denn gar nichts?«

»Doch, das bedeutet mir sehr viel«, entgegnete Luisa ruhig. Sie vermied es jedoch, sich umzuschauen. Das würde nur weitere bittere Gefühle wecken, und die konnte sie gerade weiß Gott nicht gebrauchen. »Hier war ich viele Jahre lang glücklich. Aber die Zeiten ändern sich. Dieses Haus gehört Papa, und jetzt will er es für sich selbst haben. Es gibt nichts, was ich dagegen tun könnte.«

»Du willst es ja nicht einmal versuchen!«

»Weil das ein absolut überflüssiger Streit wäre, den ich nicht gewinnen kann.«

Amelie runzelte die Stirn und schwieg. Allmählich schien es ihr zu dämmern, dass Luisa recht hatte. »Ich hasse Veränderungen«, knurrte sie und ließ sich zurück auf ihren Stuhl fallen.

Erleichtert atmete Luisa auf. Der erste Sturm war vorüber, ihre Tochter hatte das Unvermeidliche akzeptiert. »Wenn du auf gar keinen Fall mit nach Rüdesheim willst, dann musst du das natürlich auch nicht. Dein Vater sagt, du kannst gern hier wohnen bleiben.« Betont gleichmütig nahm sie sich Butter und Kirschmarmelade und bestrich ihr Croissant.

»Hier wohnen bleiben? Bei ›happy family‹? Vergiss es!«

»Immerhin würde sich dann für dich so gut wie nichts ändern.«

»Abgesehen davon, dass ich mir Tag und Nacht Babygeschrei anhören müsste. Und außerdem würde mir die gute Nadine tierisch auf den Wecker gehen. Du hättest sie sehen sollen, als Papa mir von ihrer Schwangerschaft erzählt hat. Da wäre sie vor Stolz beinahe geplatzt. Ihr rührseliges Dauergrinsen war kaum zu ertragen.«

Luisa wusste bereits, dass Andreas gestern Abend nicht

nur sie, sondern auch ihre Tochter über den anstehenden Familienzuwachs informiert hatte. Das hatte er ihr am Telefon erzählt. Allerdings hatte er Amelies Reaktion ein wenig anders beschrieben. Zuerst überrascht, dann begeistert sei das Mädchen gewesen.

Nun, das hörte sich heute Morgen völlig anders an.

»Nadine hält ihren Bauch für den schönsten der Welt«, fuhr Amelie fort, während sie ihr Messer in der Nuss-Nugat-Creme versenkte. »Deshalb streichelt sie ihn wahrscheinlich auch ununterbrochen. Und natürlich weiß sie jetzt schon, dass sie die perfektesten Babys der Welt bekommt. Papa tanzt voll nach ihrer Pfeife und realisiert gar nicht, was da auf ihn zukommt. Ich meine … Hallo?« Mit dem verschmierten Messer deutete sie auf ihre Mutter. »Er ist so alt wie du und damit auch nicht mehr der Jüngste.«

»Na, vielen Dank auch.«

»Ist doch wahr!« Amelie biss in ihr Brötchen.

»Also willst du nicht bei Papa wohnen?«, griff Luisa das ursprüngliche Thema wieder auf.

Heftiges Kopfschütteln.

Erleichtert lehnte Luisa sich zurück. Sie hatte zwar nicht ernsthaft damit gerechnet, dass Amelie das Angebot ihres Vaters annehmen würde. Trotzdem tat ihr die entschlossene Geste ihrer Tochter gut.

Doch sie hatte sich zu früh gefreut – diese Diskussion war noch längst nicht beendet. »Wir müssen also raus hier«, brummelte Amelie mit vollem Mund. »Aber warum ausgerechnet nach Rüdesheim?«

»Weil es praktisch ist und den wenigsten Aufwand bedeutet. Außerdem ist es ja nur für eine Übergangszeit.«

»Nichts dauert so lang wie ein Provisorium, sagt mein Mathelehrer immer.«

»Ich kann dir versichern, dass ich nicht vorhabe, länger als nötig dortzubleiben.«

»Was heißt das konkret?«

Luisa zuckte mit den Schultern. »Höchstens ein paar Monate.«

»Hm.« Amelie nahm erneut ihr Messer zur Hand und leckte es ab – eine Unsitte, die Luisa normalerweise nicht durchgehen ließ. Heute jedoch verzichtete sie auf einen Kommentar, um nicht noch weiteren Streit zu provozieren.

Amelie ließ sich viel Zeit. »Und wie, bitte schön, soll ich zur Schule kommen?«, fragte sie schließlich und wischte mit dem Handrücken über ihren verschmierten Mund.

»Entweder fahre ich dich oder du nimmst den Zug. Je nachdem, welche Schicht ich habe.«

»Na, das sind ja super Aussichten! Die Hälfte der Zeit werde ich also in aller Herrgottsfrühe in einem knallvollen und überhitzten Zugabteil sitzen …«

»Nicht ideal, aber machbar.«

»… und jeden Nachmittag meine Zeit in diesem ätzenden Provinzkaff totschlagen«, beendete Amelie ihren Satz, ohne Luisas Einwurf zu beachten.

»Früher hast du deine Ferien immer gern dort verbracht.«

»Früher hatte ich auch noch Zahnlücken und habe an den Weihnachtsmann geglaubt. Die Zeiten ändern sich.«

»Aber es ist doch sehr schön dort.«

»Klar, für Kegelklubs und amerikanische Touristen.«

»So schlimm ist es längst nicht mehr. Der Rummel beschränkt sich auf einige wenige Punkte, der Rest ist total ruhig und idyllisch.« Luisa biss sich auf die Lippen. Sie wusste selbst, dass sie es mit ihrer gespielten Begeisterung ein wenig übertrieb.

Prompt legte Amelie das Messer zur Seite und warf ihr einen zweifelnden Blick zu. »Ruhig und idyllisch?«, wiederholte sie spöttisch. »Glaubst du eigentlich selbst, was du da sagst? Wann hast du dir euer Weingut zum letzten Mal genauer angeschaut?«

»Zu Weihnachten. Ich fand die paar Tage, die wir dort verbracht haben, sehr erholsam und gemütlich.«

»Mama!« Amelie verdrehte die Augen. »Hast du etwa alles schon wieder vergessen? Im Kelterhaus hat es durchs Dach geregnet, in unserem Badezimmer sind die Fliesen von den Wänden gefallen und im alten Weinkeller hat es furchtbar streng gemüffelt. Ich wette, da unten spukt es.«

»Das sind nur Mäuse. Die sind völlig harmlos und friedlich.«

»Aber was ist mit den anderen Hausbewohnern? Den zweibeinigen? Die sind alles andere als friedlich und unkompliziert.«

»So schlimm wird es schon nicht werden.«

»Darf ich dich daran erinnern, wie froh du warst, als wir nach Weihnachten wieder nach Hause konnten? Soll ich deine Erinnerung mal ein wenig auffrischen?«

Luisa nickte, halb amüsiert, halb verärgert. Sie ahnte, was jetzt kommen würde.

»Seit vielen Jahren leben auf diesem Weingut drei Frauen«, begann Amelie ihre Aufzählung. »Drei sehr schräge Persönlichkeiten wohlgemerkt. Gehen wir sie doch mal der Reihe nach durch! Nummer eins: Tante Bianca.« Amelie machte eine kleine, bedeutungsvolle Pause. »Wie wir alle wissen, ist sie ein bisschen verrückt und stinkt fürchterlich nach Katze. Außerdem schreibt sie langweilige Geschichten, die keiner lesen will. Aber das darf man ihr auf keinen Fall ins Gesicht sagen, weil sie dann sofort in Tränen ausbricht. Alles in allem nicht gerade der Inbegriff von pflegeleicht.«

Das stimmte leider, wie Luisa widerwillig zugeben musste.

Seit Jahren hoffte ihre exzentrische, streitsüchtige Schwester auf den großen literarischen Durchbruch. Weil der aber bislang ausgeblieben war, musste sie sich mit dem Schreiben von Heftchenromanen zufriedengeben. Trotzdem machte sie um jeden neuen Auftrag ein so riesiges Theater, als handelte es sich beim aktuellen Manuskript um *den* kommenden Bestseller.

Bianca war inzwischen vierundvierzig Jahre alt, lebte aber immer noch bei ihrer Mutter und ihrer Großmutter. Wenn sie nicht gerade schrieb oder im Betrieb half, galt ihre ganze Liebe und Fürsorge ihren Katzen. Wie viele Tiere das inzwischen waren, wusste Luisa nicht. Wahrscheinlich wusste es auch Bianca selbst nicht.

»Nummer zwei: Oma Marlies, die gute Seele der Familie«, fuhr Amelie mit ihrer anschaulichen Beschreibung fort. »Ich mag sie wirklich gern, aber sie behandelt mich immer noch wie eine Dreijährige. Ich warte auf den Tag, wo sie das alte Hochstühlchen rausräumt und mein Käsebrot in mundgerechte Stücke schneidet.«

Das war jetzt ein bisschen ungerecht. Luisas Mutter war eine sanfte, einfühlsame Frau, die stets ein Lächeln auf den Lippen hatte und jeden sofort in ihr großes Herz schloss.

Manchmal allerdings übertrieb sie es mit ihrer Fürsorglichkeit. Aber schließlich trug sie seit dem Tod ihres Mannes auch die Verantwortung für Weingut und Familie. Da war es doch eigentlich kein Wunder, dass sie sich immer vergewissern wollte, dass es allen gut ging.

»Und drittens: meine Uroma Lisbeth«, sagte Amelie in Luisas Überlegungen hinein. »Die ist lustig. Aber irgendwie auch ein bisschen unheimlich.«

Das wiederum konnte Luisa verstehen. Die alte Dame hatte letztes Jahr ihren neunzigsten Geburtstag gefeiert. Auch wenn Rheuma und Gicht sie plagten, so war ihr Verstand erstaunlich klar geblieben. Meistens schwieg sie allerdings und gab vor, schwerhörig zu sein. Trotzdem platzte sie hin und wieder mit ihrer Meinung heraus. Dass ihre Ansichten dabei oftmals genau ins Schwarze trafen, hatte Luisa immer schon bewundert. Oder sie hatte sich davor gefürchtet – je nachdem, was Lisbeth zu sagen hatte.

»Das ist schon ein ziemlich wilder Mix«, musste Luisa zugeben.

»Bist du sicher, dass wir da auch noch reinpassen? Immerhin erhöhen wir die Anzahl der Frauen im Haus auf fünf. Fünf Frauen und tausend Katzen, eingesperrt auf einem kleinen Weingut.«

Luisa lachte. »Das klingt wie der Titel eines Krimis.«

»Ich bin mir ziemlich sicher, dass es eher eine Tragödie werden wird«, entgegnete ihre Tochter mit düsterer Miene.

»Wir werden uns eben alle ein wenig bemühen müssen.«

»Klar doch! Weil wir das ja auch alle so gut können.«

»Das wird schon«, gab Luisa mit mehr Optimismus zurück, als sie tatsächlich empfand. »Schließlich sind wir eine Familie. Und es ist ja auch nur für kurze Zeit.«

»Das sagtest du bereits.« Amelie lehnte sich vor. »Gehen dir etwa schon die Argumente aus?«

»Kann sein. Aber ich sehe auch keine Alternative. Oder hast du eine bessere Idee?«

»Nö.«

»Gut, dann wäre das also entschieden.«

»Okay, Chefin.« Amelie lächelte versöhnlich. »Aber sag hinterher nicht, ich hätte dich nicht gewarnt!«

3

»Es wurde aber auch wirklich Zeit, dass du dich meldest!«, war das Erste, was Marlies Schwanthaler wenig später am Telefon zu ihrer Tochter sagte.

Seit es auf dem Weingut ein Gerät mit Anruferkennung gab, verzichtete Luisas Mutter darauf, sich mit Namen zu melden. Stattdessen begrüßte sie jeden Anrufer mal mehr, mal weniger freundlich mit dem ersten Satz, der ihr gerade in den Sinn kam.

»Hallo, Mama«, entgegnete Luisa. »Wie geht es dir?«

Sie hatte es sich mit einer Tasse Kaffee auf dem Sofa im Wohnzimmer gemütlich gemacht. Durch das große Panoramafenster hatte man einen schönen Blick auf den Garten, in dem die ersten Tulpen, Narzissen und Gänseblümchen farbenfroh um die Wette blühten.

»Mir geht es gut«, meinte Marlies. »Oma auch. Wir wollen gerade frühstücken. Und wie ... äh ... warte mal!«

Kurze Pause.

»Es ist Luisa!«, brüllte sie dann, vermutlich in Richtung von Oma Lisbeth. »Und wie geht es dir und Amelie?«, fuhr sie gleich darauf in normaler Lautstärke fort. »Man hört und sieht ja nichts mehr von euch.«

Das wird sich bald ändern, dachte Luisa und war sich auf einmal nicht mehr sicher, ob der Umzug tatsächlich die einfachste Lösung war. Doch sie beschloss, ihre unguten Gefühle zu ignorieren.

»Ich muss etwas mit dir besprechen. Können wir …«, begann sie, wurde aber durch ihre Mutter unterbrochen.

»Da kommt Bianca gerade. Bianca, Schatz, kannst du Oma Lisbeth bitte mal den Blasentee aufgießen?«

Luisa hörte leises Gemurmel.

»Ich telefoniere, das siehst du doch«, bemerkte Marlies geduldig.

»Das Telefon ist schnurlos«, hörte Luisa ihre Schwester sagen. »Du kannst den Tee selbst aufgießen, ich habe es eilig.«

»Warum?«, wollte Marlies wissen.

Biancas Stimme entfernte sich. Luisa verstand nur noch die Worte Katze und Tierarzt, konnte sich aber den Rest der Aussage mühelos zusammenreimen.

Typisch Bianca! Ihrer Schwester waren die Katzen mal wieder wichtiger als alles andere. Und natürlich war es genauso bezeichnend für ihre Mutter, dass sie alles, was Bianca sagte oder machte, kritiklos akzeptierte.

»Fahr vorsichtig!«, sagte sie nämlich nur. Und dann: »Wo waren wir gerade, mein Liebling?«

Luisa nahm an, dass Marlies jetzt wieder mit ihr redete.

Sie beschloss, mit der Tür ins Haus zu fallen. Denn wer wusste schon, wie lange ihre Mutter ihr dieses Mal zuhören würde? »Amelie und ich möchten gern für ein paar Monate bei euch einziehen.«

»Äh … wie bitte?«

»Wir brauchen möglichst schnell eine Bleibe. Zumindest so lange, bis wir etwas Passendes in der Stadt gefunden haben.«

»Aber … warum?«

»Andreas braucht das Haus.«

»Habt ihr euch gestritten?«

»Nein.«

»Hat er Geldprobleme?«

»Nicht, dass ich wüsste. Aber er wird bald heiraten. Nadine bekommt Zwillinge.«

»Oh.«

Es blieb still in der Leitung.

Zumindest so lange, bis Luisas Oma Lisbeth sich zu Wort meldete. »Wo bleibt der Tee?«, krächzte die alte Dame. »Mein Hals ist schon ganz ausgetrocknet.«

»Kommt gleich«, entgegnete Marlies.

Luisa hörte das Klappern von Geschirr, dann atmete ihre Mutter plötzlich geräuschvoll in den Hörer. Anscheinend hatte sie sich das Telefon zwischen Schulter und Ohr geklemmt und lief in der Küche herum.

»So«, meldete sie sich nach einer Weile wieder. »Jetzt können wir weitersprechen, mein Liebling.«

»Also, wie schon gesagt, Andreas wird Vater und braucht das Haus«, setzte Luisa erneut an. »Möglichst schnell.«

»Das mit Nadine, das geht nie und nimmer gut«, seufzte Marlies. »Diese Frau bedeutet nur Ärger, das habe ich von Anfang an gewusst.«

»Na ja, wie auch immer …«

»Du wirst sehen, in spätestens zwei Jahren ist Schluss. Die Babys können einem leidtun. Arme Würmchen!«

»Aber darum geht es doch jetzt gar nicht, Mama«, erwiderte Luisa gereizt. Andreas und die Zukunft seiner neuen Familie waren ihr gerade herzlich egal.

»Jaja, schon gut. Er schmeißt euch raus, und ihr möchtet zu uns kommen.«

»Vorübergehend«, betonte Luisa.

»Was ist los?«, fragte Oma Lisbeth aus dem Hintergrund.

»Sie will zu uns ziehen!«, brüllte Marlies zurück.

»Wer?«

»Luisa.«

»Und was wird aus Amelie?«

»Die kommt natürlich mit.«

»Na, dann ist ja gut.«

»Andreas bekommt Zwillinge und will das Haus.«

»So was.« Oma Lisbeth kicherte heiser. »Wann denn?«

»Ich weiß nicht, wann die Zwillinge kommen.«

»Nein, ich meine, wann ziehen sie zu uns?«

»Bald schon«, mischte Luisa sich in das Gespräch der beiden ein. »Mitte April.«

»Mitte April«, meldete Marlies an Oma Lisbeth weiter. »So schnell?«, erkundigte sie sich dann bei Luisa. »Ich muss aber vorher dort oben noch gründlich putzen und alle Vorhänge waschen.«

»Das übernehmen Amelie und ich. Wir wollen sowieso an der einen oder anderen Stelle etwas ausbessern.«

»Bist du denn sicher, dass euch beiden die kleine Wohnung reicht? Vielleicht nimmst du sie lieber allein, und wir bringen Amelie bei uns in einem der alten Kinderzimmer unter.«

Luisa unterdrückte ein Stöhnen. Alles, bloß das nicht! Ihre Tochter würde sie umbringen, wenn sie auf diesen Vorschlag einginge. »Ach, das geht schon. Sie mag ihr kleines Zimmer mit Ausblick auf die Weinberge. Und außerdem braucht sie Ruhe zum Lernen.«

»Wie du meinst, mein Liebling.«

»Wir würden euch gern am nächsten Wochenende besuchen und alles Weitere besprechen. Passt das?«

»Natürlich. Ihr seid uns immer willkommen.« Luisa konnte hören, dass ihre Mutter beim Reden lächelte.

»Ich melde mich am Freitag noch mal und sage Bescheid, wann wir kommen.«

»Gut. Ich backe einen Streuselkuchen.«

Sowohl Luisa als auch Amelie liebten Marlies' Spezialrezept mit den dicken goldgelben Butterstreuseln.

»Hast du gerade Kuchen gesagt? Ich will auch ein Stück«, meldete sich Oma Lisbeth aus dem Hintergrund zu Wort.

»Nicht jetzt, Mutter. Erst am Wochenende.«

»Aber ich habe *jetzt* Hunger auf etwas Süßes!«

»Dann mach dir ein Marmeladenbrötchen ... Luisa? Ich muss Schluss machen. Oma sitzt schon ganz ungeduldig am Frühstückstisch.«

»Dann bis zum Wochenende!«

»Ja. Grüß mir Amelie! Und ... Liebling?«

»Ja?«

»Ich freue mich auf euch!«

4

»Fahr hier bitte mal rechts ran!«, sagte Luisa einen Monat später zu ihrer Tochter.

Einen Tick schneller als nötig lenkte Amelie den Wagen an den Rand der kleinen Landstraße. Prompt wanderte Luisas rechter Fuß nach vorn, und sie betätigte – nicht zum ersten Mal an diesem Morgen – die imaginäre Bremse unter ihrem Beifahrersitz.

Amelie entging das natürlich nicht.

»Mama!«, stöhnte sie und rollte mit den Augen. »Entspann dich! Ich kann das.«

»Natürlich kannst du das«, murmelte Luisa und zog ihr Bein zurück. »Nur solltest du beim nächsten Mal das Blinken und den Schulterblick nicht vergessen.«

»Wieso? Hier ist doch weit und breit niemand.«

»Und zu schnell warst du auch.«

»Deswegen musst du dich aber nicht gleich voller Angst am Sitz festkrallen.«

»Das passiert ganz automatisch, ich kann leider nichts dagegen tun.«

Amelie seufzte. »Ich nehme an, genauso wenig wie gegen dieses zischende Einatmen beim kleinsten Fehler? Oder gegen die pausenlosen Hinweise auf jede rote Ampel?«

»Ich höre auf damit, wenn du alles richtig machst.« Damit war die Diskussion für Luisa beendet.

Sie löste ihren Sicherheitsgurt, öffnete die Beifahrertür und stieg aus. Am liebsten hätte sie den Boden geküsst, so erleichtert war sie, dass sie die Autofahrt von Wiesbaden nach Rüdesheim heil überstanden hatte.

Ende März hatte Amelie ihren Führerschein gemacht und durfte nun begleitet fahren. Für Luisa war das jedes Mal die reinste Nervenprobe. Sie war selbst keine besonders gute Autofahrerin und nahm nur ungern auf dem Beifahrersitz Platz, ständig in Angst vor möglichen Unfallquellen. Deshalb kam es dabei auch regelmäßig zum Streit mit ihrer Tochter.

Heute jedoch wollte sich Luisa ihre gute Laune nicht verderben lassen. Es war ein herrlicher Frühlingstag, sonnig und wolkenlos.

Ein Hauch von Neuanfang lag in der Luft. Vor einer Stunde hatte sie Andreas die Schlüssel für die inzwischen leer geräumte Villa überreicht und ihm viel Glück im neuen Heim gewünscht. Überraschenderweise war ihr der Abschied nicht einmal besonders schwer gefallen.

Natürlich, in diesem Haus hatte sie viele schöne Jahre verbracht. Zuerst mit Andreas allein, dann auch mit Amelie. Ihre Tochter war hier zur Welt gekommen und aufgewachsen. Doch das Haus war auch Zeuge vieler heftiger Auseinandersetzungen geworden, die schließlich zur Trennung von Andreas geführt hatten.

Danach hatte sie im Grunde einfach nur weitergemacht wie bislang – Amelie zuliebe. Ihr Leben war in ruhigen Bahnen verlaufen, ohne große Höhen und Tiefen.

Jetzt jedoch fühlte sie sich befreit. So, als ob ein Kapitel in ihrem Leben endlich abgeschlossen wäre. Sie hatte diesen Neustart viel zu lang vor sich hergeschoben.

Amelie hingegen war der Abschied wesentlich schwerer gefallen. Bis zur Abfahrt war sie mit finsterer Miene herumgelaufen, hatte immer wieder mit ihren Freundinnen telefoniert und ihnen lautstark versichert, wie sehr sie sie jetzt schon vermisste. Dabei würde sie die Mädchen doch bereits am Montag in der Schule wiedersehen!

Ihre Stimmung hatte sich erst gebessert, als sie hinter dem Steuer von Luisas kleinem Nissan Platz nehmen durfte. Das Auto war vollgestopft mit den letzten Kartons und Taschen, die noch mit nach Rüdesheim sollten. Alles andere hatten sie bereits am Vortag umgezogen.

»Warum sind wir hier hochgefahren?«, wollte Amelie jetzt wissen und trat neben Luisa.

»Ich möchte frische Luft schnappen«, meinte Luisa. »Außerdem haben wir Zeit und die Aussicht ist wunderschön.« Sie standen mitten in den Weinbergen, unterhalb des Klosters der heiligen Hildegard.

»Das ist dein Lieblingsplatz, nicht wahr? Hier willst du immer hin, wenn wir zu Besuch sind.«

»Eine alte Familientradition«, lächelte Luisa. »Schon deine Oma hat uns Mädchen hier raufgeführt.«

»Der Blick ist tatsächlich nicht übel.« Auch Amelie schaute sich jetzt um.

In der Ferne erhoben sich die sanften Ausläufer des Taunusgebirges, davor erstreckten sich die Weinberge bis hinunter zum Ufer des Rheins. Obstbäume und Hecken standen in voller Blüte und die Sonne wärmte die Luft auf angenehme Temperaturen. Die Rebstöcke waren noch kahl, doch hier und da sprossen erste Knospen. Ein paar Finken und Spatzen flatterten aufgeregt zwischen den Weinpflanzen umher und suchten nach Nistmaterial.

Luisa schnupperte. »Riechst du das?«

»Nö.« Ihre Tochter schüttelte den Kopf. »Was denn?«

»Die frische Erde. Sie riecht im Frühling besonders intensiv.« Luisa deutete auf die Weinreben. »Jetzt müssen die Winzer sich um den Boden kümmern, um die Basis für gutes Wachstum zu schaffen.«

»Aha«, machte Amelie ohne echtes Interesse.

»Außerdem werden Grünpflanzen gesät, die den Boden bedecken sollen. Sie regulieren den Wasserhaushalt und bieten Nahrung für nützliche Mikroorganismen.«

»Da spricht die Expertin.«

»Du weißt, dass ich keine Expertin bin. Ich habe den Winzerberuf nie gelernt.«

»Aber du bist damit aufgewachsen. Wie gut, dass du dich ab jetzt wieder ausleben kannst.«

»Das werde ich auf keinen Fall tun.«

»Warum nicht?«

»Das Weingut ist Sache von Oma Marlies.«

»Das sagst du jedes Mal, wenn man dich darauf anspricht.«

»Weil es ja auch so ist«, beharrte Luisa.

»Ach, komm schon, Mama! Gegen ein bisschen Unterstützung hätte Oma bestimmt nichts einzuwenden, auch wenn sie natürlich immer alles besser weiß.«

»Aber deine Tante Bianca wäre nicht damit einverstanden. Erinnere dich bitte mal an ihr Gesicht, als wir neulich unsere Hilfe angeboten haben.«

Amelie lachte. »Das hat mir echt Angst gemacht. Sie will uns nicht auf dem Weingut haben, traut sich aber nicht, das offen zuzugeben.«

»Eben! Deshalb werde ich mich bemühen, meine Schwester nicht unnötig zu reizen. Ich werde ruhig und geduldig bleiben.«

»Na dann, viel Spaß!«

»Mit ein bisschen gutem Willen wird das klappen. Und es ist ja nur für ein paar Monate.«

»Ich find's lustig, dass du immer noch ernsthaft daran

glaubst, dass du da jemals wieder ausziehst.«

»Natürlich glaube ich das, du nicht?«

»Abwarten.« Amelie schaute auf ihre Armbanduhr. »Wir sollten weiterfahren.«

Wie auf Kommando klingelte in diesem Moment Luisas Handy.

»Wo bleibt ihr denn?«, wollte ihre Mutter wissen. »Ich habe schon angefangen, mir Sorgen zu machen.«

»Hallo, Mama!«, sagte Luisa und ignorierte den Vorwurf.

»Du hast gesagt, ihr seid um halb vier hier. Jetzt ist es Viertel nach vier. Ab fünf vertrage ich keinen Kaffee mehr, das weißt du doch.«

»Wir kommen gleich.«

»Seid ihr noch unterwegs?«

»Nein, wir stehen unterhalb vom Kloster am Weinberg und bewundern die Aussicht.«

»Eine schöne Aussicht habt ihr doch auch von zu Hause aus. Beeilt euch! Bis gleich!«

Seufzend steckte Luisa ihr Smartphone zurück in die Hosentasche.

»Von zu Hause aus«, hatte ihre Mutter gesagt.

Ein ungewohnter Gedanke.

Aber einer, an den sie sich gewöhnen musste. Denn für die nächsten Monate würde Rüdesheim tatsächlich wieder ihr Zuhause sein.

5

»Wer möchte noch ein Stück Kuchen?« Glücklich blickte Marlies Schwanthaler in die Runde.

Endlich hatte sie alle ihre Lieben wieder um sich versammelt. Und was noch viel besser war: Dieses Zusammensein würde länger dauern. Denn mit dem heutigen Tag waren Luisa und Amelie aufs Weingut gezogen.

Ihre kleine Familie war wieder komplett.

Oder fast komplett, berichtigte sie sich in einem kurzen Anflug von Traurigkeit – Werner, ihr geliebter Mann, fehlte ihr nach wie vor an allen Ecken und Enden. Sein plötzlicher Tod vor neun Jahren hatte eine tiefe Lücke in ihr Leben gerissen und viele gemeinsame Pläne zerstört.

Seitdem ruhten alle Sorgen und Lasten auf Marlies' Schultern. Und das waren weiß Gott nicht wenige …

Entschlossen schob sie diese trüben Gedanken beiseite. Jetzt war nicht der richtige Zeitpunkt, um an fällige Kredite, fehlende Nachfrage und verzweifelte Rettungsversuche zu denken. Heute wollte sie einfach nur genießen, dass ihre liebsten Menschen bei ihr waren.

Nacheinander blickte sie in die Gesichter ihrer beiden Töchter, ihrer Schwiegermutter und ihrer Enkelin: Vier Frauen, die sich eigentlich überhaupt nicht ähnlich sahen – bis auf ihre schönen wasserblauen Augen und ein energisches kleines Grübchen am Kinn. »Schwanthaler-Grübchen« hatte Werner das immer genannt. Merkwürdigerweise hatte er keines gehabt, vermutlich vererbte sich dieses Merkmal nur auf den weiblichen Teil der Familie weiter.

Bei Oma Lisbeth war die kleine Vertiefung am Kinn wegen der vielen Falten kaum noch zu sehen. Ihre wettergegerbte braune Haut bildete einen reizvollen Kontrast zu ihren kurzen schlohweißen Haaren. Die dicke Hornbrille, die stets etwas schief auf ihrer Nase saß, wirkte viel zu groß für ihr zartes Gesicht. Doch die alte Dame liebte dieses Modell und weigerte sich standhaft, ein neues zu kaufen.

Neben ihrer kleinen, zierlichen Urgroßmutter wirkte Amelie fast wie ein Riese. Das Mädchen war in den letzten Wochen anscheinend schon wieder gewachsen, stellte Marlies mit leisem Bedauern fest.

Und noch hübscher geworden.

Aus Kindern wurden Leute. Viel zu schnell!

Amelies Locken fielen ihr bis weit über die Schultern, und ihre feinen, ebenmäßigen Gesichtszüge hatten alles Kindliche verloren. Nur ihre Augen blitzten noch genauso frech und vorwitzig in die Welt wie früher und erinnerten Marlies an Werners fröhlichen Blick.

Allerdings war sie mit der Kleidung ihrer Enkelin überhaupt nicht einverstanden. Warum mussten diese jungen Dinger heutzutage eigentlich alle mit Löchern in Jeans und T-Shirt herumlaufen?

»Reicht mir mal jemand die Sahne rüber?«, fragte Oma Lisbeth.

Luisa nickte und schob die Schüssel über den Tisch.

»Mutter!« Marlies schüttelte den Kopf. »Du weißt, was der Arzt gesagt hat.«

»Ich bin über neunzig. Was kann man bei mir noch kaputt machen?«

»Trotzdem«, entgegnete Marlies bestimmt. »Keine Sahne mehr für dich.«

Lisbeth seufzte ergeben und wischte sich ein paar Kuchenkrümel vom Schoß. Dabei fiel ihr Blick auf Amelies bunte Riemchensandalen.

»Schöne Schuhe«, sagte sie und pikste ihrer Urenkelin in die Rippen.

Überrascht blickte das Mädchen auf.

»Schade, dass wir nicht die gleiche Größe haben«, fuhr Lisbeth fort und schob ihren rechten Fuß, der in einem wärmenden Fellpantoffel steckte, hinüber zu den langen Beinen ihrer Urenkelin. »Siehst du? Passt nicht.«

»Äh … ja. Also, ich meine … nein. Passt nicht.« Amelie räusperte sich. Sie schien nicht so recht zu wissen, was sie von der plötzlichen Plauderlaune der ansonsten so wortkargen alten Dame halten sollte.

»Wo hast du die gekauft?«

»Im Internet. Beim Shop von *Schuhschrank24*.«

»Ah, im Internet!« Lisbeth nickte, als wüsste sie nun genau Bescheid. Dabei war sich Marlies ziemlich sicher, dass ihre Schwiegermutter nicht die geringste Ahnung hatte, was es mit diesem Shop auf sich hatte. »Gibt es die wohl auch in meiner Größe?«

»Bestimmt«, meinte Amelie. »Soll ich gleich mal nachgucken gehen?«

»Haben die denn noch geöffnet? Es ist Samstagnachmittag.«

»*Schuhschrank24* hat immer geöffnet. Deshalb heißt der Shop ja auch so. Du kannst rund um die Uhr bestellen.«

»Ach, man kann sie bestellen? Wie aus einem Katalog?« Mit neuem Interesse betrachtete Lisbeth Amelies Sandalen.

»So ähnlich. Nur eben alles online.«

»Sehr interessant. Leider kenne ich mich mit diesem Internet nicht aus. Würdest du mir helfen?«

»Okay.« Amelie nickte. Sie wirkte ein wenig überrumpelt, schien sich aber auch über das plötzliche Interesse ihrer Urgroßmutter zu freuen.

»Fein!« Oma Lisbeth schmunzelte vergnügt.

Auch Marlies musste jetzt lächeln.

Es kam selten vor, dass ihre Schwiegermutter ein Gespräch begann, meistens überließ sie das Reden den anderen. Sie hatte gute und weniger gute Tage. Heute war offensichtlich einer von den guten – was sicherlich auch daran lag, dass Amelie hier war. Die alte Dame hing sehr an ihrer Urenkelin, auch wenn sie das niemals offen zugeben würde.

Langsam wanderte Marlies' Blick weiter zu Luisa und Bianca.

Ihre Töchter. Und ihr ganzer Stolz.

Doch warum nur hatten die beiden Mädchen sich so gegensätzlich entwickelt? Damenhaft und elegant die eine, unordentlich und chaotisch die andere.

Während Bianca wie üblich mit rosigen Wangen und blonden Zöpfen am Tisch saß und die Unterhaltung weitgehend bestimmte, war Luisa heute ungewohnt ruhig. Und blass.

Lag das an den grauen Strähnen, die sie sich anscheinend nicht mehr färbte? Oder an ihrer tadellos sitzenden, aber viel zu bieder wirkenden weißen Spitzenbluse?

»Hast du heute noch etwas Größeres vor?«, fragte Bianca in diesem Moment, als hätte sie die Gedanken ihrer Mutter gelesen.

»Nein.« Luisa runzelte die Stirn. »Warum?«

»Weil du dich so herausgeputzt hast.«

»Hab ich gar nicht. Das ist eine ganz normale Jeans.«

»Ich meine ja auch die Bluse.«

»Rüschen und Stickereien sind gerade total modern.«

»Also ein Designerstück?«

»Das weiß ich nicht mehr so genau.«

»Igitt!« Angewidert schob Amelie ihren Becher in die Mitte des Tisches. »In meinem Kaffee schwimmen Katzenhaare.«

»O nein!« Marlies sprang auf. »Ich hole dir eine frische Tasse, mein Liebes.«

Sie eilte zum Küchenschrank. Unterdessen ging der Wortwechsel am Tisch weiter.

»Ich wette, du hast ein Vermögen dafür ausgegeben«, bemerkte Bianca vorwurfsvoll.

»Für die Bluse?« Luisa zuckte mit den Achseln. »Und wenn schon? Was kümmert es dich?«

»Davon wären im Tierheim zehn Katzen satt geworden.«

»Solange sie im Heim satt werden und nicht herkommen und ihr Fell verteilen …«, murmelte Amelie und schüttelte sich.

»Jetzt stell dich bitte nicht so an!«, blaffte Bianca. »Die paar Haare stören hier niemanden.«

»Mich schon.«

»Nun, das hättet ihr euch vorher überlegen sollen. Bevor ihr Hals über Kopf hier eingezogen seid.«

Biancas unfreundlicher Ton alarmierte Marlies, und sie beeilte sich, zum Tisch zurückzukommen. »So, hier ist die neue Tasse, Amelie. Frisch aus der Spülmaschine und ganz sauber.«

»Glaubt bloß nicht, dass sich ab jetzt alles nach euch richtet!«, fuhr Bianca fort, ohne ihre Mutter zu beachten.

»Das tun wir doch gar nicht«, entgegnete Luisa. Ihre Miene wirkte nicht mehr ganz so gelassen wie noch vor ein paar Minuten. »Aber hör sofort auf damit, Amelie anzufauchen!«

»Ich fauche, wie und wo ich will. Gerade du, meine liebe Schwester, hast nicht das geringste Recht, hier einfach wieder auf der Bildfläche zu erscheinen und alles bestimmen zu wollen.«

»Bianca, bitte!«, stöhnte Luisa. »Wir müssen uns doch nicht gleich am ersten Tag streiten.«

»Ich streite nicht, ich will die Sache nur von vornherein klarstellen.«

»Keine Angst, ich habe nicht vor, mich hier einzumischen. Bist du jetzt zufrieden?«

»Ich wollte es ja nur mal gesagt haben.« Bianca presste ihre Lippen zusammen, sagte aber nichts mehr.

Eine Weile blieb es still und Marlies atmete erleichtert auf. Sie hasste Auseinandersetzungen jeglicher Art, und wenn ihre Töchter sich stritten, war es besonders schlimm für sie.

Doch leider hatte sie sich zu früh gefreut.

»Ich finde Luisas Bluse sehr schön«, warf Oma Lisbeth nämlich plötzlich ein. »Alle ihre Sachen sind schön. Warum kaufst du dir nicht auch mal so was Nettes, Bianca?«

Die Angesprochene erstarrte, Amelie kicherte, Marlies hielt den Atem an und Luisa zischte ein gut vernehmliches »Oma!« in Lisbeths Richtung.

Doch Bianca hatte ihre Stimme schon wiedergefunden. »Warum sollte ich so etwas anziehen?«, fragte sie und lachte verächtlich. »Ich stehe nicht auf langweiligem Karrierefrauenlook.«

»Ach, nein? Meinst du etwa, geflochtene Zöpfchen, Latzhose und bunte Socken stehen dir besser?«, fragte Luisa.

»War ja klar, dass du mein kleines Experiment nicht verstehst.« Bianca pustete sich eine Strähne aus dem Gesicht.

»Dann erklär es mir doch!«, entgegnete Luisa mit unverkennbar geheucheltem Interesse. »Ich bin mir sicher, ich kann dir folgen.«

»Ich nenne das literarische Empathie. Eine Technik, bei der ich mich komplett in die Gedankenwelt meiner neuen Romanfigur einfühle. Natürlich muss ich mich auch äußerlich in diese Person verwandeln.«

»So? Was schreibst du denn gerade? Ein Buch über Pippi Langstrumpf in den Wechseljahren?«

Amelie unterdrückte ein weiteres Kichern, und Oma

Lisbeth nutzte die Gunst der Stunde, um sich hastig eine große Portion Sahne in ihren Kaffee zu schaufeln.

Aber Marlies verzichtete auf eine Ermahnung, sie hatte jetzt Wichtigeres zu tun. »Biancas neuestes Projekt sind Katzenkrimis«, erklärte sie hastig.

Ihre Tochter nickte. »Momentan entwerfe ich einen Plot um eine exzentrische Malerin, die in ihrem Atelier grausam ermordet wird.«

»Das erste Buch *Kommissar Katze und der Tote im Weinberg* hat sich sehr gut verkauft«, ergänzte Marlies stolz. »Erzähl doch mal davon, Bianca!«

»Na ja, die Geschichte hat exzellente Kritiken bekommen und einiges an Geld gebracht.«

»Dann hast du also endlich einen Verlag gefunden?«, fragte Luisa. »Glückwunsch! Welchen denn?«

Bianca errötete. »Das ... äh ... ist so eine Sache ...«

»Was jetzt? Ja oder nein?«

»Sie hat selbst einen Verlag gegründet«, sagte Marlies.

Luisa runzelte die Stirn. »Lohnt sich so was? Für ein einziges Buch?«

»Ich habe doch schon gesagt, dass es eine ganze Reihe von Katzenkrimis geben wird«, entgegnete Bianca. »Hauptfigur ist der alte Kater Archimedes, der bei einem sexsüchtigen Typen lebt, der zufällig auch Polizist ist, und ...«

»Jaja, schon gut«, unterbrach Luisa ihre Schwester. »Aber im Eigenverlag? Das ist doch furchtbar viel Arbeit. Wie machst du das mit Druck, Versand, Werbung und Distribution? Gehst du auf Messen?«

»Darum kümmere ich mich, wenn es so weit ist. Vorerst läuft alles online und als E-Book.«

»Wozu dann der ganze Aufwand?«, mischte sich Amelie in die Diskussion ein. »Heutzutage muss man doch keinen Verlag mehr gründen, um ein Buch herauszubringen.«

»Das weiß ich.« Bianca lächelte nachsichtig. »Aber meine Geschichten heben sich von der Masse ab und haben einen richtigen Verlag verdient.«

»Das denkt wahrscheinlich jeder Autor.«

»Nicht jeder zieht es dann aber auch professionell durch.«

»Du doch auch nicht«, sagte Luisa. »Denn anscheinend hast du dir noch keine großen Gedanken um die weitere Organisation gemacht.«

»Vielleicht könntest du Bianca dabei helfen?«, schlug Marlies vor und beglückwünschte sich im Stillen zu dieser Idee. Ein bisschen mehr Zusammenhalt könnte ihren Töchtern nicht schaden.

Doch offensichtlich sahen die beiden das anders.

»Nein!«, kam es nämlich zweistimmig und sehr entschieden zurück.

»Bloß nicht!«, fügte Bianca noch hinzu.

Luisa zuckte mit den Achseln. »Für so eine verrückte Idee habe ich sowieso keine Zeit.«

»Wen oder was nennst du hier verrückt?«

»Sie hat es sicherlich nicht so gemeint«, versuchte Marlies zu beschwichtigen.

»O doch, das hat sie!«, fauchte Bianca. »Dabei hat sie überhaupt keine Ahnung vom Buchgeschäft.«

»Weil du ja die Expertin bist!«, gab Luisa böse zurück.

»Zufälligerweise bin ich das.«

»Aber klar doch …«

»Das reicht jetzt!« Bianca sprang auf. »Was bildest du dir eigentlich ein?«

»Kuchen!«, rief Marlies und klopfte mit dem Tortenheber auf ihren Teller. Eine hilflose und überflüssige Geste – aber vielleicht hatte sie Glück und es lenkte ihre Töchter vom Streiten ab.

Der Plan ging auf. Vier blassblaue Augenpaare musterten sie erstaunt.

»Kuchen«, wiederholte Marlies übertrieben fröhlich. »Wer will?«

»Ich nehme gern noch ein Stück.« Oma Lisbeth streckte ihren Teller aus.

Amelie folgte ihrem Beispiel. »Der ist superlecker, findet ihr nicht auch?«, fragte sie in die Runde. »Omas Streuselkuchen muss man genießen und nicht bei einem sinnlosen Streit achtlos in sich hineinstopfen.«

Luisa und Bianca nickten zögernd, dann aber schoben auch sie ihre Teller in Richtung Kuchenplatte.

Dankbar zwinkerte Marlies ihrer Enkelin zu. Amelie war noch sehr jung und oft launisch und unberechenbar. Wer wollte es ihr in diesem Alter auch verdenken? Aber sie hatte das Herz auf dem rechten Fleck und ein feines Gespür für Zwischentöne. Für diesen kleinen Vermittlungsversuch würde Marlies sich später mit einem besonders knusprigen Stück der Lasagne revanchieren, die sie vorbereitet hatte.

Und zum Glück konnte man sich auch auf ihren Streuselkuchen als Streitschlichter immer wieder verlassen. Für dieses Rezept hatte die ganze Familie eine Schwäche.

Dennoch, der Rest eines unguten Gefühls blieb. Und natürlich ihr schlechtes Gewissen. Wie viele Kuchen würde sie backen müssen, um den ganz großen Knall zu vermeiden?

6

»Ich kann nicht mehr! Das dritte Stück Lasagne war eindeutig zu viel. Ich glaube, Oma Marlies will mich mästen.« Stöhnend ließ sich Amelie auf das Sofa fallen, das in einer Ecke von Luisas Zimmer stand.

Diesen Bereich hatte Luisa zum gemeinsamen Wohnzimmer erklärt und mit dem geblümten Sofa, einem Flachbildfernseher, einem runden Glastisch und einem Bücherregal behaglich eingerichtet. Mehrere Fachwerkbalken trennten die Wohnecke vom Rest des Zimmers ab, in dem Luisas Bett, ein Schrank und eine alte Spiegelkommode standen.

Raumteilung als Notlösung. Aber eigentlich recht gemütlich.

Die Wohnung, in der sie sich jetzt miteinander arrangieren mussten, war genauso groß wie die weitläufige Terrasse ihres Wiesbadener Hauses. Neben Luisas Zimmer gab es nur noch einen Raum für Amelie, dazu eine winzige Küche und ein Bad – allesamt mit Dachschrägen, kleinen Gauben, dunklen Holzbalken, altem Eichenparkett und unverputzten Außenwänden aus hellbraunem Bruchstein.

In mühevoller Kleinarbeit hatten sie in den letzten Wochen das Holz neu eingelassen, den Parkettboden poliert, die fehlenden Fliesen im Bad ersetzt, vorhandene Möbel ausgebessert und mit ihren eigenen Sachen ergänzt.

Das Ergebnis konnte sich sehen lassen. *Im Gegensatz zum Rest des Hauses*, dachte Luisa, während sie sich zu Amelie aufs Sofa setzte und mit einem erleichterten Seufzer ihre Schuhe abstreifte.

Die Wohnräume ihrer Mutter und Großmutter waren seit vierzig Jahren nicht mehr renoviert worden – und so sahen sie leider auch aus. Die Einbauküche mit den alten grasgrünen Fronten hatte eindeutig schon bessere Zeiten gesehen. Die alte Eckbank am Ofen quietschte beängstigend, wenn man sich setzte. Der schwere runde Tisch im Esszimmer war voller Kratzer und deshalb immer mit einem abwischbaren Tuch bedeckt. Lediglich das Muster wechselte zweimal im Jahr, von weihnachtlichen Sternen zu bunten Sommerblumen und wieder zurück. Und das wuchtige Schrankwandsystem aus dunklem Eichenholz nahm die halbe Wohnung ein und erdrückte alle anderen Möbel.

»Ich weiß gar nicht, was du hast. Es funktioniert doch noch alles«, entgegnete Marlies stets, wenn Luisa sie darauf ansprach. »Oma und ich fühlen uns wohl hier. Und Bianca hat ihr eigenes Reich.«

Wie dieses eigene Reich ihrer Schwester aussah, wusste Luisa nicht. Es war lange her, dass Bianca sie zu sich eingeladen hatte. Normalerweise trafen sie sich in Marlies' guter Stube, wo man sich nach einem höflichen Gespräch schnell wieder voneinander verabschieden konnte.

»Tante Bianca war heute ganz schön auf Krawall gebürstet«, meinte Amelie jetzt und öffnete die beiden obersten Knöpfe ihrer Hose. »Und dein guter Vorsatz, ruhig zu bleiben, hat leider auch nicht lang gehalten.«

»Ich finde, ich habe mich gut benommen.« Luisa nahm die Fernbedienung zur Hand, schaltete den Fernseher jedoch noch nicht ein.

»Wenn du noch mal so eine fiese Bemerkung über Pippi Langstrumpf oder Selbstverlage fallen lässt, wirft Bianca dich raus.«

»Das muss sie erst einmal schaffen.« Luisa legte ihre Füße auf den Tisch.

»War sie eigentlich schon immer so schwierig?«

»Wir haben uns noch nie gut verstanden, das weißt du doch. Es war der typische Neid unter Schwestern. Bianca wollte immer genau das haben, was ich gerade hatte. Zuerst war das ein Kuscheltier, dann die Barbiepuppe zum Frisieren, ein enges Top mit Spaghettiträgern oder ein knallroter Lippenstift. Und irgendwann wollte sie mir sogar mal meinen Freund ausspannen.«

»Hat sie es geschafft?«

»Nein. Sie war viel zu ungeschickt.« Luisa lächelte wehmütig. »Davon abgesehen hätte sie bei ihm sowieso nie den Hauch einer Chance gehabt. Er und ich, wir waren damals schrecklich verliebt ineinander.«

»Und weiter?«

»Nichts weiter.« Luisa schaltete den Fernseher ein.

»Komm schon, Mama! Dazu gibt es doch sicherlich eine Geschichte.«

»Nein, die gibt es nicht. Oh, die Nachrichten sind schon vorbei. Sollen wir uns den Krimi angucken?«

»Du lenkst vom Thema ab.«

»Und du musst nicht alles wissen.«

»Warum nicht? Ich bin bald große Schwester, ich habe noch viel zu lernen.«

»Dann solltest du dir einen besseren Lehrer suchen. Bianca

und ich sind leider ganz schlechte Vorbilder.«

Eine Weile blieb es ruhig, beide konzentrierten sich auf den Bildschirm.

»Oma Marlies war heute anders als sonst«, bemerkte Amelie, als der Film durch eine Werbepause unterbrochen wurde.

»Wirklich? Auf was du nicht alles achtest!«

»Ist dir das nicht aufgefallen?«

»Ich fand, sie sah aus wie immer. Außer, dass sie frisch beim Friseur gewesen sein muss.«

Seit Jahren schon hatte Marlies eine Vorliebe für platinblonde Dauerwellen, die sie sich regelmäßig erneuern ließ. Dazu trug sie meistens bequeme Kleidung: Jeanshosen und pastellfarbene Oberteile.

»Aber vermutlich habe ich sie mir gar nicht so genau angeschaut«, fuhr Luisa fort. »Ich war mit Bianca mehr als genug beschäftigt.«

»Oma Marlies wirkte ziemlich nervös. Und blass.«

»Komisch! So was Ähnliches hat sie zu mir gesagt, als wir uns verabschiedet haben. Sie hat mich gefragt, ob ich auch genug schlafe. Und warum ich mir die Haare nicht mehr färbe.«

Amelie warf Luisa einen kurzen Blick zu. »Ich finde, die paar grauen Strähnen stehen dir«, meinte sie. »Die machen dich irgendwie interessant.«

»Danke!«, entgegnete Luisa überrascht. Es kam nicht oft vor, dass ihre Tochter ihr ein Kompliment machte.

»Vielleicht war Oma einfach nur erschöpft, weil sie sich mal wieder viel zu viel Arbeit mit uns gemacht hat«, überlegte Amelie. »Zuerst der leckere Kuchen und dann auch noch Lasagne zum Abendessen.«

»Ja, immerhin wird sie dieses Jahr siebzig«, meinte Luisa. »Da geht vieles nicht mehr so einfach von der Hand.«

»Warum hat sie sich nicht schon zur Ruhe gesetzt? Andere

Leute in ihrem Alter sind längst in Rente.«

»Sie will nicht. Jedes Mal, wenn ich sie darauf anspreche, lacht sie nur und sagt, dass sie so lange weiterarbeitet, wie es ihr Spaß macht.«

»An wen sollte sie das Weingut auch übergeben? Du willst es nicht und Tante Bianca allein würde das niemals schaffen. Dazu ist sie viel zu verpeilt.«

»Meine Mutter könnte die Weinberge verkaufen und damit das Haus renovieren. Irgendwie würde sich schon eine Lösung finden.« Luisa gähnte.

Amelie schaute auf die Uhr. »Es ist gleich neun. Willst du schon ins Bett?«

»Nein. Ich möchte den Film zu Ende gucken. Und ein Glas Sekt könnte ich auch vertragen. Dies ist schließlich unsere erste Nacht im neuen Heim. Willst du auch eins?«

»Echt jetzt? Du bietest deiner minderjährigen Tochter Alkohol an?«

»Zur Feier des Tages, ja. Außerdem ist es der gute Schwanthaler Rieslingsekt.«

»Okay, warum nicht? Ich habe ja morgen keine Schule. Aber bitte mit viel Orangensaft!«

Luisa holte das Gewünschte und Mutter und Tochter prosteten sich zu. Die goldgelbe Flüssigkeit perlte munter vor sich hin. Und die schweren Kristallgläser, die noch aus Oma Lisbeths Beständen stammten, klirrten hell und festlich.

»Musst du morgen arbeiten?«, wollte Amelie wissen, als die Werbepause im Fernsehen beendet war.

»Ja, aber erst abends. Morgen früh möchte ich einen Rundgang durchs Weingut machen.« Vorsichtig strich Luisa ihrer Tochter ein paar Locken aus der Stirn. Eine Geste, die sich das Mädchen nicht immer gefallen ließ. Aber heute war Amelie offensichtlich milde gestimmt. »Kommst du mit?«

»Nö. Ich muss ausschlafen. Du könntest frische Croissants mitbringen.«

»Dann muss ich ja bis zum Bäcker laufen.«

»Das tust du doch sowieso«, entgegnete Amelie, die Luisas Vorliebe für lange Spaziergänge am frühen Morgen kannte. »Sei aber leise, wenn du durchs Haus schleichst.«

7

Nein, dachte Luisa am nächsten Morgen. *Leise schleichen – das ist in diesem Haus nicht möglich.*

Als sie sich um sechs Uhr auf den Weg nach unten machte, knarrten die alten Treppenabsätze und Dielen bei jedem Schritt. Im ersten Stock scheuchte sie eine Katze auf, die fauchend davonschoss. Und kurz vor der Eingangstür stolperte sie über einen Blecheimer. Scheppernd rollte er durch den Gang, während Luisa mit gedämpfter Stimme vor sich hin fluchte und dann kurz innehielt, um zu lauschen.

Alles blieb still.

Ihre Familie musste einen beneidenswert guten Schlaf haben. Im Gegensatz zu ihr selbst – Luisa schlief schon seit Jahren nicht mehr durch und war oft schon gegen fünf Uhr munter. Das war einer der Gründe, warum sie häufig so zeitig unterwegs war.

Senile Bettflucht nannte Amelie das.

Inzwischen hatte Luisa sich daran gewöhnt. Mehr noch. Sie liebte diese frühen Morgenstunden, in denen sie ganz allein mit sich und der Welt war.

So wie jetzt.

Vorsichtig stellte sie den Eimer zurück an seinen Platz und

zog dann leise die Tür hinter sich zu. Draußen empfing sie lebhaftes Vogelgezwitscher. Auch das Blöken von Schafen war zu hören, ansonsten jedoch störte kein Geräusch den sonntäglichen Frieden. Kein Verkehrslärm, keine Menschenstimmen und auch kein sonstiges Getöse aus der Nachbarschaft.

Sie blieb stehen und atmete ein paarmal tief durch.

Klare, kalte Morgenluft.

Die Sonne würde erst in einer halben Stunde aufgehen. Aber schon jetzt, im fahlen Licht der Morgendämmerung, konnte man erahnen, dass es ein schöner Tag werden würde. Der Himmel war pink und wolkenlos.

Langsam drehte Luisa sich um die eigene Achse und sah sich um. Natürlich war ihr der Anblick des Elternhauses vertraut, doch heute Morgen bemühte sie sich, alles aufmerksam und unvoreingenommen zu betrachten.

Rund um den gepflasterten Innenhof standen das Wohnhaus und die Nebengebäude: die große Scheune, das Kelterhaus mit Abfüllanlage, Schankraum und Flaschenlager, der Weinkeller, das Maschinenlager und – etwas zurückversetzt – das alte Gesindehaus. Alles war in rustikalem Fachwerk erbaut und mit roten Ziegeln gedeckt worden. Wilder Wein rankte sich um das verwitterte Eichengebälk, die ersten frischen Triebe waren bereits zu sehen.

Im weitläufigen Garten blühten Gänseblümchen und Forsythien. Und rund um den gluckernden kleinen Springbrunnen in der Mitte des Hofes waren Stiefmütterchen, Osterglocken und Tulpen gepflanzt. Ein paar Holzbänke luden zum Verweilen ein.

Idylle pur. Doch leider nur auf den ersten Blick.

Nüchtern betrachtet stand es um den Zustand der Gebäude gar nicht gut. Das Dach war an mehreren Stellen undicht, Türen und Fenster schlossen nicht mehr richtig und von den Hauswänden blätterte die Farbe ab. Zudem waren Heizungs- und Sanitäranlagen veraltet.

Aber nicht nur das. Bei ihrem Rundgang durch Weinkeller, Kelterhaus und Maschinenlager musste Luisa wenig später feststellen, dass es auch hier am Nötigsten fehlte. Einige Maschinen waren defekt, das Kelterhaus staubig und unaufgeräumt und im Weinkeller empfing sie eine unangenehme Feuchte. An einer Stelle hatte sich sogar ein Wasserfleck im Mauerwerk gebildet. Außerdem lagen noch viel zu viele unverkaufte Flaschen in den Regalen.

Ratlos schüttelte sie den Kopf.

Sie hatte bei ihren sonntäglichen Besuchen natürlich bemerkt, dass es an der einen oder anderen Stelle fehlte. Aber dass es so schlimm war, das hatte sie nicht erwartet. Wie konnte der Betrieb unter diesen Bedingungen überhaupt noch wirtschaftlich produzieren?

Mit unter zehn Hektar war die Rebfläche der Familie inzwischen sehr geschrumpft. Marlies hatte im Laufe der Zeit mehrere gute Weinlagen verpachten müssen, um finanziell über die Runden zu kommen. Sie beschäftigte Saisonkräfte, stand aber noch jeden Tag selbst im Weinberg.

Jetzt, nach ihrem Rundgang, fragte sich Luisa zum wiederholten Mal, ob es nicht besser wäre, wenn ihre Mutter den Weinbau ganz aufgäbe und sich endlich zur Ruhe setzte.

So viel stand fest: Um ein klärendes Gespräch würde sie wohl nicht herumkommen. Auch wenn diese Aussicht alles andere als angenehm war.

Sie würde jedoch noch ein paar Tage warten – so lange, bis sie sich ein vollständiges Bild von der Situation gemacht hatte. Vor allem musste sie die Auftragsbücher und das Bankkonto prüfen. Vielleicht war ja alles doch nur halb so schlimm, und sie sah Probleme, wo es gar keine gab.

Um sich von diesem unerfreulichen Thema abzulenken, setzte Luisa ihren Spaziergang Richtung Weinberg fort.

Wenigstens auf die Natur war Verlass, stellte sie zufrieden

fest. Die Weinpflanzen waren bereits aus ihrem Winterschlaf erwacht und trieben aus. Das Rebholz war stark und biegsam. Und nach dem ausgiebigen Regen der letzten Wochen schimmerte der Boden feucht, aber nicht zu nass.

Leise vor sich hin summend streifte Luisa weiter durch die Natur. Sie fühlte sich so entspannt wie schon lange nicht mehr. Inzwischen war die Sonne aufgegangen und warf lange, helle Schatten zwischen den Rebstöcken. Auf einer Wiese des Nachbargrundstücks standen Schafe und blickten neugierig zu ihr hinüber.

»Buh!«, machte Luisa.

Aber das beeindruckte die Tiere nicht. Gemächlich knabberten sie weiter an ihren Grashalmen und glotzten sie aus ihren großen, sanften Augen an.

In diesem Moment begannen die Glocken der Pfarrkirche zu läuten. Luisa schaute auf ihre Armbanduhr. Punkt acht.

Für den Rest des Weges würde sie die alte Klosterstraße nehmen, dann war sie schneller beim Bäcker. Der Gedanke an heißen Kaffee und frische, knusprige Croissants ließ ihr das Wasser im Mund zusammenlaufen, und sie beeilte sich, in den Ort zu kommen.

Aber auch heute musste sie an ihrem Lieblingsplatz innehalten. Denn von dieser Aussicht konnte sie nie genug bekommen. Wie viele Generationen von Schwanthaler-Frauen hatten wohl schon hier verweilt und ins Tal geschaut.

Leider verlor sich ihre Familiengeschichte bei Oma Lisbeth. Die alte Dame erzählte nicht gern von früher. »Warum sollte ich von Leid, Krieg und Tod berichten, wenn die Gegenwart so viel schöner ist?«, hatte sie immer entgegnet, wenn Luisa und Bianca ihre Großmutter mit Fragen bestürmt hatten.

Immerhin wusste Luisa, dass Lisbeth früh ihre Eltern verloren hatte und von ihren beiden alleinstehenden Tanten aufgezogen worden war.

Der Tod der Eltern war jedoch nicht der einzige Schicksalsschlag in Lisbeths jungem Leben geblieben. Kurz vor der Hochzeit mit ihrer großen Liebe, einem Unteroffizier der Wehrmacht, war dieser in den letzten Kriegstagen des Jahres 1945 gefallen. »Wenigstens starb Hans mit dem Wissen, dass ich sein Kind unter dem Herzen trug«, war alles, was Lisbeth sich dazu entlocken ließ.

Ein halbes Jahr später wurde Werner geboren, Luisas Vater. Vermutlich hatte es trotz dieses unehelichen Kindes eine Reihe von Verehrern gegeben, schließlich war das Weingut lukrativ und Lisbeth noch dazu sehr hübsch gewesen. Die wenigen Schwarz-Weiß-Fotos, die auf der Kommode in ihrem Schlafzimmer standen, zeigten eine attraktive junge Frau mit bezauberndem Lächeln.

Doch sie hatte nie geheiratet. Stattdessen hatte sie ihren Sohn allein großgezogen. Mit Unterstützung ihrer beiden Tanten war es Lisbeth sogar gelungen, das Weingut fortzuführen und schließlich an Werner zu übergeben.

An dieser Stelle hätte die Geschichte glücklich weitergehen können: Werner findet mit Marlies die Frau fürs Leben, zwei süße Mädchen kommen zur Welt und das Familienunternehmen floriert.

Leider hatte das Leben andere Pläne gehabt.

Mit dem Tod von Werner Schwanthaler vor neun Jahren hatte das Weingut seine Seele verloren. Seitdem tat Marlies, was sie konnte, um sein Vermächtnis zu bewahren.

Doch das war zu wenig. Und wer sollte ihre Arbeit später einmal fortführen?

Luisa hatte dieses Erbe nie gewollt. Bianca allein würde das Weingut nicht halten können, da brauchte man sich keine Illusionen zu machen. Und Amelie? Die war noch viel zu jung.

Damit war die Zukunft des Schwanthaler-Weingutes heute fraglicher denn je ...

Unwillig schüttelte Luisa den Kopf.

Natürlich konnte man alles bedauern und ihre Familiengeschichte als ungerechtes Schicksal ansehen.

Oder aber man nahm es pragmatisch: Das war einfach nur der Lauf der Zeit. Schließlich durfte heutzutage jeder seine eigenen Träume haben und entsprechende Ziele verfolgen. Nichts musste so bleiben, nur weil es immer schon so gewesen war. Traditionen konnten auch mal gebrochen werden.

Doch nach den Erkenntnissen und Überlegungen dieses schönen Frühlingsmorgens war Luisa sich plötzlich nicht mehr sicher, ob sie es sich mit dieser Ansicht nicht ein wenig zu leicht machte …

8

Beim Bäcker musste Luisa Schlange stehen, und auf dem Rückweg traf sie eine neugierige Nachbarin, die sie in ein längeres Gespräch verwickelte. So war es schon neun Uhr, als sie die Haustür aufschloss, in der Hand zwei Tüten mit frischen Brötchen, Croissants und Brezeln.

Im Gang duftete es verführerisch nach Kaffee. Offensichtlich war Marlies bereits wach. Prima! Dann konnte Luisa die Brötchen persönlich bei ihr abgeben.

»Hallo?«, rief sie und wandte sich nach links Richtung Küche. Doch einen Moment später blieb sie wie angewurzelt stehen. Denn dort, am großen Küchentisch, saß ein Mann.

Er blickte auf und sah sie genauso erstaunt an wie sie ihn.

Mitte vierzig, schätzte Luisa. Kantiges Gesicht, hohe Stirn, grüne Augen, stechender Blick, die dichten dunklen Haare zu einem Zopf gebunden. Ein bisschen wie ein Waldläufer aus Tolkiens *Herr der Ringe*.

Doch wer immer das war, er schien sich in diesem Haus auszukennen, denn jetzt nickte er ihr zu, erhob sich und holte wortlos eine weitere Tasse aus dem Schrank.

Er trug Jeans und eine dicke graue Fleecejacke. Und er war groß, stellte Luisa fest und trat hastig einen Schritt zurück. Viel zu groß, um ihn in einem Kampf zu überwältigen.

Aber vermutlich war er kein Krimineller. »Kaffee?«, fragte er nämlich in diesem Moment.

Nein, sicherlich kein Einbrecher. Sonst würde er ihr wohl kaum einen Kaffee anbieten.

Sie nickte, immer noch völlig überrumpelt. Er ging zur Kaffeemaschine und kam mit einer dampfenden Tasse zurück, die er über den Tisch in ihre Richtung schob. Dann setzte er sich wieder.

»Wer … wer …?«, begann Luisa und brach ab.

»Jörn Freese«, entgegnete er und nahm seine eigene Tasse zur Hand. »Und Sie?«

»Ich … äh … Luisa Schwanthaler.«

»Ah! Die verlorene Tochter.« Offensichtlich kannte er sich mit den Familienverhältnissen hier im Haus bereits aus.

»Ich wohne hier«, stellte sie klar. »Sie aber nicht.« Jedenfalls hoffte sie das.

»Irrtum. Manchmal wohne ich auch hier.«

»Wie bitte?«

»Manchmal wohne ich auch hier«, wiederholte er bereitwillig.

Das konnte eigentlich nur eines bedeuten. »Haben Sie … haben Sie was mit meiner Schwester?«

»Bianca?« Er lachte. »Nein, bestimmt nicht.«

»Oder …« Der Gedanke war absurd, trotzdem musste Luisa ihn aussprechen. Sie hörte selbst, wie schrill ihre Stimme dabei klang. »… oder was mit meiner Mutter?«

»Natürlich nicht.« Er beugte sich vor. »Und auch nicht mit Ihrer Großmutter, wenn das die nächste Frage gewesen wäre.«

»Und was genau tun Sie dann hier?«

Er deutete auf seine Tasse. »Kaffee trinken«, erklärte er schlicht.

»Das sehe ich.« Langsam war Luisa mit ihrer Geduld am

Ende. »Und sonst? Was tun Sie, wenn Sie sich nicht gerade in unserer Küche selbst bedienen?«

»Ich bin der Schäfer«, sagte er, als würde das alles erklären.

»Der Schäfer …«, murmelte Luisa. Plötzlich fiel ihr die Schafherde oben am Weinberg wieder ein.

»Ich habe mit meinen Hunden in der Scheune übernachtet.«

»Hunde?«

»Ja. Charly und Lucy.« Er rückte seinen Stuhl ein Stück zurück, hob die Tischdecke an und schaute auf den Boden.

Luisa folgte seinem Blick. Zu ihren Füßen lagen zwei wunderschöne Border Collies, die nicht einmal den Kopf hoben, als sie sich zu ihnen hinunterbeugte. Lediglich ihre wachen blauen Augen beobachteten jede Bewegung sehr genau.

»So ist es fein!«, lobte Jörn Freese die beiden mit leiser Stimme.

»Das … äh … gibt aber doch bestimmt Probleme mit Biancas Katzen«, sagte Luisa, der beim Anblick der Hunde so schnell nichts Besseres einfiel. Sie hatte immer noch mit ihrer Überraschung zu kämpfen.

Er schüttelte den Kopf. »Lucy und Charly sind gut erzogen. Denen sind die Katzen völlig egal.«

»Das dürfen Sie aber nicht Bianca erzählen!«

Sein Mund verzog sich zu einem Lächeln, das sein ganzes Gesicht gleich viel freundlicher erscheinen ließ.

Luisa gab sich einen Ruck und setzte sich zu ihm an den Tisch. Der Mann und seine Hunde hatten ihre Neugier geweckt.

»Sie sind also Schäfer«, nahm sie den Gesprächsfaden nach einigen Schlucken Kaffee wieder auf.

Er nickte.

»Ich habe Sie hier noch nie gesehen.«

»Ich Sie auch nicht.«

»Meine Mutter hat mir auch noch nie von Ihnen erzählt.«

»Dafür weiß ich umso mehr von Ihnen. Marlies redet gern über Sie.«

Das gefiel Luisa nicht, doch sie ignorierte seine Antwort. »Wie oft übernachten Sie in unserer Scheune?«, fragte sie stattdessen.

»Ziemlich oft.«

»Ist das nicht unbequem?«

Er zuckte mit den Achseln. »Marlies hat die ehemalige Kammer für den Stallknecht sehr schön hergerichtet, inklusive Waschbecken und Toilette. Und zum Duschen gehe ich in den Waschkeller. Mehr brauche ich nicht.«

»Sie haben die Mitbenutzung unserer Küche vergessen.«

»Ich zahle dafür.«

»Wie viel denn?«

»Fragen Sie Ihre Mutter!«

»Das werde ich, darauf können Sie sich verlassen.«

»Schön.«

Eine Weile blieb es still zwischen ihnen. Beide tranken ihren Kaffee und beobachteten sich gegenseitig.

»Sind das Ihre Schafe oben am Weinberg?«, fragte Luisa schließlich.

Er nickte.

»Ganz schön viele.«

»Um die fünfhundert Tiere.«

»Und das schaffen Sie ganz allein?«

»Ich habe doch meine Hunde.«

»Woher kommen Sie?«

»Meinen Sie mich oder die Hunde?«

»Sie natürlich.«

»Aus dem Norden.«

»Geht es noch ein bisschen konkreter?«

»Nö.« Er erhob sich. »Entschuldigen Sie mich, ich muss wieder zur Herde.«

Sofort sprangen beide Hunde unter dem Tisch hervor und hefteten sich an seine Fersen.

»War nett, Sie kennengelernt zu haben!«

»Moment mal!« Luisa folgte ihm zur Tür. »Nur, damit es beim nächsten Mal nicht wieder so eine Überraschung gibt: Wie sind Sie überhaupt hier reingekommen?«

»Ich habe einen Schlüssel.« Jörn Freese drehte sich um und pfiff nach seinen Hunden. »Wir sehen uns. Irgendwann.«

»Ja, irgendwann bestimmt«, wiederholte Luisa langsam. Über diesen seltsamen Gast, der hier anscheinend problemlos ein und aus gehen konnte, würde sie dringend mit ihrer Mutter reden müssen.

Kopfschüttelnd sah sie ihm nach. Doch dann erregte etwas anderes ihre Aufmerksamkeit. Gerade als sie die Tür schließen wollte, nahm sie vor Biancas Haus eine Bewegung wahr.

Zuerst dachte sie an eine Katze. Dann jedoch erkannte sie ihre Schwester. Bianca stand mit dem Rücken zum Hof und verabschiedete sich von einem Mann. Einem sehr jungen Mann!

Schnell zog Luisa die Tür zu – aber nur so weit, dass sie das Geschehen durch einen schmalen Spalt weiter beobachten konnte. Auf diese Weise entging ihr nicht, dass Bianca den jungen Mann herzlich umarmte und ihm nachwinkte, als dieser seine Tasche nahm und sich auf den Weg Richtung Ort machte. Am Ende des Hofes drehte er sich noch einmal um und winkte zurück.

Luisas Augen huschten hin und her. Ihre Gedanken arbeiteten fieberhaft. Die eben beobachtete Szene ließ eigentlich nur einen Schluss zu: Die beiden hatten die Nacht zusammen verbracht und der Abschied voneinander fiel ihnen offensichtlich schwer.

Bianca hatte ein Verhältnis mit einem jüngeren Mann!

Jünger? Luisa schnaubte. Viel zu jung!

»Das könnte ihr Sohn sein!«, flüsterte sie aufgebracht und schlug die Tür zu. Bislang war ihr das Liebesleben ihrer Schwester herzlich egal gewesen, und das hätte auch gern so bleiben können.

Sollte Bianca doch tun, was sie wollte! Aber musste es ausgerechnet ein so viel jüngerer Mann sein? War ihre Schwester jetzt völlig verrückt geworden?

Seufzend presste sich Luisa eine Hand auf die Stirn. Der pochende Schmerz über ihrem linken Auge kündigte einen Migräneanfall an. Das hatte sie nun davon, dass sie sich über so viele Dinge den Kopf zerbrechen musste!

Um sich abzulenken, begann sie, Frühstück zu machen. Sie räumte Tassen, Teller und Besteck heraus, kochte Eier und frischen Kaffee, bereitete Oma Lisbeths Blasentee zu und holte zum Schluss Butter und Aufschnitt aus dem Kühlschrank.

Erst als sie vor dem gedeckten Küchentisch stand, bemerkte sie, dass sie für alle – also auch für Amelie und für sich selbst – mitgedeckt hatte.

Auch gut.

Dann würde es heute eben ein gemeinsames Sonntagsfrühstück geben. Genug Gesprächsbedarf war ja vorhanden!

9

»Habt ihr gut geschlafen?«, eröffnete Marlies wenig später die Unterhaltung am Frühstückstisch. Neugierig blickte sie in die Runde und freute sich, dass erneut alle Familienmitglieder zusammengekommen waren.

Doch leider schien niemand ihre gute Stimmung zu teilen. Oma Lisbeth rührte stumm in der Teetasse herum. Bianca löffelte ihr Ei und schaute dabei unentwegt auf ihr Handy und Amelie war vor allem mit Essen beschäftigt. Sie war bereits beim zweiten Brötchen angelangt und strich eine große Portion Erdbeermarmelade auf eine ebenso dicke Butterschicht. Das Mädchen hatte einen gesunden Appetit! Im Gegensatz zu Luisa, die noch gar nichts angerührt hatte, sondern nur ihren Kaffeebecher festhielt und nachdenklich vor sich hinstarrte.

»Ich habe super geschlafen«, sagte Amelie mit vollem Mund.

»Ich auch«, murmelte Bianca, ohne den Blick von ihrem Smartphone zu nehmen.

Luisa lachte verächtlich. »Das glaube ich gern.«

»Du hattest immer schon einen guten Schlaf, Bianca«, warf Marlies ein.

Wieder stieß Luisa ein unechtes Lachen aus. »Falls sie letzte Nacht überhaupt geschlafen hat.«

Jetzt endlich schaute Bianca auf. »Natürlich habe ich geschlafen. Was hätte ich denn sonst tun sollen?«

»Ich wüsste was.«

»So? Was denn?«

»Frag deinen Freund!«

»Wie bitte?« Oma Lisbeth unterbrach das Rühren. »Unsere Bianca hat einen Freund? Wurde ja auch langsam mal Zeit. Wieso sagt mir das keiner?«

»Weil sie keinen Freund hat.« Marlies runzelte die Stirn. »Oder etwa doch?«

Bianca ignorierte die Frage ihrer Mutter.

»Ich glaube nicht, dass mein Privatleben dich etwas angeht«, sagte sie zu Luisa.

»Das tut es auch nicht«, entgegnete diese schnippisch. »Es sei denn, du umarmst den Jungen mitten auf dem Hof, sodass es jeder beobachten kann. Privat sieht anders aus.«

»Den Jungen?«, wiederholte Marlies verwirrt. Ihr gefiel nicht, welche Richtung das Gespräch genommen hatte. Und auch nicht der Ton, in dem es geführt wurde. Von den Dingen, die sie hier gerade erfuhr, mal ganz zu schweigen.

»Ich habe euch heute Morgen erwischt. Dich und diesen … diesen Jüngling, von dem du dich sehr innig verabschiedet hast«, erklärte Luisa ihrer Schwester.

Bianca errötete.

»Wer war das?«, fuhr Luisa mit ihrer Befragung fort. »Jemand aus dem Ort?«

Immer noch schwieg Bianca.

»Kenne ich ihn von früher? Vermutlich nicht, so jung wie er aussah.«

»Wie jung ist er denn?«, wollte Marlies wissen.

»Siebzehn vielleicht?«, mutmaßte Luisa.

»Seit heute achtzehn.« Jetzt endlich mischte sich auch Bianca wieder in das Gespräch ein.

»Dann hat er ja Geburtstag!« Marlies merkte selbst, wie albern und überflüssig ihre Bemerkung klang. Aber angesichts der Tatsache, dass Bianca die Beziehung mit ihrer Antwort quasi bestätigt hatte, fiel ihr vor lauter Schreck nichts Besseres ein.

»Na, herzlichen Glückwunsch!«, nuschelte Amelie in ihren Kaffeebecher.

»Und ja, du kennst ihn«, sagte Bianca zu Luisa. »Es ist Jonathan Ludwig.«

»Was? Hast du gerade Ludwig gesagt?«

»Hab ich. Marco Ludwigs ältester Sohn.«

Marlies schnappte nach Luft.

»Wer ist Marco Ludwig?«, fragte Amelie, aber außer Oma Lisbeth beachtete sie niemand.

»Du kannst doch nicht etwas mit einem Jungen anfangen, der halb so alt ist wie du!« Marlies sprang auf. »Noch dazu mit Marcos Sohn!«

»Ich habe nie gesagt, dass ich was mit ihm angefangen habe«, wehrte sich Bianca.

»Das musst du auch nicht!«, rief Luisa. »Ich habe genau gesehen, was vor sich ging.«

»Ach ja?«, giftete Bianca zurück. »Was denn? Eine harmlose Umarmung, mehr nicht.«

»Ihr seid gemeinsam aus deiner Wohnung gekommen. Am frühen Morgen.«

»Na und? Das bedeutet gar nichts.«

»Wenn es so unwichtig ist, dann kannst du mir ja ruhig sagen, was er bei dir wollte.«

»Nein.« Die Antwort kam schnell und bestimmt.

Luisa schüttelte den Kopf. »Mensch, Bianca! Marcos Sohn! Warum ausgerechnet er?«

»Ach, denk doch, was du willst!«

»Wer ist Marco?«, wiederholte Amelie ihre Frage

Dieses Mal antwortete Oma Lisbeth. »Marco Ludwig war

ein ganz feiner Mann, der leider viel zu früh gestorben ist.« Sie lächelte wehmütig. »Die Guten gehen immer zu früh.«

Obwohl sie sehr leise gesprochen hatte, verstummte der Wortwechsel nach ihrer Erklärung schlagartig.

Zwar sah Amelie so aus, als wollte sie noch etwas fragen, doch dann schien sie es sich anders zu überlegen und biss in ihr Brötchen. Auch Bianca und Luisa nahmen ihr Frühstück wieder auf, vermieden es jedoch sorgfältig, sich anzusehen.

Langsam ließ Marlies sich zurück auf ihren Stuhl sinken. Sie versuchte, ihre Gedanken zu sammeln und dabei ein unbeteiligtes Gesicht zu machen.

Es gelang ihr nicht.

»Alles okay, Oma?«, wollte Amelie wissen.

Nein, nichts ist okay, hätte Marlies am liebsten geantwortet. *Meine erwachsenen Töchter streiten sich immer noch wie die kleinen Kinder. Als ob es keine wichtigeren Probleme gäbe!*

»Alles gut«, log sie. »Schließlich ist es ein wunderschöner Sonntagmorgen.«

»Ja«, bestätigte Amelie und lächelte aufmunternd. »Die Sonne scheint.«

»Und der Himmel ist wolkenlos.«

»Morgen soll es genauso schön werden.«

»Fein!« Marlies merkte selbst, wie nichtssagend die Unterhaltung über das Wetter klang. Aber wenigstens war wieder Ruhe eingekehrt am Tisch!

Wenn auch nur vorübergehend.

»Bist du heute im Weinberg?«, fragte Luisa, als alle fertig gegessen hatten.

Marlies nickte. »Ich schaue nach den Drähten und Pfosten. Einige müssen ausgebessert werden.«

»Soll ich mitkommen?«

»Nein, danke, Liebes, das ist nicht nötig. Du musst doch später noch arbeiten gehen. Genieß bis dahin lieber deine freie Zeit.«

»Aber ich …«

»Hast du nicht gehört?«, unterbrach Bianca sie mit spitzer Stimme. »Wir brauchen dich nicht, wir kriegen das auch allein hin.«

»So wie alles andere auch?« Vielsagend schüttelte Luisa den Kopf.

»Was soll denn das jetzt schon wieder heißen?«

»Nun, ich habe heute früh eine Runde über den Hof gedreht, und mir ist dabei so einiges aufgefallen.«

»Ach, wirklich? Dir ist also so einiges aufgefallen. Von deinen merkwürdigen Beobachtungen habe ich heute schon genug gehört. Behalte den Rest lieber für dich!«

»Das kann ich nicht. Im Keller gibt es eine feuchte Wand.«

»Ich kümmere mich darum«, sagte Marlies.

»Das ist aber noch nicht alles.« Luisa seufzte. »Bei Weitem nicht.«

»Ich habe das im Griff«, versicherte Marlies.

»Und außerdem geht es dich gar nichts an«, fügte Bianca hinzu.

»Aber ich habe ein Recht darauf, alles zu erfahren, was hier so …«, protestierte Luisa.

»Nein!« Bianca schlug so fest mit der Faust auf die Tischplatte, dass das Geschirr klapperte. »Schluss damit! Du hast nicht das geringste Recht auf irgendetwas. Und außerdem hast du neulich behauptet, du würdest dich hier nicht einmischen. Also halt dich gefälligst auch daran!«

»Aber ich kann doch nicht tatenlos zusehen, wie …«

»Doch, das kannst du. Das hast du schließlich jahrelang gemacht.«

»Bianca!«, ermahnte Marlies ihre Tochter. »Sie meint es doch nur gut.«

»Lass nur, Mama!« Luisa schüttelte den Kopf. »Mit Bianca hat man noch nie vernünftig reden können. Es ist sowieso besser, wenn ich das mit dir bespreche.«

Marlies runzelte die Stirn. Sie konnte sich denken, worum es ging. Aber das waren keine Themen, die sie am Frühstückstisch diskutieren wollte. Und erst recht nicht vor allen anderen. Am liebsten hätte sie diese Probleme sowieso totgeschwiegen.

»Müssen wir das ausgerechnet jetzt machen?«

»Wann denn sonst?«

Demonstrativ schaute Marlies in die Runde.

Luisa folgte ihrem Blick.

Oma Lisbeth hatte sich vorgebeugt und fummelte geschäftig an ihrem Hörgerät herum. Offenbar wollte sie nichts von dem drohenden Streit verpassen. Auch Bianca wirkte angespannt, versuchte jedoch, ihre Unruhe zu verbergen und möglichst unbeteiligt aus dem Fenster zu schauen. Nur Amelie gab sich keine Mühe, ihre Neugier zu verstecken. Gespannt blickte sie von einer zur anderen.

Für einen Moment lang war es so still, dass man nur die große Küchenuhr ticken hörte.

»Vielleicht sollten wir diese Unterhaltung tatsächlich lieber verschieben«, sagte Luisa dann zu Marlies' grenzenloser Erleichterung. »Ist vermutlich sowieso besser.« Sie rieb sich die Stirn. »Ich habe nämlich inzwischen so starke Kopfschmerzen, dass ich gar nicht mehr richtig denken kann.«

Sofort vergaß Marlies ihr Unbehagen. »Du Arme! Brauchst du eine Tablette?«

»Nein danke, ich habe welche oben.«

»Guckt mal!«, rief Amelie und deutete zum Fenster hinaus. »Da läuft ein Typ mit zwei Hunden über den Hof.«

»Das ist nur Jörn, der Schäfer«, sagte Marlies.

»Wir haben Schafe? Cool!«

»Nicht nur das«, ergänzte Luisa. »Der Mann wohnt hier auch. Ich wäre vorhin vor Schreck fast gestorben, als ich ihm in der Küche begegnet bin.«

Bianca murmelte etwas, das wie »schade, dass es nicht geklappt hat« klang, doch zum Glück schien Luisa das nicht gehört zu haben.

»Tut mir leid, Liebling«, beeilte sich Marlies zu versichern. »Ich habe nicht daran gedacht, dir von unserer Regelung mit dem Schäfer zu erzählen.«

»Seit wann vermietest du Zimmer?«

»Das hat sich so ergeben.«

»Brauchst du das Geld?«

»Ein kleines zusätzliches Einkommen ist immer gut.«

»Hast du noch mehr Mieter?«

»Nein, er ist der einzige.«

»Ist das für länger?«

»Das weiß ich noch nicht.«

»Schluss mit diesem Verhör!«, ging Bianca dazwischen. »Es ist Zeit, dass ich Mama und Oma Lisbeth in die Kirche fahre.«

»Ohne mich«, ließ sich die alte Dame vernehmen. »Ich gehe heute nicht zum Gottesdienst.«

»Warum nicht?«

»Ich habe etwas Besseres vor. Amelie will mir diesen Vierundzwanzigstunden-Schuhschrank im Internet zeigen.«

»Aber du hast noch nie eine Messe versäumt.«

»Dann wird es Zeit, damit anzufangen. Der liebe Gott wird mir das verzeihen.« Oma Lisbeth stupste Amelie in die Seite und grinste erwartungsvoll. »Komm, Kleine, lass uns Schuhe kaufen gehen!«

10

Das war ja so was von klar gewesen!

Als Amelie am Montagmorgen in den Regionalzug nach Wiesbaden stieg, war dieser genauso voll und überheizt, wie sie es befürchtet hatte.

Toller Start in die Woche!

Eigentlich hatte sie gehofft, dass ihre Mutter sie mit dem Auto zur Schule bringen würde. Doch Luisa hatte nur müde den Kopf geschüttelt, etwas von einer »fürchterlichen Nacht« gemurmelt und war gleich nach dem gemeinsamen Frühstück wieder ins Bett verschwunden.

Kein Wort mehr über ihre großartigen Versprechungen.

Immerhin fand Amelie noch einen freien Platz, sogar in Fahrtrichtung. Vorsichtig stieg sie über die langen Beine eines Jungen, der anscheinend trotz des Stimmengewirrs im Abteil problemlos schlafen konnte, und ließ sich neben ihm am Fenster nieder.

Als der Zug anfuhr, warf sie einen kurzen Blick auf ihre Mitreisenden. Gegenüber saßen zwei jüngere Schülerinnen. Höchstens siebte Klasse, schätzte sie, beide völlig in ihre Handys vertieft. Sie hatten nicht einmal aufgeblickt, als Amelie sich zu ihnen gesetzt hatte.

Auch der schlafende Junge neben ihr hatte sie noch nicht bemerkt. Er lehnte zur Gangseite, sein Kopf war auf die Brust gesunken und wippte jetzt bei jeder Erschütterung mit.

Besonders bequem sah das nicht aus. Außerdem war die Tasche auf seinem Schoß verrutscht, bei der nächsten Vollbremsung würde sie auf dem Boden landen. Amelie überlegte, ob sie ihn darauf aufmerksam machen sollte, entschied sich dann aber dagegen. War ja schließlich nicht ihr Problem.

Sie wandte sich ab und starrte in die schnell vorbeihuschende Landschaft. Geisenheim. Oestrich-Winkel. Hattenheim.

Ein Weinliebhaber mochte bei diesen Namen in Verzückung geraten, für Amelie hingegen waren es nur lästige Stopps auf dem Weg zur Schule. Doch sie musste zugeben, dass die kleinen Orte im Licht der Morgensonne durchaus nett anzusehen waren.

In diesem Moment vibrierte ihr Handy.

Wann kommste?, wollte ihre Freundin wissen.

Noch 20 Minuten, schrieb Amelie zurück.

Alles klar?, meldete sich eine weitere Freundin.

Amelie antwortete mit einem Daumen hoch – obwohl das die Übertreibung des Jahrhunderts war.

Denn eigentlich war gerade gar nichts so toll, dass es einen erhobenen Daumen verdient hätte. Schon gar nicht diese Zugfahrt. Oder ihr neues Leben auf dem Weingut. Und erst recht nicht ihre streitbare Verwandtschaft …

Seit dem heftigen Wortwechsel gestern am Frühstückstisch herrschte dicke Luft im Haus. Tante Bianca, Oma Marlies und Mama waren sich nach Möglichkeit aus dem Weg gegangen. Amelie hatte am Mittag noch einen Versuch für ein klärendes Gespräch unternommen, leider jedoch ohne Erfolg.

Sie wusste selbst nicht so genau, warum sie sich überhaupt einmischte. Der Streit konnte ihr doch eigentlich herzlich egal sein. Trotzdem …

Vielleicht war es der Wunsch nach Harmonie. Im Grunde ihres Herzens war sie ein friedliebender Mensch. Oder aber sie empfand Mitleid mit Oma Marlies, der die schlechte Stimmung sichtbar zu schaffen machte. Höchstwahrscheinlich jedoch, das musste Amelie sich eingestehen, trieb sie die pure Neugier an. Da waren so viele offene Fragen!

Wer, zum Beispiel, war Marco Ludwig? Und was machte Tante Bianca mit seinem Sohn? Warum konnten sich Bianca und Luisa nicht vertragen? Und wieso war Oma Marlies so nervös?

»Wir reden später«, hatte ihre Mutter entgegnet, als Amelie sie gestern darauf angesprochen hatte. Natürlich war nichts daraus geworden, denn Luisa hatte den ganzen Sonntag mit Kopfschmerzen im abgedunkelten Wohnzimmer gelegen und war erst gegen fünf Uhr wieder aufgestanden, um dann gleich zur Arbeit zu fahren.

Und heute früh hatte sie Amelie erneut abgewimmelt. »Ich bin total erschöpft«, hatte sie gestöhnt. »Außerdem sind das keine Themen für Zwischendurch. Dazu brauchen wir Ruhe und Zeit.«

Auch von Oma Marlies und Tante Bianca waren keine Antworten gekommen. Die beiden hatten gestern lange im Weinberg gearbeitet und waren beim Abendessen entsprechend müde und schweigsam gewesen. »Lass es gut sein, Liebes!«, hatte Oma Marlies nur gemeint. »Damit solltest du dich nicht belasten.«

Na gut, dann eben nicht, dachte Amelie. Sie würde nicht noch einmal fragen.

Höchstwahrscheinlich bekäme sie sowieso drei völlig verschiedene Versionen derselben Geschichte erzählt. Nein, da stellte sie doch lieber auf eigene Faust Nachforschungen an – auch wenn sie noch nicht wusste, wie sie vorgehen sollte. Darüber hatte sie den halben Sonntag nachgegrübelt. Leider ohne Ergebnis.

Um sich auf andere Gedanken zu bringen, war sie über den

Hof gestreift und hatte angefangen, Biancas Katzen zu zählen. Doch beim vierten Tier, das sie unfreundlich anfauchte, hatte sie entnervt aufgegeben. In diesem Haus gab es anscheinend kein einziges ausgeglichenes, freundliches Wesen!

Einzige rühmliche Ausnahmen bildeten der Schäfer, der in Amelies Augen echt cool war, und natürlich Oma Lisbeth, die zwar auch nicht über die Vergangenheit reden wollte, dafür aber mit wahrer Begeisterung im Internet Schuhe angeschaut hatte.

Ihre Wahl war schließlich auf drei Paar gefallen: schwarze Sandalen mit medizinischem Fußbett, rote Fellpantoffeln und Turnschuhe mit buntem Blümchenmuster. Ohne schlechtes Gewissen hatte Amelie die Bestellung über das Kundenkonto ihrer Mutter abgewickelt.

»Nächster Halt: Eltville«, verkündete der Schaffner über den Lautsprecher und riss Amelie damit aus ihren Gedanken.

Gleich darauf kam der Zug zum Stehen. Es ruckelte, und wie erwartet kippte ihrem Sitznachbarn die Tasche vom Schoß. Bücher, Stifte, Zigaretten und Gummibärchen verteilten sich auf dem Boden. Schlaftrunken bewegte sich der Junge und tastete nach seinen Sachen. Doch Amelie war schneller und hob ein paar Unterlagen vom Boden auf.

Sie stutzte, als sie die Beschriftung las: *Deutsch Grundkurs – Jonathan Ludwig,* stand dort in sauberer Handschrift. Hastig drückte sie dem Jungen die Hefte in die Hand.

»Danke«, sagte dieser, stopfte auch den Rest zurück in die Tasche und begab sich dann wieder in seine unbequeme Schlafposition.

Jonathan Ludwig, wiederholte Amelie in Gedanken und konnte ihr Glück kaum fassen. Das Schicksal hatte ihr einen der Hauptbeschuldigten direkt vor die Füße geweht! Mit neu erwachtem Interesse musterte sie ihren Mitfahrer.

Das also war Tante Biancas angebliche Affäre.

Er war groß und hager, hatte dunkelblonde, etwas zu lange

Haare, die ihm zottelig ins Gesicht hingen, dazu blasse Haut und tiefe Augenringe. Bekleidet war er mit einer abgewetzten Lederjacke, ausgewaschenen Jeans und einfachen Turnschuhen.

Nicht gerade ein Traumprinz, nicht einmal für eine Frau über vierzig. Aber Amelie glaubte sowieso nicht so recht daran, dass Bianca etwas mit diesem Schlaftypen am Laufen hatte.

Nein, ihre Tante hütete bestimmt ein ganz anderes Geheimnis. Und das würde sie schon noch herausfinden!

»Hab ich Zahnpasta im Gesicht?«

»Was?« Überrascht blickte Amelie in die geöffneten Augen des Jungen. Langweiliges Grau. Passte irgendwie zum Rest seiner Erscheinung.

»Ob ich was im Gesicht habe? Du starrst mich jetzt schon seit Ewigkeiten an.«

»Ich dachte, du schläfst.«

»Ich kann gleichzeitig schlafen und gucken.«

»Kannst du nicht.«

Er antwortete nicht, sondern schaute auf seine Uhr.

»Kurz nach halb acht«, teilte Amelie ihm mit.

»Sehe ich selbst.«

»Gehst du in Wiesbaden zur Schule?«, fragte sie, um das Gespräch in Gang zu halten.

»Ja«, sagte Jonathan. Und dann … leider nichts mehr.

Der Zug fuhr an und er machte es sich wieder in seinem Sitz gemütlich.

Doch so leicht gab Amelie nicht auf. Die Gelegenheit war günstig, und sie beschloss, direkt zum Angriff überzugehen. »Jonathan?«, meinte sie und berührte ihn am Arm. »Herzlichen Glückwunsch nachträglich zum Geburtstag!«

»Danke«, murmelte er schläfrig.

Dann jedoch gingen seine Augen plötzlich auf. »Woher weißt du das alles?«, wollte er wissen und musterte sie misstrauisch.

»Ach, das spricht sich rum.«

»Bei wem?« Er runzelte die Stirn. »Wer bist du überhaupt? Ich habe dich noch nie gesehen.«

»Wenn du immer schläfst, hast du die meisten Leute hier im Zug noch nie gesehen.«

»Ich habe auch meine wachen Momente. Also: Wer bist du?«

Amelie nannte ihren Namen und beobachtete gespannt seine Reaktion.

»Eine von den Schwanthalers?«, wiederholte er und klang dabei nur mäßig interessiert.

»Biancas Nichte.«

»Die Tochter von … wie heißt sie noch gleich … Luisa? Die, die weggegangen ist?«

»Du bist ja voll gut informiert.«

»Deine Familie ist bekannt in der Gegend. Sozusagen alter Weinadel.«

»Oh, okay …«

»Aber woher kennst du meinen Namen?«

Amelie deutete auf seine Tasche. »Steht auf jedem Heft.«

»Logisch.« Er nickte. »Also, Amelie Schwanthaler … wenn du Luisas Tochter bist, wieso sitzt du dann in diesem Zug?«

»Ich fahre zur Schule.«

»Wohl einen Wochenendbesuch bei der Verwandtschaft gemacht?«

»Nein, ich wohne jetzt auf dem Weingut.«

»Warum?«

»Ist eine längere Geschichte«, entgegnete Amelie und ärgerte sich im Stillen über die Wendung, die das Gespräch genommen hatte. Statt ein wenig mehr über ihn zu erfahren, war jetzt sie diejenige, die ausgefragt wurde.

»Na, jedenfalls«, nahm sie ihren ursprünglichen Gesprächsfaden wieder auf. »Bianca hat mir gestern beim

Frühstück erzählt, dass du Geburtstag hast.«

»Hm.« Verlegen kratzte er sich an der Stirn. »Habt ihr kein besseres Gesprächsthema beim Sonntagsfrühstück?«

Du hast ja keine Ahnung, dachte Amelie. Laut sagte sie: »Bianca fand es anscheinend wichtig.«

Zum ersten Mal zeigte er den Ansatz eines Lächelns. Doch das verschwand genauso schnell, wie es gekommen war, als in diesem Moment sein Handy klingelte.

»Hi! Was …«, meldete er sich, wurde aber sofort vom längeren Redestrom seines Gesprächspartners unterbrochen. Amelie konnte nicht verstehen, was gesagt wurde, hörte aber, dass es sich um eine Frauenstimme handelte.

»Bis zur sechsten«, sagte Jonathan schließlich. »Das bedeutet, ich bin um halb drei zu Hause … Ja … ja … die Bank hat dann noch geöffnet … mach dir keine Sorgen … ich kümmere mich darum … ja … tschüss, bis dann!«

Dann steckte er das Handy in die Tasche, lehnte sich zurück und schloss die Augen. Seine Sitznachbarin schien er völlig vergessen zu haben.

Amelie zögerte, ließ ihn dann aber in Ruhe.

Zwar brannte sie darauf, mehr über ihn zu erfahren. Aber sie ahnte auch, dass er sich für den Rest der Fahrt auf kein Gespräch mehr einlassen würde.

Egal. Es würde noch viele Zugfahrten wie diese geben. Jonathan Ludwig würde ihr nicht so leicht entkommen!

11

»Und?«, fragte Bert. »Wie sind die ersten vierzehn Tage im schönen Rüdesheim gelaufen?«

Er stellte zwei Gläser Weinschorle auf die Theke, öffnete eine Tüte mit Erdnüssen und setzte sich dann zu Luisa auf einen der Barhocker.

Es war zehn Uhr am Samstagabend.

Die letzten Gäste waren vor einer Stunde gegangen und auch die Servicekräfte hatten sich verabschiedet. Nur Luisa und Bert waren geblieben, um die Einnahmen abzurechnen und noch einmal nach dem Rechten zu schauen.

Jetzt lag der Speisesaal aufgeräumt im Halbdunkeln, lediglich über der Theke brannte Licht. Eine wohltuende Stille hatte sich ausgebreitet, nur ein schwacher Duft nach Braten und Kraut erinnerte an das geschäftige Treiben, das hier vor wenigen Stunden geherrscht hatte.

Luisa liebte diese ruhigen Minuten nach Feierabend, wenn alle Kollegen gegangen waren und sie das leere Restaurant für sich allein hatte.

Oder zumindest fast. Denn Bert war ja auch noch da. Aber der gehörte zum Inventar.

»Wir haben in den letzten beiden Wochen gar nicht richtig

miteinander reden können«, beschwerte er sich jetzt und nippte an seinem Weinglas. »Du warst immer viel zu schnell weg.«

Auch Luisa nahm einen Schluck von der Weinschorle. Und dann gleich einen zweiten, weil es so gut schmeckte. Niemand konnte dieses Getränk so perfekt zubereiten wie Bert – eine köstliche und erfrischende Mischung aus kühlem Mineralwasser und jungem Riesling.

»Ich hatte abends ständig was vor«, sagte sie und krempelte ihre Blusenärmel hoch. Am liebsten hätte sie sich auch noch die Schuhe ausgezogen, aber das erschien ihr auf den hohen Barhockern wenig ratsam.

»Heute auch?«, wollte Bert wissen.

»Nein, heute nicht.«

»Schön! Dann können wir endlich mal ein bisschen reden. Also: wie läuft es mit der Familie?«

»Ich bin mir nicht sicher, ob du das wirklich wissen willst«, seufzte Luisa.

»So schlimm wird es schon nicht sein.«

»Und wenn doch?«

Bert lachte. »Ich arbeite seit fast fünfzig Jahren hinter der Bar und bin so einiges an Kummer gewohnt.«

Außerdem war er ein guter Zuhörer und ein noch besserer Ratgeber, das wusste Luisa. Ihm hatte sie ihr Herz schon mehr als einmal ausgeschüttet.

Also stellte sie ihr Weinglas zur Seite. »Es ist anstrengend und irgendwie merkwürdig.«

Fragend hob Bert eine Augenbraue.

»Ich ahnte ja schon, dass es nicht die pure Harmonie wird«, fuhr Luisa fort. »Aber mit so heftigen Problemen hatte ich nicht gerechnet.«

»O je! Das klingt nach Streit.«

»Wenn es nur das wäre! Mit ein paar Sticheleien oder Meinungsverschiedenheiten kann ich umgehen. Die gehören bei uns dazu. Aber ...« Ratlos brach sie ab.

»Ja?«

»Es sind leider nicht nur die üblichen Familienkonflikte. Da liegt viel mehr im Argen, als ich dachte. Meine Schwester Bianca benimmt sich noch sonderbarer und feindseliger als sonst und meine Mutter will partout nicht mit mir über die Zukunft des Weingutes diskutieren.«

»Vielleicht ist sie der Meinung, dass sie ihre Angelegenheiten allein regeln kann.«

»Aber es ist doch ein Familienbetrieb …«

»… aus dem du dich viele Jahre herausgehalten hast«, ergänzte Bert. »Du kannst nicht erwarten, dass du gleich wieder mitreden darfst.«

»So was Ähnliches hat Bianca auch gesagt.«

»Da muss ich ihr recht geben.«

»Aber nicht, wenn der Betrieb kurz vor der Pleite steht!«, protestierte Luisa.

»Ist es so schlimm?«

»Ich fürchte, schon. Leider ist alles, was ich meiner Mutter dazu entlocken kann, nur ein nichtssagendes Lächeln. Und die Versicherung, dass alles gut sei. Dabei hat sie gerade erst große Teile der Produktion vom Vorjahr an einen Discounter verkauft. Für nicht mal einen Euro pro Liter.«

»Na also, dann spricht sie ja doch mit dir.«

»Nein«, musste Luisa widerstrebend zugeben. »Ich habe die Unterlagen auf eigene Faust geprüft. Deswegen hatte ich es in den letzten Tagen auch abends immer so eilig, nach Hause zu kommen.«

»Du hast heimlich herumgeschnüffelt.«

»Nein! Also … zumindest nicht heimlich. Was kann ich dafür, wenn um elf Uhr abends alles schläft und keiner mitkriegt, was ich mache?«

»Luisa!« Bert schüttelte den Kopf.

»Ist ja auch egal. Was zählt, sind meine Erkenntnisse.

Und die haben leider nur das bestätigt, was ich sowieso schon befürchtet hatte.«

»Ich kenne mich mit dem Thema nicht so gut aus. Was ist so schlecht daran, wenn der Wein beim Discounter landet?«

»Dass er als anonymer Fasswein weit unter seinem Wert verkauft wird. Der Erlös reicht nicht einmal aus, um alle unsere Kosten zu decken.«

»Und was wirst du jetzt tun?« Bert nahm sich ein paar Nüsse und hielt Luisa die Packung unter die Nase.

Hungrig griff sie zu. »Gar nichts«, antwortete sie mit vollem Mund. »Ich darf nicht, meine Mutter hat es mir verboten. Sie weigert sich, die Probleme zuzugeben. Als würden sie von selbst verschwinden, wenn niemand darüber redet. Ich kann nur hoffen, dass sie irgendwann selbst merkt, dass sie meine Hilfe braucht.«

Bert musterte sie einen Moment lang schweigend. »Wie soll denn diese Hilfe konkret aussehen?«, fragte er dann.

»Das … äh … weiß ich noch nicht. Vielleicht … Geld oder so.«

»Geld oder so«, wiederholte Bert gedehnt. »Meinst du, damit ist es getan?«

»Ich denke schon. Zumindest, um dieses Jahr noch einmal über die Runden zu kommen. Allerdings lehnt es meine Mutter bislang kategorisch ab, Geld von mir anzunehmen.«

»Sie hat auch ihren Stolz.«

»Aber darüber werden wir uns sicherlich noch einig werden. Und wenn dann nächstes Jahr die restlichen Weinlagen verkauft worden sind, kann sie von dem Erlös gut leben und endlich in Rente gehen.«

»Hm«, machte Bert und runzelte die Stirn. »Das würde das Ende eures Familienbetriebs bedeuten. Macht dir das denn gar nichts aus?«

»Ja … nein … ich weiß es nicht …«, murmelte Luisa und ärgerte sich im nächsten Moment selbst über ihr Gestammel.

Bert musste ja glauben, sie sei tatsächlich noch unentschlossen. Aber er kommentierte es nicht.

»Außerdem: Es gibt niemanden, der es weiterführen kann oder will«, fügte sie entschieden hinzu.

»Hm«, machte Bert wieder und sah aus, als wollte er widersprechen. Doch dann nickte er nur und lächelte versonnen.

Für ein paar Minuten blieb es ruhig, beide hingen ihren Gedanken nach und nahmen abwechselnd Erdnüsse aus der Packung.

»Wie steht denn deine Schwester zu allem?«, wollte Bert wissen, als die Tüte leer war.

»Bianca?« Luisa lachte spöttisch und winkte ab. »Die ist keine Hilfe. Sie flattert wie eine schlecht gelaunte Fledermaus zwischen uns herum und wirft mit giftigen Blicken und bösen Kommentaren um sich. Ich kann machen, was ich will, ich finde einfach keinen Draht zu ihr. Dabei wäre es gerade jetzt wichtig, dass wir uns mit Mama auf eine Lösung für das Weingut verständigen.«

»Du musst ja nicht gleich ein Problemgespräch mit ihr führen. Versuch doch erst einmal, mit etwas Alltäglichem ihr Vertrauen zu gewinnen.«

»Mit welchem Thema denn?«

»Ich habe die Erfahrung gemacht, dass die meisten Menschen gern über sich selbst reden.«

»Das wird ein sehr einseitiges Gespräch. Wenn Bianca einmal in Fahrt ist, hört sie so schnell nicht wieder auf.«

»Das wäre immerhin ein Anfang.«

»Aber ich interessiere mich weder für ihre verlausten Katzen noch für die schwachsinnigen Krimis, die sie angeblich so erfolgreich schreibt. Und wenn ich ihr dann doch mal einen guten Rat geben will, hört sie einfach nicht zu.«

»Trotzdem. Versuch es einfach mal mit meiner Methode! Schon allein deiner Mutter zuliebe.«

»Mal sehen«, entgegnete Luisa ausweichend.

Sie war froh, dass Bert nicht weiter nachbohrte, sondern

das Thema wechselte. »Und wie gefällt es Amelie in ihrem neuen Heim?«, wollte er wissen.

»Überraschend gut. Sie ist richtig umgänglich geworden und hält sich zum Glück aus allen Streitigkeiten heraus. Ich glaube, sie genießt es sogar, von meiner Mutter verwöhnt und umsorgt zu werden.«

»Aber das würde sie natürlich nie zugeben, oder?«

»Natürlich nicht.« Luisa lachte. »Es ist nur schade, dass ich nicht mehr so viel von ihr habe. Sie geht nach der Schule oft zu Freundinnen und kommt erst zum Abendessen nach Rüdesheim zurück. Meistens bin ich dann schon weg. Derzeit bleibt uns beiden leider nur das gemeinsame Frühstück.«

»Und deine freien Tage.«

»Es sei denn, sie ist bei ihrem Vater.«

»Ganz schön volles Programm für einen Teenager.«

»Und trotzdem findet sie sogar die Zeit, sich um meine Großmutter zu kümmern.«

»Das ist sehr nett von ihr. Nicht jeder Jugendliche kann mit alten Menschen etwas anfangen.«

»Oh, ich glaube, die beiden haben ihren Spaß miteinander. Sie kaufen auf meine Rechnung das halbe Internet leer und denken wohl, ich merke das nicht. Zuerst Schuhe, dann Modeschmuck und jetzt auch noch bunte Seidentücher. Meine Oma sieht neuerdings aus wie ein verschrumpelter Hippie aus den Siebzigern.«

Bert lachte.

»Außerdem ist Amelie total wild aufs Pendeln«, fuhr Luisa fort. »Ich musste sie bislang kein einziges Mal mit dem Auto zur Schule bringen, sie möchte lieber mit der Bahn fahren.«

»Vermutlich hat sie im Zug ein paar nette Leute kennengelernt.«

»Ja, so wird es sein.«

»Du wirst sehen, bald will sie gar nicht mehr weg aus Rüdesheim.«

»Momentan sieht es auch nicht danach aus, als könnten wir schnell umziehen. Die Immobilienmakler haben mir keine großen Hoffnungen auf einen raschen Abschluss gemacht. Wir werden Geduld haben müssen.« Luisa schaute auf ihre Armbanduhr. »Jetzt haben wir aber lange genug über mich und meine Probleme geredet. Was gibt es denn bei dir Neues?«

Bert winkte ab. »Nicht viel. Außer, dass ich deine Unterstützung brauchen könnte.«

»Gern. Wobei denn?«

»Ich stelle gerade alle Unterlagen für meine Rente zusammen. Würdest du die Papiere noch mal überprüfen? Du kannst so etwas viel besser als ich.«

Bert war seit ein paar Jahren verwitwet und lebte mit seinem Rauhaardackel in einer kleinen Erdgeschosswohnung im Wiesbadener Bahnhofsviertel. Er bat nur selten um Hilfe, doch wenn er es tat, war Luisa immer froh, etwas für ihren Lieblingskollegen tun zu können.

»Dann machst du dir jetzt also ernsthafte Gedanken um den Ruhestand?«

»Ich muss. Unser neuer Chef hat mich schon zweimal darauf angesprochen. Ich glaube, er will den Laden hier deutlich verjüngen.«

»Den Eindruck habe ich auch. Wusstest du, dass er einen Umbau in ganz großem Stil plant?«

»Ja, das habe ich gehört.«

»Wahrscheinlich bin ich dann die Nächste auf seiner Liste.«

»Das glaube ich nicht.«

»Abwarten.« Luisa seufzte. »Auf jeden Fall wird es komisch sein, wenn du nicht mehr hier bist. Mit wem soll ich denn dann tiefsinnige Gespräche zur Nacht führen?«

Bert lächelte aufmunternd. »Keine Angst! So schnell wirst du mich nun auch wieder nicht los.«

12

Wenn Marlies keinen guten Tag gehabt hatte, zog sie sich abends gern ins Wohnzimmer zurück und blätterte durch alte Fotoalben. Das half zwar auch nicht bei der Lösung ihrer Probleme, aber es heiterte sie zumindest ein bisschen auf.

Dieser Mittwoch war so ein schlechter Tag gewesen. Er gehörte sogar zu den schlimmsten Tagen seit Langem. Denn nichts, aber auch gar nichts war ihr heute gelungen.

Schon am Morgen war sie mit Gelenkschmerzen aufgewacht. Ihre Arthrose wurde immer schlimmer und machte das Arbeiten im Weinberg zur Qual.

Danach war der Tag leider auch nicht besser weitergegangen. Zuerst hatte sie einen unangenehmen Termin bei der Bank gehabt und dann noch ein erfolgloses Verkaufsgespräch mit einem lokalen Weinhändler geführt.

Kurz gesagt: Sie hatte sich angestrengt und abgequält. Und wofür das Ganze? Für nichts!

Die erste Träne kullerte über ihre Wange. Marlies ließ sie laufen. Hier und jetzt musste sie sich keine Mühe geben, ihre trübe Stimmung hinter einer fröhlichen Fassade zu verstecken. Sie war allein, zumindest bis zum Abendessen.

Oma Lisbeth und Amelie saßen in der Küche vor dem

Computer und stöberten online nach schicken Handtaschen. »Micro Bags sind gerade total in«, hatte Amelie erklärt, und Oma Lisbeth hatte begeistert genickt und so getan, als ob sie wüsste, was das ist. »Ich kaufe mir eine in Blau.«

Luisa war bereits gegen fünf Uhr zur Arbeit gefahren, gleich nach einer schnellen Tasse Kaffee.

Und Bianca war in der Stadt unterwegs und besuchte einen Kurs an der Volkshochschule. Das machte sie nun schon seit einem guten Jahr mehrmals pro Woche – ohne jedoch näher zu erklären, was sie dort eigentlich lernte. »Recherche«, war alles, was sie dazu sagte. Marlies hatte nicht weiter nachgefragt, denn sie wusste, dass Bianca sowieso nichts verraten würde, wenn es um eine neue, noch unfertige Idee für ihre Bücher ging.

Also waren jetzt alle ihre Lieben versorgt. Und Marlies hatte ein wenig Zeit für sich.

Sie hockte mitten im Zimmer auf dem Boden, eine Tasse Kräutertee in der Hand und vor sich elf dicke Fotoalben, die ihr halbes Leben dokumentierten. Inzwischen kannte Marlies alle Seiten auswendig. Trotzdem blätterte sie immer wieder gern durch die Bilder.

So viele Erinnerungen! Es war, als dürfte sie noch einmal ihr größtes Familienglück nacherleben. Alle Augenblicke. Alle Geschichten.

Sie griff nach dem Band mit der Aufschrift *1982–1985* und musste schon beim Anblick des ersten Fotos lächeln.

Werner, ihr Mann, hatte es im Freibad aufgenommen. Sie selbst lag im schicken Badeanzug mit Zebramuster auf einer Wolldecke, neben sich eine Luftmatratze, einen Klappstuhl, ein Kofferradio und eine rote Kühltasche mit großen Henkeln aus Plastik. Ein gepunkteter Sonnenschirm wartete darauf, aufgespannt zu werden. Die Wiese war voller Menschen, doch ihre Mädchen waren nirgends zu sehen. Die beiden Wasserratten waren damals längst Richtung Becken verschwunden gewesen.

Marlies schloss die Augen und glaubte fast die Sonne auf der zu Haut spüren. Den Duft nach Sonnencreme und frittierten Pommes zu riechen. Und natürlich die Musik aus dem Radio zu hören. *Ein bisschen Frieden* von Nicole. Eine Melodie, die im Kopf blieb.

Leise summend blätterte sie weiter, vorbei an Urlaubsbildern vom Gardasee, Schnappschüssen von Familienfesten und Fotos der Mädchen im Schnee.

An einem Weihnachtsbild blieb ihr Blick hängen. Der Christbaum war traditionell mit roten und grünen Kugeln geschmückt worden – aber lieber Himmel, wie viel silbernes Lametta hatten sie denn da verteilt? Und dann noch diese schiefe gelb-goldene Christbaumspitze!

Die Tanne stand wie gewohnt in der Ecke des Wohnzimmers zwischen Vorhang und Schrank. Davor lag ein ganzer Berg bunt verpackter Geschenke. Marlies konnte sich sogar noch daran erinnern, was in manchen Päckchen gewesen war: Für Bianca hatte es eine neue Barbiepuppe gegeben, die Hochzeits-Barbie mit Kleid und Schleier. Und für Luisa eine Kinderpost.

Doch in dem Moment, als das Foto geknipst worden war, hatten die Kinder das noch nicht gewusst. Beide Mädchen lachten erwartungsvoll in die Kamera. Oma Lisbeth beugte sich im Hintergrund über den Tisch und zündete die Kerzen der großen Weihnachtspyramide an.

Wie jedes Jahr war dann ein aufgeregtes Durcheinander aus Kinderstimmen, Weihnachtsliedern, Umarmungen und zerknülltem Geschenkpapier gefolgt. O du fröhliche!

Marlies lächelte wehmütig. Ihre Familie hatte tatsächlich viele schöne, fröhliche Jahre miteinander verlebt. Wo war nur die Zeit geblieben?

Langsam arbeitete sie sich durch die restlichen Alben. Geburtstage. Klassenfotos. Konfirmationsbilder. Und Luisas Abiturfeier.

Zusammen mit ihren Freundinnen und Freunden stand sie vor der Schule, einem niedrigen Gebäude aus Waschbeton mit dunklen Fenstern und gelben Jalousien. Alle Jugendlichen trugen Jeans und Turnschuhe und die meisten Mädchen natürlich die obligatorischen Schulterpolster unter Bluse oder T-Shirt. Selbst Luisa, die längst nicht jeden Modetrend mitgemacht hatte, war an diesem Tag mit Karottenjeans und einer rosafarbenen Bluse mit gepolsterten Schultern gekleidet. Sie lächelte glücklich und himmelte ihren Freund an.

Damals hatte jeder in der Familie geglaubt, ihren weiteren Lebensweg zu kennen: Lehre im Gastgewerbe, Weiterbildung zur Winzerin, Einstieg ins elterliche Weingut und natürlich Hochzeit mit ihrer großen Jugendliebe Marco Ludwig.

Stattdessen hatte Luisa gleich nach der Lehre ihre Sachen gepackt und war gegangen.

Marlies seufzte. Wieder flossen ein paar Tränen.

Bis heute wusste sie nicht, was genau eigentlich Luisa zu diesem plötzlichen Schritt veranlasst hatte. Aber sie ahnte, dass ihre Tochter es sich mit der Entscheidung nicht leicht gemacht hatte. Und natürlich gönnte Marlies ihrer Erstgeborenen den Erfolg und das Leben, das sie jetzt führte.

Aber Luisas Entschluss hatte damals nicht nur ihr eigenes Leben verändert, sondern auch das der ganzen Familie. Ob ihr das je bewusst geworden war? Wahrscheinlich nicht. Wie auch?

Marlies, Werner und Oma Lisbeth hatten ihre Enttäuschung nie offen gezeigt, sondern einfach so getan, als sei alles in bester Ordnung. Bianca war die Einzige, die protestiert hatte, aber da das Verhältnis der beiden Schwestern zu diesem Zeitpunkt sowieso schon angespannt gewesen war, hatte das Luisa nicht weiter gestört. Unbekümmert war sie hinausgezogen in die große weite Welt.

Die Familie war zu ihrem Alltag auf dem Weingut zurückgekehrt. Später jedoch, als klar wurde, dass Bianca jegliches Interesse am Weinbau fehlte, hatte Marlies sich oft gefragt, wofür die ganze Mühe denn noch gut sein sollte. »Für den besten Schwanthaler-Riesling aller Zeiten«, hatte ihr Mann Werner in solchen Momenten geantwortet, und mit der Zeit war ihr dieser stolze Vorsatz in Fleisch und Blut übergegangen.

Werner lebte für seinen Wein. Also tat Marlies das auch.

Solange Werner da war, musste sie sich keine Sorgen machen. Doch dann war er plötzlich weg gewesen. Und sie hatte nach seinem Tod sehr schnell feststellen müssen, dass es nichts gab: kein Konzept für die Zukunft des Betriebes und – was noch schlimmer war – auch kein Geld. Ganz zu schweigen vom Wissen, das ihr fehlte.

Sie war keine Winzerin. Nur die Witwe eines Winzers. Und doch …

Das Schwanthaler-Weingut war zu ihrer Heimat geworden. Sie konnte die wechselvolle Geschichte förmlich spüren, die sich zwischen den alten Gemäuern abgespielt haben musste. Da war eine Kraft, die einen immer wieder aufstehen ließ, egal was passierte. Vielleicht war dieses Gefühl der Grund, warum sie noch nicht aufgegeben hatte. Warum sie immer noch auf ein Wunder hoffte.

»Marlies?« Jörn Freese steckte den Kopf zur Tür herein.

»Ja?« Schnell wischte sie sich über ihr verweintes Gesicht.

Aber es war bereits zu spät, der Schäfer hatte ihre Tränen bemerkt. »Ist alles okay bei dir?«, wollte er wissen und trat ins Zimmer.

»Jaja, ich habe nur …«, entgegnete sie und machte eine nichtssagende Geste in Richtung der Fotoalben.

»… ein wenig an vergangene Zeiten gedacht?«, ergänzte er ihren Satz.

»Genau.« Sie erhob sich schwerfällig.

»Nicht jede Erinnerung ist schön, nicht wahr?«

Sie nickte, ging aber nicht weiter auf seine Bemerkung ein. »Kann ich etwas für dich tun?«

»Im Gegenteil, ich möchte etwas für euch tun und Pizza holen. Ihr habt mich so oft mitessen lassen, ich muss mich mal revanchieren.«

»Pizza für uns alle?«

»Es sind doch nur Lisbeth, Amelie und wir beide, oder nicht? Der Rest ist ausgeflogen.«

»Stimmt.«

Ohne Luisa und Bianca würde dieser Abend vermutlich wesentlich ruhiger und angenehmer verlaufen. Wie schön! Marlies schämte sich fast für diesen Gedanken, gleichzeitig jedoch freute sie sich auf eine fröhliche und vor allem harmonische Runde. »Hast du Amelie und Lisbeth schon gefragt?«

»Ja.« Er lächelte und übergab ihr eine Speisekarte. »Sie sind begeistert. Jetzt fehlt nur noch *deine* Bestellung.«

»Ich nehme immer die gleiche Pizza, die mit Rucola und Parmaschinken.«

»Ist notiert.« Er schlenderte zur Tür zurück.

»Du kannst eine Flasche Wein aus dem Lager holen!«, rief Marlies ihm nach. »Oder auch zwei.«

»Wird gemacht.«

Als Jörn pfeifend das Zimmer verließ, musste sie lächeln. Die Pläne für den weiteren Verlauf des Abends gefielen ihr. Pizza, Wein und nette Unterhaltung. Sehr nette Unterhaltung. Kein schlechter Tausch gegen Verzweiflung und Tränen.

13

»Hi!«, sagte Amelie am Freitagmorgen zu Jonathan.

»Hi!«, kam es zurück. Heute früh war er wach und schaute sogar einigermaßen munter aus. Das war nicht selbstverständlich. Oft schlief er, wenn sie morgens in den Zug stieg. Oder er döste vor sich hin und gab nur widerwillig Antwort.

Amelie hatte sich zähneknirschend damit arrangiert. Wenn er schlummern wollte, ließ sie ihn in Ruhe. Wenn er wach war, verwickelte sie ihn in ein Gespräch und versuchte, geschickt ein paar Fragen zu seinem Privatleben einfließen zu lassen.

Doch Jonathan Ludwig war eine harte Nuss, der kaum etwas von sich selbst preisgab. Das Einzige, was Amelie bislang herausgefunden hatte, war, dass er bereits in Assmannshausen in den Zug stieg, Gitarre spielte und das Wasser liebte, egal ob Schwimmbad, Fluss oder Meer.

Auch über die Schule redete er nicht gern. Er würde ebenfalls im nächsten Jahr Abitur machen, schien aber kein besonders guter Schüler zu sein. Was sie verwunderte, denn seine Ansichten waren erstaunlich gut durchdacht, seine Antworten intelligent und viele seiner Bemerkungen einfach nur ziemlich witzig. Vermutlich mochte sie ihn deshalb inzwischen so gern – weil er irgendwie anders war. Amelie stand auf schräge Typen.

Um das Eis zwischen ihnen zu brechen, hatte sie ihm gleich am zweiten Morgen nach ihrem Kennenlernen eine Tüte Gummibärchen mitgebracht.

»Wofür?«, hatte er wissen wollen.

»Bestechung«, hatte sie geantwortet. »Wenn du mir ab jetzt jeden Morgen einen Platz freihältst, gibt es noch mehr.«

»Hm.« Er hatte überlegt und dann auf eine mollige ältere Dame gedeutet, die immer drei Reihen weiter vorn saß und strickte. »Warum fragst du nicht die da? Die fährt auch jeden Morgen.«

»Bei dir ist mehr Platz.« *Außerdem will ich ja nicht die dicke Strickliesel besser kennenlernen, sondern dich,* hatte sie in Gedanken hinzugefügt.

»Okay«, war alles, was Jonathan abschließend noch dazu gesagt hatte.

Doch seit diesem Tag lag seine Tasche nicht mehr auf seinem Schoß, sondern neben ihm, wenn Amelie das Abteil betrat. Sie musste seine Sachen nur noch auf den Boden stellen und konnte sich dann zu ihm setzen.

Heute hatte sie eine weitere Überraschung für ihn parat. »Hier!«, sagte sie und hielt ihm einen Thermobecher unter die Nase.

»Was ist das?« Er schraubte den Deckel auf und schnüffelte.

»Kaffee. Frisch zubereitet.«

»Da fehlen Milch und Zucker.«

»Sorry, deine Vorlieben kenne ich natürlich noch nicht. Ich dachte mir, mit Schwarz kann ich nicht viel falsch machen.« Sie holte einen zweiten Thermobecher aus der Tüte.

»Ist der für dich?«

Sie nickte.

»Und wie trinkst du deinen Kaffee?«, erkundigte er sich, während er den Deckel wieder zuschraubte.

»Mit allem.«

»Fein!« Blitzschnell nahm er ihren Becher und drückte ihr dafür seinen in die Hand. »Dann können wir ja tauschen.«

»He! Ich habe schon daraus getrunken.«

»Macht nichts, ich bin abgehärtet, was Viren und Bakterien betrifft.« Er nahm einen großen Schluck und brachte tatsächlich so etwas Ähnliches wie ein Lächeln zustande, wie Amelie erfreut feststellte. Er lächelte nicht oft. Was schade war, denn dann sah sein Gesicht gleich viel jünger und netter aus.

»Warum?«, wollte sie wissen.

»Warum was?«

»Warum bist du abgehärtet?«

»Ich habe einen kleinen Bruder zu Hause.«

»Wie alt?«

»Vier.«

»Und …?«

»Was und?« Er zuckte mit den Schultern. »Ist doch logisch. In dem Alter sind sie dauerkrank.«

»Ist das dein richtiger Bruder?«

»Klar. Wieso nicht?«

»Na ja, der Altersunterschied ist recht groß. Ich meine nur … also … ich bekomme auch bald Geschwister. Halbgeschwister. Mein Vater hat eine neue Frau. Das heißt – so neu ist Nadine nun auch wieder nicht.«

»Geschwister? Gleich mehrere?«

»Es werden Zwillinge.«

»Na, viel Spaß! Ich finde schon ein einzelnes Kleinkind anstrengend. Zwei auf einmal sind bestimmt die Hölle.«

»Magst du deinen Bruder nicht?«

»Doch, er ist süß. Aber er kostet auch jede Menge Nerven und Arbeit. Und Sorgen macht man sich auch ständig.«

»Oh, da spricht der Experte!«

»Kann sein.« Er zuckte mit den Achseln. »Mir bleibt aber auch gar nichts anderes übrig. Mein Vater ist gestorben, als mein Bruder gerade ein Jahr alt war. Seitdem muss ich mich um ihn kümmern.«

»Das tut mir leid.«

»Schon okay. Ist ja nicht deine Schuld.« Er beugte sich vor und hielt ihr seinen Becher hin. »Hier, du kriegst deinen Kaffee zurück. Unter diesen Bedingungen hast du dir Milch und Zucker verdient. Als werdende Schwester hat man es nicht leicht.«

»Mir graut es eher vor den zukünftigen Eltern als vor den Babys. Die beiden werden immer anstrengender. Ich kann echt froh sein, dass ich nicht bei meinem Vater und Nadine wohne, sondern mit meiner Mutter nach Rüdesheim gegangen bin.«

»Das war wohl das kleinere Übel?«

»O ja.«

»Und? Wie gefällt es dir jetzt bei uns, so mitten in der Prärie?«

»Besser, als ich dachte. Das Weingut ist toll.«

»Ja, es hat seinen ganz eigenen Charme. Die alten Mauern, das Fachwerk, der wilde Wein …«

»Du scheinst dich ja gut auszukennen.« Die Bemerkung kam nicht ganz so beiläufig heraus, wie Amelie es beabsichtigt hatte. Aber er schien es nicht zu bemerken. »Bist du oft dort?«

»Ab und zu.«

»Warum?«

»Ich … äh …« Er warf ihr einen Blick zu. Nachdenklich und irgendwie prüfend. Als wäre er sich nicht sicher, wie viel er preisgeben sollte. »Ich treffe mich gelegentlich mit Bianca«, sagte er schließlich.

»Aha.«

Eine bessere Entgegnung fiel ihr nicht ein. Er hatte es zugegeben! Die spannende Frage war jetzt, ob er noch weitere Erklärungen liefern würde.

Anscheinend war Jonathan sich da selbst noch nicht sicher.

»Also …«, begann er zögerlich, »… weißt du, was sie … also Bianca … in ihrer Freizeit … alles so macht?«

»Schreiben und Katzen streicheln.«

Er runzelte die Stirn.

»Sonst noch was?«, setzte Amelie schnell hinzu.

»Du scheinst sie weder zu mögen noch besonders gut zu kennen.«

»Und du? Wie gut kennst du sie?«

»Ist doch egal.« Jonathan wandte sich ab und schaute zum Fenster hinaus. Offensichtlich hatte er entschieden, nicht mehr über Bianca zu reden. Jedenfalls heute nicht. Wie ärgerlich!

Aber es gab ja noch viele morgendliche Fahrten wie diese, also beendete Amelie ihr Verhör und wechselte das Thema. »Ich habe hier noch nicht viel gesehen.«

»Hm?« Sein Blick wanderte zu ihr zurück.

»Ich habe hier noch nicht viel gesehen«, wiederholte sie. »Hast du Lust, mir ein bisschen die Gegend zu zeigen? Vielleicht am kommenden Wochenende?«

Er blinzelte überrascht. »Echt jetzt?«

Sie nickte.

»Weiß nicht …«

»Ach, komm schon! Oder musst du erst in deinem übervollen Terminkalender nachschauen, ob du Zeit hast?«

»Du kannst eine ganz schöne Nervensäge sein, weißt du das eigentlich?«

»Bedeutet das Nein?«

»Das bedeutet: von mir aus.«

Begeisterung sah anders aus. Aber immerhin – er hatte eingewilligt!

»Unter einer Bedingung.«

»Und die wäre?«

»Ich darf das Transportmittel bestimmen.«

»Einverstanden. Es sei denn, du kommst hoch zu Ross. Ich

bin allergisch gegen diese Viecher.«

»Keine Angst!«, grinste er. »Obwohl das eine prima Idee wäre.«

»Wieso?«

»Alle Mädchen lieben Pferde.«

»Ich nicht.«

»Was meinst du wohl, welche Auswahl an Frauen ich hätte, wenn ich in einen Reitverein eintreten würde?«

Amelie musste lachen. »Viel Spaß!«

»Aber ich kann dich beruhigen. Es ist kein Pferd«, versicherte er ihr.

»Was dann?«

»Das wirst du schon sehen.« Er machte ein geheimnisvolles Gesicht. »Es ist etwas, das perfekt in diese Landschaft passt. Lass dich überraschen!«

14

»Schafe als Erntehelfer?« Luisa schüttelte den Kopf. »So etwas habe ich noch nie gehört.«

Schwer atmend schob sie ein paar Haarsträhnen aus dem Gesicht und wischte sich mit dem Handrücken verstohlen über die Stirn. Normalerweise kam sie nicht so schnell aus der Puste, wenn sie die Weinberge hinaufwanderte. An diesem Samstagabend jedoch war sie mit Jörn Freese gegangen und der hatte ein ganz schönes Tempo vorgelegt.

Schade nur, dass ihm das überhaupt nichts auszumachen schien. Er wirkte weder außer Atem noch verschwitzt, wie sie ein wenig neidvoll zugeben musste. Lebhaft, gut gelaunt und lässig mit Jeans und weißem T-Shirt bekleidet, hätte er ebenso gut frisch aus der Dusche kommen können.

Vielleicht war er das ja auch – so gut, wie er duftete.

Im Gegensatz zu ihr selbst. Luisa hatte heute, an ihrem freien Tag, nach dem Aufstehen nur zu dunkelblauen Leggins und einer übergroßen ausgewaschenen Karobluse gegriffen. Und diese bequeme Kleidung hatte sie bis zum Abend nicht gewechselt. Deshalb stand sie jetzt im Schlabberlook neben Jörn Freese und bewunderte zusammen mit ihm einen außergewöhnlich schönen Sonnenuntergang.

Aber wie hatte sie auch ahnen können, dass er sie auf ihrem abendlichen Spaziergang begleiten würde? Bislang waren sie sich nicht oft begegnet. Und wenn doch, war es meistens bei einem Kopfnicken und ein paar freundlichen Worten geblieben. Das wenige, das sie über ihn wusste, hatte sie von Amelie erfahren.

»Jörn ist für einen Erwachsenen ganz okay. Der quatscht einen wenigstens nicht so voll mit blöden Ratschlägen. Und hast du das Drachentattoo auf seinem Arm gesehen? Das ist ja wohl megacool!«

Natürlich hatte Luisa dieses Tattoo schon entdeckt, es war ja kaum zu übersehen. Auch jetzt fiel ihr Blick immer wieder auf das feuerrote dreiköpfige Ungeheuer, das sich um Jörns Oberarm schlängelte.

»Schafe als Helfer im Weinberg sind längst kein Geheimtipp mehr«, erklärte er und beschattete seine Augen mit der Hand. Sorgfältig beobachtete er seine Herde, die sich auf einer Wiese am Fuße des Hügels niedergelassen hatte und von den beiden Hunden bewacht wurde.

Die Tiere wirkten ruhig und schläfrig.

»Angeblich hat man ihren Nutzen nur durch Zufall entdeckt«, fuhr er fort und ließ seine Hand sinken. »In Neuseeland ist vor einigen Jahren eine Schafherde ausgebrochen und hat sich über eine benachbarte Rebanlage hergemacht. Der Winzer muss ziemlich sauer gewesen sein, seine Pflanzen waren im unteren Bereich total kahl gefressen. Bei genauem Hinsehen entdeckte man jedoch, dass die Tiere die Trauben verschont und nur die Blätter genommen hatten.«

»Eine lebende Entblätterungsmaschine.« Luisa lachte. »Nette Geschichte.«

»Aber die Fakten stimmen. Reben werden im Sommer ausgelichtet, nicht wahr?«

»Ja, wegen der Belüftung und als Schutz vor Schädlingen wird das Laub entfernt. Du bist gut informiert.«

»Ich brauchte die richtigen Argumente, um mit den Winzern zu verhandeln. Für meine Schafherde ergeben sich dadurch neue Weidemöglichkeiten.«

»Und? Hattest du Erfolg?«

»Ja, ich habe mehrere Zusagen. Deine Mutter war übrigens eine der Ersten.«

»Natürlich.« Luisa lächelte.

Ihr war nicht entgangen, wie gut sich Marlies mit dem Schäfer verstand. Jörn Freese war zwar öfter mit seiner Herde unterwegs, kehrte aber regelmäßig nach Rüdesheim zurück und übernachtete dann auch jedes Mal im Stall. Er schien das Weingut als eine Art Basis für sein Sommergeschäft zu betrachten – Familienanschluss inklusive.

»Sie ist klasse«, sagte Jörn.

»Wer?«

»Na, Marlies. So fürsorglich, herzlich und fröhlich. Ich wollte, ich hätte auch so eine tolle Mutter gehabt.«

»Hattest du nicht?«

»Nein.«

Nach dieser knappen Antwort kam lange nichts.

Luisa wollte sich schon abwenden und weitergehen, doch da deutete er auf eine Holzbank, die unter einer alten Trauerweide stand.

»Setzen wir uns?«

Sie nickte, froh über eine Verschnaufpause.

Von der Bank aus hatte man einen herrlichen Ausblick auf die Weinberge, die sich im weichen Licht der Abendsonne rot färbten. Die Schatten der Obstbäume am Wegesrand wurden länger und länger. Ein verführerischer Duft nach Kirschblüten lag in der Luft.

Ein paar Amseln begannen zu singen und ab und zu drang das Blöken der Schafe zu ihnen herauf. Ansonsten aber störte kein fremdes Geräusch dieses abendliche Schauspiel.

Luisa seufzte zufrieden. So oder so ähnlich sollte jeder Tag ausklingen!

Träge ließ sie ihren Blick über die Weinreben gleiten. Die Pflanzen hatten bei dem schönen Wetter der letzten Tage fast explosionsartig ausgetrieben. Überall Knospen und Blätter. Wenn die Sonne weiterhin so kräftig schiene, würde es ein guter Jahrgang werden.

»Das sind die allerbesten Momente«, sagte Jörn in die Stille hinein. »Wenn man der Natur beim Wachsen zuschauen kann.«

»Leider komme ich viel zu selten dazu«, entgegnete Luisa bedauernd.

»Warum?«

»Weil ich arbeiten muss. Normalerweise stehe ich um diese Zeit vor anspruchsvollen Gästen und empfehle ihnen irgendeine teure Spezialität.«

»Klingt anstrengend.«

»Ist anstrengend.«

»Wenn du es so ungern machst, solltest du deine Prioritäten überdenken.«

»Woher willst du wissen, dass ich es ungern mache? Vielleicht finde ich ja Erfüllung in meinem Job.«

»Tust du das?« Er warf ihr einen neugierigen Blick zu.

»Nein, schon längst nicht mehr«, musste sie zugeben. »Aber deswegen kann ich nicht einfach alles hinschmeißen. Schließlich habe ich Verpflichtungen.«

»Du hast recht.« Er lächelte entschuldigend. »Und es steht mir auch nicht zu, dir gute Ratschläge zu geben. Dazu kenne ich dich viel zu wenig.«

Luisa verkniff sich die Bemerkung, dass sie nichts dagegen hätte, ihn näher kennenzulernen. Sie mochte Jörn und seine ruhige, bedachte Art. »Was ist mit dir? Gehst du in dem auf, was du tust?«

»Auf jeden Fall.«

»Ich habe mir noch nie Gedanken über die Arbeit eines Schäfers gemacht, kenne nur die üblichen Klischees. In meiner Fantasie läufst du den ganzen Tag mit Hirtenstab, Schlapphut und Gummistiefeln vor deiner Herde her.«

»Manchmal mache ich das tatsächlich«, bemerkte er amüsiert.

»Und den Rest der Zeit?«

»Da mache ich andere Dinge. Soll ich dir ein bisschen was von meinem Alltag erzählen?«

»Gern.« Luisa machte es sich auf der Bank bequem.

Auch Jörn lehnte sich zurück und streckte seine Beine aus.

»Ich kontrolliere zum Beispiel jeden Morgen den Tierbestand«, begann er. »Dann füttere ich die Schafe, repariere Zäune, mache Termine mit dem Tierarzt, organisiere die Schafschur oder stimme mich mit Landwirtschaftsämtern und Naturschutzbehörden ab.«

»Also gehört auch jede Menge Schriftkram zu deiner Arbeit?«

»Ja, leider. Ohne Laptop und Smartphone geht das gar nicht mehr. Ich hasse diesen blöden Verwaltungsaufwand, aber er muss sein.«

»Trotzdem überwiegen die Vorteile. Denn sonst würdest du es ja nicht in Kauf nehmen.«

»Stimmt, die Vorteile überwiegen. Ich bin jeden Tag an der frischen Luft und muss mich nicht mit einem Chef herumschlagen, der mir ständig sagt, was zu tun ist.«

»Aber ist dieses Leben nicht ein bisschen einsam?«

»Man muss sich selbst genügen, dann ist es auszuhalten.«

»Tust du das?«

»Meistens schon. Außerdem bin ich nicht wirklich allein, ich habe ja die Tiere.«

»Gehört die Herde dir?«

»Ja.« Sein Stolz war nicht zu überhören. »Seit fünf Jahren bin ich selbstständig.«

»Und davor?«

»Da war ich bei einer großen Schäferei angestellt und bin mit siebenhundert Tieren durch die Gegend gezogen.«

»Hast du überhaupt ein richtiges Zuhause, wenn du so viel unterwegs bist?«

»Ich habe ein Zimmer in Oldenburg, weil ich irgendwo gemeldet sein muss. Aber ein Zuhause ist das nicht.« Er sagte das ohne jedes Bedauern, aber in einem so einsilbigen Tonfall, dass Luisa auf Rückfragen verzichtete.

»Wie genau funktioniert das mit den Schafen im Weinberg?«, fragte sie stattdessen. »Was muss man beachten?«

Das Lächeln kehrte zurück auf Jörns Gesicht. »Du treibst sie in das umzäunte Gebiet hinein und schließt das Tor. Das ist auch schon alles.«

»Lassen die Tiere das denn so einfach mit sich machen? Ein steiler Weinberg ist etwas anderes als eine flache Wiese.«

»Wenn sie einen großen Bereich mit Ausblickmöglichkeiten für sich haben, fühlen sie sich schnell wohl. Und dann musst du einfach warten, bis sie zu fressen beginnen.«

»Und sie fressen wirklich nur das, was sie sollen?«

»Sie mögen keine sauren Trauben. Bis zur Reife kann man sie deshalb bedenkenlos im Weinberg für sich arbeiten lassen.«

»Faszinierende Vorstellung! Jetzt sehe ich die Schafe mit ganz anderen Augen.«

»Das solltest du auch. Sie sind viel klüger als ihr Ruf.«

Luisa lachte. »So viel wie heute habe ich dich noch nie reden hören.«

»So viel wie heute rede ich normalerweise auch nur im Laufe eines ganzen Jahres.«

»Mir hat es gefallen.«

»Ich hatte schon Angst, dich zu langweilen. In deinem Kopf spuken jetzt bestimmt so viele Schafe herum, dass du noch vor dem Abendessen einschlafen wirst.«

»Das ist doch auch nur ein Klischee«, meinte Luisa. »Außerdem wäre das nicht schlimm.« *Nein,* fügte sie in Gedanken hinzu, *frühes Einschlafen wäre wirklich nicht schlimm.* Sie hatte keine große Lust auf eine Stunde im Kreise ihrer Familie. Viel lieber wäre sie mit Jörn noch ein bisschen auf der Bank sitzen geblieben.

Offenbar sah man ihr den Unwillen deutlich an.

»Guck nicht so böse!«, sagte er nämlich. »Wenn ihr euch alle mit dieser negativen Einstellung an den Tisch setzt, kann das ja nur schiefgehen.«

»Was meinst du?« Wie viel von den Streitigkeiten im Haus hatte er mitbekommen? Offenbar einiges.

»Glaubst du, ich höre nicht, wenn ihr euch anschreit?« Er stand auf und winkte sie mit sich. »So dick sind diese alten Wände nun auch wieder nicht. Aber ich mische mich da nicht ein. Das ist ganz allein eure Sache. Ich finde nur …«

»Was?« Sie musste sich anstrengen, um mit ihm Schritt halten zu können.

»Für eine Familie von Frauen, von denen jede auf ihre Art außergewöhnlich und liebenswert ist, stellt ihr euch ganz schön dämlich miteinander an.«

15

Jörns Bemerkung ging Luisa den ganzen Abend nicht aus dem Kopf.

Er hielt ihre Familie für außergewöhnlich und liebenswert.

Aber auch für ganz schön dämlich.

Was erlaubte er sich eigentlich? Er kannte sie doch gar nicht richtig! Ein paar Tage als Mitbewohner in der alten Scheune machten ihn nicht zum Schwanthaler-Experten. Bestimmt nicht!

Gereizt stopfte sie die ersten Bissen des Winzertopfes, den Marlies zubereitet hatte, in sich hinein. Bald jedoch wurden ihre Kaubewegungen langsamer und genießerischer. Sie musste zugeben, dass es fantastisch schmeckte – ihre Mutter hatte genau die richtige Mischung aus Fleisch und Gemüse getroffen, fein gewürzt mit einem Hauch Thymian und abgerundet durch einen Schuss Rotwein.

Amelie schaffte drei Portionen und sogar Marlies nahm noch einen Nachschlag.

Die Unterhaltung bei Tisch plätscherte dahin, was vor allem daran lag, dass Bianca ungewohnt still blieb. Auch Amelie schien mit ihren Gedanken weit weg zu sein und antwortete nur einsilbig. Das gab Luisa Gelegenheit, Jörns

Aussagen ungestört analysieren zu können.

Außergewöhnlich und liebenswert, wiederholte sie in Gedanken und schaute prüfend in die Runde. Auf ihre Mutter traf diese Beschreibung mit Sicherheit zu. Was hatte Jörn noch über sie gesagt? *Fürsorglich, herzlich und fröhlich.* Ja, das war treffend formuliert.

Gerade jetzt ließ Marlies den Blick aufmerksam über den Tisch gleiten und schob dann die Wasserflasche in Amelies Richtung. Gleich danach nahm sie Oma Lisbeth den Salzstreuer ab und wies darauf hin, wie furchtbar ungesund das für den Blutdruck sei. Dabei lächelte sie so freundlich, dass Oma Lisbeth auf jeden bösen Kommentar verzichtete.

Luisa konnte nicht anders, sie musste mitlächeln. Ihre Mutter mochte in ihrer Fürsorglichkeit manchmal furchtbar anstrengend sein, aber sie meinte es immer nur gut. Das Wohl ihrer Lieben bedeutete ihr alles. Eine Welle der Zuneigung durchflutete Luisa und sie schaute rasch weiter zu Amelie.

Natürlich hielt sie auch ihre Tochter für außergewöhnlich und liebenswert. Welche Mutter tat das nicht? Amelie war ihr ganzer Stolz. Das Mädchen würde seinen Weg gehen, da war Luisa ganz sicher. Hoffentlich verloren sie dabei ihre enge Bindung nicht.

Aber war sie, Luisa, in dieser Hinsicht denn ein gutes Vorbild? Sie schaffte es ja nicht einmal, ein klärendes Gespräch mit ihrer eigenen Mutter zu führen. Von den Spannungen mit ihrer Schwester ganz zu schweigen ...

»Kann ich Maggi haben?«, fragte Oma Lisbeth. »Oder ist das auch ungesund?« Sie trug ein Halstuch mit blauen Punkten und hatte sich eine Klammer ins Haar gesteckt, auf der eine viel zu große goldene Libelle klebte. Beides zusammen hatte dreißig Euro gekostet, und der Betrag war – wie üblich – von Luisas Konto abgebucht worden. Allmählich wurde die neu entdeckte Vorliebe ihrer Großmutter fürs Onlineshopping ganz schön teuer!

Aber konnte man der alten Dame wirklich etwas abschlagen? *Außergewöhnlich und liebenswert.* Ja, das galt auch für Oma Lisbeth.

Bislang hatte Luisa nie besonders viel über ihre Großmutter nachgedacht. Lisbeth war einfach immer da gewesen – eine feste, alterslose Konstante, auf die man sich verlassen konnte. Die genauso gut schimpfen wie verwöhnen konnte, deren Stimme aber im Laufe der Zeit leiser geworden war.

Jetzt versuchte Luisa, sich ihre Großmutter als junge Frau vorzustellen. Klein und zart, aber auch stark und voller Energie. Wovon hatte sie geträumt? Wie war es ihr im Leben ergangen? Und wem hatte sie früher mehr geähnelt: Bianca oder ihr selbst?

Womit Luisas Überlegungen unweigerlich bei der letzten Person angekommen waren, die noch mit am Tisch saß – Bianca.

Sie stöhnte und schob sich rasch noch einen Löffel Eintopf in den Mund. Darüber, ob ihre Schwester *außergewöhnlich und liebenswert* war, wollte sie lieber nicht nachdenken.

Zum Glück musste sie das auch nicht. »Was ist denn heute mit euch beiden los?«, wollte Marlies nämlich in diesem Moment wissen und musterte ihre Töchter besorgt. »Ihr sagt überhaupt nichts. Werdet ihr krank?«

»Nein.« Biancas Seufzer klang fast schon verzweifelt. »Ich hänge nur an einer bestimmten Textstelle in meinem Manuskript fest und das macht mich wahnsinnig.«

»Oh.« Marlies machte ein betretenes Gesicht. »Du Arme!«

»Das wird eine lange Nacht. Ich werde keinen Schlaf finden können, bevor ich meine Schreibblockade nicht überwunden habe.«

Normalerweise hätte sich Luisa an dieser Stelle mit der Bemerkung zu Wort gemeldet, dass das alles nicht ihr Problem sei. Und dass Bianca bitte später nicht zu laut durchs Haus geistern solle. Heute jedoch, nach den ausgiebigen Grübeleien über die Eigenarten ihrer Familie, kam Luisa das unhöflich und falsch vor.

Vielleicht sollte sie stattdessen anbieten, Bianca bei der Lösung ihres Problems zu helfen – auch wenn sie nicht im Geringsten wusste, worin diese Hilfe bestehen könnte. *Versuch es einfach mal! Schon allein deiner Mutter zuliebe.*

So etwas Blödes! Jetzt hatte Luisa nicht nur Jörns Stimme im Kopf, sondern auch die von Bert. Was war denn heute bloß los mit ihr?

»Äh ... Bianca?« Die Worte waren heraus, noch bevor sie darüber nachdenken konnte.

Ihre Schwester hob den Kopf.

»Kann ich ... äh ... können wir ... also ... irgendetwas für dich tun?«, stammelte Luisa und überlegte fieberhaft, wie sie weitermachen sollte. Gleichzeitig konnte sie die erstaunten Blicke der anderen deutlich spüren.

»Ich wüsste nicht, was«, entgegnete Bianca unfreundlich.

Das wusste Luisa leider auch nicht. Doch dann fiel ihr Berts Ratschlag ein. *Ich habe die Erfahrung gemacht, dass die meisten Menschen gern über sich selbst reden.* »Du könntest uns aus deinem Manuskript vorlesen, und wir überlegen uns dann gemeinsam, wie du weiterschreiben kannst«, schlug sie vor.

»Mama! Ist das dein Ernst?«, raunte Amelie ihr zu.

»Was für eine schöne Idee!«, freute sich Marlies.

Nur Oma Lisbeth sagte nichts, sondern nickte nur und aß schweigend weiter.

Und Bianca? Die runzelte die Stirn und fixierte Luisa mit einem durchdringenden Blick. »Was soll das?«, brummte sie misstrauisch.

Verbissen klammerte Luisa sich an Berts Ratschläge und versuchte, gelassen und freundlich zu reagieren. »Ich habe noch nie etwas von dir gelesen und bin neugierig.«

»Du willst dich doch nur lustig machen.«

»Will ich nicht. Ich will helfen.«

»Als ob du etwas vom Schreiben verstehst!«

»Das habe ich nie behauptet. Aber ich bin kreativ und habe vielleicht eine Idee für dich.«

»Ach, wirklich? Warum glaubt eigentlich jeder Idiot, mitreden zu können, wenn es ums Bücherschreiben geht?«

Luisa ignorierte den Idioten. »Weil wir alle gern lesen, deshalb. Du musst unsere Vorschläge ja nicht umsetzen, aber du kannst sie dir zumindest anhören. Vielleicht ist etwas dabei, das dich weiterbringt.«

»Als ob«, murmelte Bianca.

»Es ist einen Versuch wert, Liebes«, ermunterte Marlies ihre Tochter. »Schaden kann es auf keinen Fall. Wenn wir auch keine Lösung finden, so kommen wir doch alle in den Genuss deiner Arbeit und verbringen ein wenig Zeit miteinander.« Sie war die Einzige, die sich auf diese Aussicht zu freuen schien.

Biancas »Von mir aus« klang gequält.

Luisa nickte zwar zustimmend, verfluchte sich aber im Stillen für ihren gedankenlosen Vorstoß. Damit war der Abend gelaufen und sie würde erst spät ins Bett kommen.

Amelie gab sich weniger diplomatisch. »Gilt das auch für mich oder kann ich gehen?«, wollte sie wissen. Als Luisa mit einem entschiedenen »Du bleibst!« antwortete, verdrehte das Mädchen die Augen.

Oma Lisbeth hingegen schien von dieser Unterhaltung kaum etwas mitbekommen zu haben. Sie legte das Besteck zur Seite und verkündete, dass sie fertig sei. Dann holte sie – wie jeden Abend – ihr Strickzeug hervor und schaltete das Hörgerät ab. »Die Batterie ist alle«, stellte sie fest und lächelte entschuldigend in die Runde.

Zum ersten Mal in ihrem Leben beneidete Luisa ihre Großmutter um deren Schwerhörigkeit …

»Schwer waberte der Nebel durchs Tal«, begann Bianca wenig später mit flüsternder Stimme.

Sie stand mitten im Raum, eine Lesebrille auf der Nase und das Buch weit von sich gestreckt. Hämisch grinste Luisa in sich hinein. Auch ihre Schwester hatte anscheinend mit den ersten Anzeichen des Alterns zu kämpfen. Das war nur gerecht!

Wenigstens sah Bianca heute Abend fast vorzeigbar aus, die Zeit der literarischen Empathie schien vorbei zu sein. Sie trug eine geblümte Bluse und einen langen schwarzen Rock. Aber natürlich war sie barfuß und ihr Haarknoten hatte sich im Laufe des Tages fast aufgelöst. Überall standen blonde Strähnen vom Kopf ab.

Nicht schlimm, sagte sich Luisa. Sie waren ja unter sich.

Die ganze Familie hatte sich nach dem Spülen wieder um den Esstisch versammelt und hüllte sich jetzt in abwartendes Schweigen.

»Es war einer jener kalten Novemberabende, an denen die Dunkelheit viel zu früh kam und sich auf das Gemüt der Menschen legte«, fuhr Bianca fort.

Daraufhin folgte eine ausführliche Beschreibung des schwarzen Nachthimmels mit seinen diversen Wolkenfetzen, die in Biancas Fantasie bedrohlich schnell über den Horizont jagten und immer wieder den Mond verdeckten.

Bei der fünften Wolke unterdrückte Luisa ein Gähnen.

Biancas bildhafte Sprache hatte durchaus ihren Reiz, das musste sie neidlos feststellen. Aber der Spaziergang mit Jörn und die viele frische Luft hatten sie müde gemacht.

»Der Wind heulte um die Häuserecken und zerrte an den kahlen Ästen der Weinreben. Regen peitschte durch die Straßen. Wer jetzt noch draußen unterwegs war, beeilte sich, ins Trockene zu kommen.«

Bianca machte eine kunstvolle Pause.

»Im Haus Nummer vier am Bachweg lag Kater Archimedes lang ausgestreckt auf seinem Lieblingsplatz vor dem Kamin und wärmte sich den Rücken …«

»Archimedes ist der Held der Geschichte«, unterbrach Marlies ihre Tochter.

»... als plötzlich sein Herrchen Fro zur Tür hereinkam«, fuhr Bianca fort.

»Fro?«, wiederholte Luisa.

»Fro wie Frobert«, erläuterte Bianca. »Frobert Gießwein.« Amelie kicherte.

»Bist du sicher, dass dieser Name eine gute Wahl ist?«, fragte Luisa.

Bianca nickte. »Natürlich. So wie ihr jetzt reagiert, werden auch meine Leserinnen reagieren. Verwunderung bringt Aufmerksamkeit. Außerdem gefällt mir Frobert. Ich brauche einen starken, altmodischen Namen, der in krassem Gegensatz zu seiner äußerlichen Erscheinung steht.«

»Wie genau sieht er denn aus?«

»Das erfahrt ihr gleich. Kann ich weiterlesen?«

Alle nickten.

»Er streifte seine regennassen Schuhe und die ebenso feuchte Hose ab, zog Socken, Pulli und T-Shirt aus und stand plötzlich nur in Unterhose bekleidet vor Archimedes. Sein heißer, leidenschaftlicher Blick tanzte durchs Zimmer, während er seine üppig behaarte, muskulöse Brust massierte ...«

Amelie schnaufte verdächtig.

»... und das Wasser aus seinen widerspenstigen schwarzen Locken auf den Boden tropfte. Er schüttelte den Regen ab und die Tropfen flogen quer durchs Zimmer.«

»Warum zieht er sich nicht im Bad um?«, erkundigte sich Marlies. »Das wäre hygienischer.«

»Weil ein kaltes Badezimmer längst nicht so viel Atmosphäre hat wie ein schummerig beleuchtetes Wohnzimmer mit loderndem Kaminfeuer. Entscheidend ist der Gesamteindruck. Seht ihr denn nicht das Bild, das ich mit meinen Worten male?«

»Ein halb nackter, behaarter Mann macht Wasserflecken«, murmelte Amelie. »Das ist eklig.«

Verärgert kniff Bianca die Augen zusammen.

»Aber Schatz, so darfst du das nicht sehen!«, ging Luisa dazwischen. Es fehlte gerade noch, dass es jetzt wegen dieser Lappalie zum Streit kam! Zum Glück konnte sie sich denken, worauf ihre Schwester mit dieser schwülstigen Beschreibung hinauswollte. »Bianca möchte doch nur seine wilde Männlichkeit betonen.«

Erneut verzog Amelie angewidert das Gesicht.

»Richtig«, entgegnete Bianca erfreut. »Dass ausgerechnet du das verstehst, damit hätte ich nicht gerechnet.«

»Ich mag den Kater lieber als den nackten Typen.« Amelie schüttelte sich.

»Ich lese solche Szenen auch nicht gern«, sagte Marlies. »Aber Bianca meint, es verkauft sich besser, wenn ein ... wie heißt er noch gleich, Liebes? ... mitspielt.«

»Ein Bad Boy.«

Ein Bad Boy mit Namen Frobert Gießwein, dachte Luisa. *Was für ein Schicksal!* Laut fragte sie: »Gibt es für so etwas nicht ein eigenes Genre?«

»Ja, klar. Bad Boy steht für heiße Geschichten mit gefährlichen Lovern«, bemerkte Amelie verächtlich. »Diese Storys laufen immer nach dem gleichen Schema ab: Durchgeknallter Kerl trifft die Liebe seines Lebens, es gibt haufenweise perversen Sex und zum Schluss gehört der Psycho zu den Guten.«

»Ich verknüpfe die Genres bewusst«, erklärte Bianca. »Und biete dadurch von allem etwas: einen spannenden Krimi, eine lustige Tiergeschichte und natürlich die richtige Portion Sex.«

Das klang nach einer wirren und wenig Erfolg versprechenden Mischung, doch Luisa behielt auch diesen Gedanken lieber für sich. Sie wollte die lebhafte und bislang überraschend friedliche

Stimmung am Tisch nicht durch eine kritische Äußerung zerstören.

Bianca begann wieder zu lesen, und bald schon entwickelte sich die Geschichte, wie befürchtet, zu einer haarsträubenden Abfolge aus blutigen Tatortbeschreibungen, überladenen Bettszenen und den eher langweiligen Erlebnissen eines streunenden Katers im nächtlichen Weinberg. Irgendwann tauchte sogar die exzentrische Malerin auf, von der Bianca bereits am Tag des Einzugs erzählt hatte. Doch da hatte Luisa längst den Überblick verloren.

Sie unterdrückte ein weiteres Gähnen und warf einen gelangweilten Blick in die Runde. Oma Lisbeth strickte an ihrer Wollsocke. Amelie spielte unter dem Tisch heimlich mit ihrem Handy herum. Anscheinend war Marlies die Einzige, die noch immer bei der Sache war. Gespannt hing sie an den Lippen ihrer Tochter.

Sofort bekam Luisa ein schlechtes Gewissen und lenkte ihre Aufmerksamkeit zurück auf Bianca. Leider jedoch wurde die Geschichte immer abstruser. Ganze Textpassagen wiederholten sich, Personen tauchten auf und verschwanden wieder und die Handlung verhedderte sich in unlogischen Kleinigkeiten.

Schließlich gab Luisa auf. Zum Teufel mit Frobert Gießwein und seinem Kater! Sie war müde und sehnte sich nach ihrem Bett. Wie lange wollte Bianca denn noch lesen, bis sie zu ihrem Schreibproblem kam?

War es unhöflich, diese Frage laut zu stellen? *Vermutlich schon*, sagte sich Luisa. Sie hatte ja selbst um diese Lesung gebeten. Also musste sie da jetzt wohl durch – und zwar bis zum bitteren Ende.

Um nicht allzu lustlos zu wirken, suchte sie nach einem Gedanken, mit dem sie sich die Zeit vertreiben konnte. Es musste etwas Nettes, Harmloses sein. Etwas, das ihr zu einem neutralen Gesichtsausdruck verhalf.

Fast automatisch landete sie bei den Schafen. Diesen flauschigen und kuscheligen weißen Vierbeinern. So freundlich. So gemütlich. Und so beruhigend. Eine ganze Herde ... Wie viele waren es noch gleich?

Dass dieses imaginäre Schäfchenzählen keine gute Idee war, wurde ihr erst eine Viertelstunde später bewusst ...

16

»Mama?« Amelie rüttelte an ihrer Schulter.

»Hm?« Luisa erwachte.

Sie saß noch immer am Esstisch, ihr Kopf war auf die verschränkten Arme gesunken. Ihre Wangen fühlten sich heiß an, ihr Mund trocken und ihr Nacken war durch die ungewohnte Haltung total verspannt.

»Autsch!« Sie blinzelte.

Vor ihr stand Bianca und schnappte nach Luft. Daneben ihre Mutter mit unglücklichem Gesichtsausdruck.

Schnell schloss Luisa ihre Augen wieder. Doch es half nichts – sie konnte sich nicht zurück in ihre wohligen Schäfchenträume retten. Stattdessen sickerte langsam, aber stetig die Erkenntnis durch, dass sie ein riesiges Problem hatte. Sie war eingenickt – ausgerechnet während Biancas Lesung!

»Komm schon, wach auf!«, flüsterte Amelie.

Luisa nahm all ihren Mut zusammen und öffnete die Augen.

Bianca und Marlies standen immer noch vor ihr. Auch Oma Lisbeth beugte sich jetzt quer über die Tischplatte und erkundigte sich freundlich und leider auch sehr laut: »Hast du gut geschlafen, mein Kind?«

Mühsam rappelte Luisa sich auf. »Ich ... äh ... na so was!«

Sie lachte verlegen. »Das ist mir ja noch nie passiert.«

»Einmal ist immer das erste Mal.« Bianca presste ihre Lippen zusammen. Sie bebte vor Zorn.

»Tut mir leid«, murmelte Luisa und meinte es auch so.

»Schon gut.« Bianca nahm ihr Manuskript und wandte sich ab.

»Wo willst du denn hin?«, rief Marlies. Ihr verzweifelter Blick huschte zwischen ihren Töchtern hin und her. »Wir sind noch gar nicht fertig mit Lesen. Du kannst doch jetzt nicht einfach weggehen.«

»Warum denn nicht? Das ist doch in dieser Familie so üblich.«

»Aber … aber … wir sollten das klären.«

»Was gibt es denn da zu klären? Für mich ist die Sache ziemlich eindeutig: Luisa findet meinen Roman zum Gähnen langweilig.«

»Tue ich nicht!«, behauptete Luisa. »Deine Geschichte hat Potenzial und …«

»Oh, da spricht die Expertin! Es würde überzeugender klingen, wenn du nicht eingeschlafen wärst.«

»Entschuldige! Ich hätte sagen sollen, wie müde ich bin.«

»Auf solche Ausreden pfeife ich.« Bianca kam zurück und knallte das Manuskript auf den Tisch. »Ich pfeife überhaupt auf alles, was du sagst oder tust.«

»Bianca!«, warnte Marlies.

»Ach, komm schon, Mama! Es ist ja nicht so, dass ich euch zu einer Lesung gezwungen hätte.« Biancas Zeigefinger schnellte vor und zielte direkt auf Luisas Nasenspitze. »Sie war diejenige, die darum gebeten hat. Und ich blöde Kuh habe einen Moment lang tatsächlich geglaubt, sie würde sich für mich und meine Arbeit interessieren.« Sie lachte bitter. »Tja, falsch gedacht.«

»Bianca, bitte …«, begann Luisa, wurde aber sofort wieder von ihrer Schwester unterbrochen.

»So etwas wird mir nie wieder passieren. Wie dumm kann ich eigentlich sein, dass ich dir immer wieder vertraue? Dabei ist dir doch völlig egal, was ich tue.« Sie deutete auf Marlies und Oma Lisbeth. »Wir alle sind dir egal.«

»Das geht jetzt wirklich zu weit.« Marlies war blass geworden, ihre Stimme zitterte.

»Aber es ist doch so«, beharrte Bianca. »Sie spielt ihre altbekannte Rolle: Luisa, die Superfrau. Die Hübsche. Die Nette. Diejenige, die nie etwas Böses tut oder sagt, weil sie viel zu sehr auf ihren guten Ruf bedacht ist. Deshalb kann sie auch nicht einfach vor allen zugeben, dass ihr mein Buch nicht gefällt. O nein! Sie zieht sich lieber dadurch aus der Affäre, dass sie einschläft. Aber solche eleganten Abgänge hast du ja schon immer geliebt, nicht wahr?«

Luisa hatte genug von Biancas Vorwürfen. Wütend sprang sie auf. »Was soll das? Spinnst du?«

»Schluss jetzt!«, wimmerte Marlies.

Aber Bianca beachtete sie gar nicht. »Soll ich deine Erinnerung ein wenig auffrischen?«, fragte sie und baute sich bedrohlich nah vor Luisa auf.

»Bitte sehr!«, zischte diese, ohne auch nur einen Zentimeter vor ihrer Schwester zurückzuweichen.

»Es ist ein Trauerspiel in drei Akten.«

»Ach, wirklich? Wann hast du dir das denn ausgedacht?«

»Ich hatte viel Zeit.«

»Na, da bin ich ja mal gespannt!«

»Akt Nummer eins: Luisa, die Tolle, verlässt Knall auf Fall ihr Elternhaus und ihren Freund, um in der Ferne ihr Glück zu suchen. Was derweil aus den Menschen hier zu Hause wird, interessiert sie nicht.«

»Das ist nicht wahr«, protestierte Luisa.

»Du hast uns allen, einschließlich Marco, das Herz gebrochen!«

»Marco?«, rief Amelie erstaunt. »Etwa Marco Ludwig?«

»Genau der!«

Amelies Blick wanderte von Bianca zu ihrer Mutter. »Jetzt wird mir einiges klar ...«

»Akt Nummer zwei«, fuhr Bianca ungerührt fort. »Luisa, die Erfolgreiche, kehrt zurück. Zumindest an den Wochenenden und auch nur, um sich nach der Trennung von ihrem Mann ein wenig den Bauch pinseln zu lassen. Kaum hoffen die Ersten, dass sie vielleicht doch wieder einzieht, ist sie weg und startet karrieremäßig noch einmal voll durch.«

»Ich habe nie gehofft ...«, begann Marlies.

»Doch, das hast du!«, widersprach Bianca. »Und du tust es auch jetzt noch, im dritten Akt: Luisa, die Ewig-Bessere, ist wieder da, und schon läufst du mit glücklichem Gesicht herum.«

»Sie ist meine Tochter, da darf ich mich ja wohl freuen.«

»Ich bin auch deine Tochter! Zwar weniger hübsch und weniger begabt, aber im Gegensatz zu Luisa bin ich hier und werde es auch bleiben. Ich lasse dich nicht im Stich.«

Luisa schnappte nach Luft. »Ich lasse auch niemanden im Stich!«

»Und ob du das tust!«, brüllte Bianca.

»Seit wann lässt man seine Eltern im Stich, wenn man sich ein eigenes Leben aufbaut? Versuchst du dir jetzt etwa durch dieses lächerliche Argument schönzureden, dass du immer noch zu Hause wohnst?«

»Das war eine gut durchdachte Entscheidung.«

»Aber sicher doch! Völlig edel und selbstlos. Weil du ja so viele Möglichkeiten gehabt hättest.«

»Mama!«, warnte Amelie leise. »Das reicht jetzt.«

Luisa wusste, dass ihre Anschuldigungen gehässig und verletzend waren, doch das war ihr mittlerweile egal. »Wer austeilt, muss auch einstecken können!«

»Ich hasse dich. Du bist so was von unsensibel ...«, setzte

ihre Schwester an, wurde jedoch von Oma Lisbeths heiserer Stimme unterbrochen.

»Ruhe!«, krächzte die alte Dame.

Auch sie hatte sich erhoben. Trotz ihres krummen Rückens und der kitschigen Haarklammer strahlte sie in diesem Moment Würde und Autorität aus. Streng, beinahe bedrohlich wanderte ihr Blick von einer zu anderen. »Euer Gezanke ist ja selbst mit abgeschaltetem Hörgerät kaum zu ertragen. Ab ins Bett!«

»Aber Mutter«, meinte Marlies und tätschelte Lisbeths Hand. »Du kannst uns doch nicht einfach wie die kleinen Kinder ins Bett schicken.«

»Und ob ich das kann! Das siehst du doch.«

»Wir sind noch längst nicht fertig miteinander«, wandte Bianca ein.

»Und wohin soll das führen?«, gab Lisbeth schroff zurück. »Mit den Beleidigungen seid ihr bald durch. Wollt ihr dann anfangen, euch zu prügeln?«

Betreten schüttelten Marlies, Bianca und Luisa den Kopf.

»Dann könnt ihr euren Streit auch ebenso gut für heute beenden und schlafen gehen. Wer schläft, sündigt wenigstens nicht. Und morgen ist auch noch ein Tag.« Lisbeth atmete einmal tief durch und zupfte Amelie am Arm. »Komm, Kindchen, steh auf! Wir beide trinken jetzt zur Beruhigung noch ein Likörchen.« Böse funkelte sie die anderen drei Frauen an. »Und ihr verschwindet!«

Zu Luisas Überraschung protestierte Bianca nicht länger, sondern nickte nur. Sie nahm ihr Manuskript und rauschte aus dem Zimmer.

Marlies sah aus, als wollte sie noch etwas sagen. Doch nach einem weiteren bösen Blick von Oma Lisbeth folgte sie ihrer Tochter ohne ein weiteres Wort.

»Eigentlich trinke ich gar keinen Schnaps«, meinte Amelie zu ihrer Urgroßmutter. »Aber vielleicht mache ich heute mal eine Ausnahme.«

»Keine Sorge, ein Likör ist kein Schnaps, sondern Obstsaft mit Alkohol«, entgegnete diese und hakte sich bei Amelie unter. »Ich habe einen guten Tropfen in meinem Zimmer.«

Luisa war die Letzte, die den Raum verließ, immer noch erschüttert von den Ereignissen der letzten Viertelstunde. An der Treppe traf sie auf Jörn Freese, der eine Thermoskanne in der Hand hielt und den Abmarsch der Frauen neugierig beobachtete.

»Frag lieber nicht!«, murmelte sie, als sie seinen Blick spürte. Sie fühlte sich auf einmal entsetzlich schuldig.

»Hatte ich gar nicht vor.«

»Ich habe es versucht«, brach es aus ihr hervor. »Aber das ist gründlich schiefgelaufen. Und dann ist alles eskaliert.«

»Hm.« Er nickte, obwohl er eigentlich gar nicht wissen konnte, um was es ging. Aber vermutlich hatte er genug gehört, um sich den Rest mühelos zusammenreimen zu können. Laut genug waren sie ja gewesen.

»Kaffee?« Er hob die Thermoskanne an.

Sie wollte ablehnen, schließlich war es schon nach zehn Uhr abends und sie gehörte dringend ins Bett. Andererseits: Sie könnte sowieso nicht schlafen. Nicht nach diesem schrecklichen Streit. Eine Tasse Kaffee mehr oder weniger würde daran auch nichts mehr ändern.

»Okay«, entgegnete sie deshalb. »Aber nur mit ganz viel Schokolade.«

»Tut mir leid, da muss ich passen.«

»Macht nichts. Ich habe für den Notfall immer Pralinen im Kühlschrank liegen.«

»Handelt es sich denn um einen Notfall?«

»O ja!«

»Na dann …« Jörn lächelte.

Sein freundliches Gesicht tröstete Luisa ungemein.

Und für einen winzigen Moment fühlte sie sich besser.

17

Jörn stellte zunächst tatsächlich keine Fragen – stattdessen ließ er sie reden.

Geduldig hörte er sich Luisas Version der Ereignisse an, kommentierte diese jedoch nicht. Erst als sie geendet hatte, schüttelte er den Kopf und murmelte irgendetwas von »unnötig und schade«.

Dann aber wechselte er das Thema und bald schon waren sie in eine lebhafte Diskussion über ökologische Landwirtschaft vertieft.

Allmählich entspannte sich Luisa. Sie fühlte sich wohl in seiner Kammer, die eigentlich eher einem behaglichen Gästezimmer glich als einem selten genutzten Raum im hinteren Bereich der Scheune.

Ihre Mutter hatte hier tatsächlich ganze Arbeit geleistet. Die dunklen Holzdielen glänzten frisch poliert, an beiden Fenstern hingen rot karierte Vorhänge und bei der Einrichtung hatte Marlies mehrere ausrangierte Möbelstücke geschickt miteinander kombiniert: ein breites Bett, das vor vielen Jahren einmal Bianca gehört hatte; ein massiver Bauernschrank, der früher im Treppenhaus gestanden hatte; eine Spiegelkommode aus Oma Lisbeths Beständen; und ein alter Gartentisch mit zwei Klappstühlen.

Aber erst durch Jörns persönliche Sachen bekam der Raum eine bewohnte und individuelle Note. Natürlich hatte er nicht viel Gepäck dabei, aber das wenige, das offen herumlag, gab Aufschluss über seinen Charakter und gefiel Luisa ausnehmend gut.

Die altmodische große Armbanduhr mit Ziffernblatt zum Beispiel, die an seinem Bett lag. Gleich daneben Lesebrille und Tageszeitung – kein Massenblatt, sondern eine regionale Ausgabe, die Luisa an ihren freien Tagen beim Frühstück auch gern las.

Außerdem schien er ihre Vorliebe für gesalzene Erdnüsse zu teilen. Eine geöffnete Dose stand auf der Spiegelkommode, eine weitere auf der Fensterbank und eine dritte mitten auf dem Tisch.

Für seine Hunde hatte er zwischen Bett und Schrank eine dicke Wolldecke ausgebreitet, auf der beide Tiere jetzt lagen und schliefen. Sie hatten vorhin kurz aufgeschaut, als Jörn mit Luisa ins Zimmer gekommen war, sich dann aber sofort wieder ausgestreckt.

»Zufrieden?«

»Wie bitte?«

»Ob dir gefällt, was du siehst«, sagte Jörn. »Meinst du, ich hätte nicht bemerkt, dass du dich die ganze Zeit schon heimlich umschaust?«

»Na ja, ich war ewig nicht mehr hier und bin neugierig«, rechtfertigte sich Luisa. »Früher haben wir diesen Raum nur als Lager genutzt. Ich wusste nicht, dass man so etwas Nettes daraus machen kann.«

»Euer ganzes Haus hat dieses Potenzial. Ich habe selten so schön verarbeitetes Fachwerk gesehen.«

»Ja, ich weiß. Vor meinem Einzug hatte ich bei mir oben damit begonnen, die alten Mauern und das Holz freizulegen. Sieht toll aus. Aber so eine Restaurierung kostet Zeit und Geld.«

»Und man muss es wollen.«

Fragend sah sie ihn an.

»Du willst doch bald wieder ausziehen«, erklärte er. »Warum also solltest du anfangen, hier zu renovieren?«

»Das klingt enttäuscht. Fast so, als fändest du meine Entscheidung nicht gut.« Und das störte Luisa.

»Was ich finde oder nicht, das ist völlig egal.«

»Kannst du mir nicht wenigstens einen Hinweis darauf geben, was du denkst?«

»Warum?«

»Es interessiert mich einfach. Du bist ein ständiger Gast in unserem Haus und kriegst vermutlich alles mit, was hier so hinter den Kulissen abgeht.«

Er lächelte, sagte aber nichts.

»Ich wette, du hast eine Meinung. Eine durchdachte, neutrale, eigene Meinung.«

»Habe ich auch.«

»Dann sag sie mir!«

»Hm«, machte er und verschränkte die Arme vor der Brust. »Damit breche ich eine meiner Regeln.«

»Die da lautet?«

»Misch dich niemals ein!«

Sie beugte sich vor. »Sind Regeln denn nicht dazu da, um gebrochen zu werden?«

Auch er lehnte sich vor. »Interessante Frage.«

Plötzlich war sie sich seiner körperlichen Nähe sehr bewusst. Ihre Beine berührten sich und sie konnte die Wärme seiner Haut spüren – ein prickelndes, angenehmes Gefühl. Eines, das sie schon lange nicht mehr so intensiv erlebt hatte. Und das sie gleichzeitig nervös und verlegen machte.

Rasch lehnte sie sich zurück und nahm eine Praline. Und dann noch eine. Wenn man kaute, musste man nicht sprechen …

Er ließ sie nicht aus den Augen. Ob er ihre Unsicherheit gespürt hatte?

»Na schön, ich werde dir sagen, was ich denke«, meinte er schließlich. »Wenn ich ein so tolles Zuhause hätte wie du, dann würde ich alles dransetzen, es zu erhalten. Und damit meine ich nicht nur die alten Mauern und das Fachwerk.«

Sie ließ das unkommentiert, spülte den Rest der Schokolade mit einem Schluck Kaffee hinunter und sah ihn über den Rand der Tasse hinweg an. »Hattest du denn kein schönes Zuhause?«

»Nein. Nie.«

»Geht das ein bisschen ausführlicher?«

»Ich rede grundsätzlich nicht über mein Privatleben. Regel Nummer zwei.«

»Regeln sind dazu da, um gebrochen zu werden.«

»Ich glaube, du erwartest zu viel. Über mich gibt es nichts Aufregendes zu berichten.«

»Ich höre mir auch langweilige Geschichten an.« Sie zögerte und fügte dann leise hinzu: »Weil du es bist.«

Seine Augen blitzten überrascht auf. »Ach, so ist das?«, murmelte er und musterte sie fragend.

Sie wich seinem Blick aus.

»Wenn du unbedingt willst, werde ich es dir erzählen«, sagte er, nachdem er eine Weile vergeblich auf ihre Antwort gewartet hatte. Sein Gesicht verzog sich zu einem frechen Grinsen. »Weil du es bist.«

Luisa errötete und lächelte zurück.

»Ich hoffe jedoch, du erwartest jetzt keine dieser rührseligen Geständnisse, wo ein junger Mann in seiner Jugend nur Schlechtes erlebt, sich deshalb von der Menschheit abwendet und sein Glück bei den Tieren findet. So war das bei mir nämlich nicht.«

»Sondern?«

»Ich komme aus einem wohlhabenden Elternhaus, mir

hat es nie an irgendetwas gefehlt. Außer vielleicht an echter Aufmerksamkeit. Meine Eltern waren beide auf dem Karrieretrip und haben meine Erziehung weitgehend irgendwelchen Au-pairs überlassen.«

»Bist du Einzelkind?«

Er nickte. »Irgendwann bin ich dann auf die schiefe Bahn geraten und habe ein paar krumme Dinger gedreht. Es dauerte, bis meine Eltern das mitbekommen haben. Aber selbst dann kam kein Vorwurf von ihnen. Nicht einmal ein böses Wort, sondern nur die geschäftsmäßige Unterstützung in Person eines guten Anwalts.«

»Hat er dich raushauen können?«

»Ja. Danach bin ich von zu Hause ausgezogen. Ich habe mehrere Studiengänge angefangen, aber alle wieder abgebrochen.«

»O Gott! Als Sohn musst du ein Albtraum gewesen sein«, stöhnte Luisa.

»Vermutlich wäre ich irgendwann wieder abgestürzt, wenn ich nicht zufällig eines Tages in einer Kneipe einen Schäfer kennengelernt hätte. Der hat mich als Aushilfe engagiert. Und der Rest ist Geschichte.«

»Hast du noch Kontakt zu deinen Eltern?«

»Ich gehe sie einmal im Jahr besuchen. Sie sind inzwischen im Ruhestand und jetten durch die Welt. Das Projekt Sohn haben sie abgeschrieben.«

»Das tut mir leid.«

»Ist schon okay. Ich habe sie ja auch abgeschrieben. Keine Familie, keine Verpflichtungen.«

Jörn sagte das ohne Emotionen, aber Luisa nahm ihm seine Gleichgültigkeit nicht ab. Am liebsten hätte sie ihn in diesem Moment in den Arm genommen – mit allen Konsequenzen, die diese vertrauliche Geste unweigerlich nach sich zog.

Sie war sich sehr sicher, dass er es zulassen würde. Mehr noch: Er würde ihre Umarmung erwidern und vertiefen.

Luisa schluckte. Dieses Gedankenspiel war neu für sie – normalerweise reagierte sie nämlich auch in Beziehungsfragen rational und vernünftig. Eine schnelle Affäre gab es nicht für sie. Hatte sie zumindest bislang angenommen. Aber Jörn strahlte irgendetwas aus, das sie magisch anzog. Freiheit. Spontaneität. Unabhängigkeit.

Seit wann stand sie denn auf so etwas?

»Ich sollte gehen.« Sie erhob sich so schnell, als wäre sie auf der Flucht. Vielleicht war sie das ja auch.

»Warte!« Jörn folgte ihr zur Tür.

Sie drehte sich um, sodass er fast in sie hineingelaufen wäre. Ganz nah vor ihr blieb er stehen. Noch ehe sie etwas sagen konnte, legte er seine Hände auf ihre Wangen. Sofort war diese faszinierende Verbindung wieder da. Sie konnte jeden einzelnen rauen Finger, jede seiner Schwielen deutlich auf ihrer Haut spüren.

Dann beugte er sich hinunter und streifte mit seinen Lippen sanft über ihren Mund. Ein winzig kleiner Kuss. Aber er reichte aus, um Luisas Herz zum Schmelzen zu bringen.

»Warum … warum hast du das gemacht?«, brachte sie mühsam hervor.

»Weil du es gebraucht hast.«

Seine Hände wanderten ihren Hals und ihren Rücken hinab, sanft und verführerisch zugleich. Ein berauschendes Gefühl. Doch als sie ihren Po erreichten, kam Luisa zur Besinnung.

»Nicht!«, sagte sie und löste sich aus Jörns Umarmung. »Das verkompliziert alles.«

»Warum?«

»Ich gehe grundsätzlich nie mit einem Mann ins Bett, mit dem ich nicht auch eine feste Beziehung führe.«

»So einer bin ich nicht.«

»Das weiß ich.«

»Hast du vorhin nicht selbst gesagt, dass Regeln dazu da

sind, um gebrochen zu werden?«, flüsterte er ihr ins Ohr.

Sie schloss die Augen. Die Aussicht war verlockend. Eine Nacht mit Jörn. Ohne Diskussionen. Ohne Verpflichtungen.

Es wäre so einfach, sich fallen zu lassen. Aber wäre es auch richtig?

Bedauernd schüttelte sie den Kopf. »Diese eine Regel aber nicht.«

18

Morgenstund hat Gold im Mund – da ist tatsächlich etwas Wahres dran, dachte Amelie am nächsten Morgen.

Denn dieser Sonntag begann wunderschön.

Die engen Gassen der Rüdesheimer Altstadt lagen jetzt, um kurz vor acht, noch verlassen da. Nur ab und zu begegnete ihr ein Jogger oder ein Spaziergänger mit Hund. Und beim Bäcker duftete es schon himmlisch gut nach Kaffee und frischen Brötchen.

Überall in den Gärten zwitscherten Vögel, der Himmel war wie reingewaschen, die Luft kühl und frisch. Über dem Rhein schwebten dünne Nebelschwaden, als Amelie pünktlich mit dem Glockenschlag die Schiffsanlegestelle erreichte.

»Um acht Uhr an Landungsbrücke Nummer vier«, hatte Jonathan ihr gestern Abend mitgeteilt. »Bis dann!«

Seine Einladung war nicht besonders kreativ oder herzlich gewesen, aber Amelie hatte sich trotzdem darüber gefreut. Jede noch so nichtssagende Textnachricht war besser als diese schreckliche Geschichte über Frobert Gießwein und seinen räudigen Kater. Kein Wunder, dass ihre Mutter eingeschlafen war!

Auf den Streit, der daraufhin ausgebrochen war, hätte Amelie allerdings gut und gern verzichten können. Hässliche

Vorwürfe waren hin und her geflogen, immer über den Kopf von Oma Marlies hinweg. Ihre Großmutter hatte alles stumm und mit gequältem Gesichtsausdruck ertragen.

Aber was hätte Marlies auch tun können? Und für wen hätte sie Partei ergreifen sollen? Es waren ja beides ihre Töchter, auch wenn sie sich benommen hatten wie zwei wild gewordene Irre.

Zur Stimme der Vernunft hatte sich dann ausgerechnet Oma Lisbeth entwickelt – obwohl diese doch sonst immer behauptete, so gut wie nichts mehr zu verstehen.

Doch Amelie hatte schon länger den Verdacht, dass das nicht stimmte. Im Gegenteil, die alte Dame verfolgte ihre ganz eigene Taktik: Sie beobachtete, wartete ab und griff dann im entscheidenden Moment ein.

Nun gut, wenn ihre Urgroßmutter damit Erfolg hatte, dann konnte es dem Rest der Familie nur recht sein …

»Amelie!« Jonathan tippte ihr auf die Schulter. »Du bist pünktlich.«

Sie schrak zusammen und drehte sich um, schon eine freche Erwiderung auf den Lippen. Doch dann blieb ihr Blick an seiner Kleidung hängen und sie klappte den Mund wieder zu.

Das hatte sie nicht erwartet.

Er trug eine schwarze Hose und ein weißes Hemd mit dunklen Schulterklappen, auf die zwei goldene Streifen genäht waren. *MS Rheinglück* stand in gestickten blauen Buchstaben auf seiner linken Brusttasche. Diese ungewohnt seriöse Erscheinung wurde noch dadurch verstärkt, dass er sich frisch rasiert hatte und seine Haare mit Gel ordentlich nach hinten gekämmt waren.

Jetzt entdeckte Amelie hinter seinem Rücken auch das Ausflugsschiff, das vor Brücke vier ankerte: ein schon etwas in die Jahre gekommenes zweistöckiges Boot mit kleiner Kommandobrücke und weißem Rumpf. An der Seite prangte in blauer Schreibschrift der Name *MS Rheinglück*.

»Oh … ja … hallo und ahoi!«, sagte sie, weil ihr vor lauter Verblüffung nichts Besseres einfiel.

Sie hatte mit vielem gerechnet.

Jonathan auf einem Mountain Bike. Mit einem Motorrad. Oder als Fahrer einer ausrangierten Sportkarre.

Aber als Matrose auf einem altmodischen Ausflugsschiff? Das passte überhaupt nicht.

Andererseits: Was wusste sie schon über ihn?

»Überraschung gelungen?«, fragte er.

»Kann man so sagen. Das ist … äh … ungewöhnlich. Aber tatsächlich etwas, das perfekt in die Landschaft passt.«

»Habe ich dir doch versprochen. Bist du bereit?«

Sie zögerte. »Du hast das Ding doch nicht etwa geklaut oder so?«

»Natürlich nicht.« Er verdrehte die Augen. »Was denkst du denn?«

»Ich wollte nur sichergehen.«

»Können wir an Bord?«

»Erst will ich wissen, wohin die Reise geht. Ich hab nämlich nichts eingepackt.«

»Nur zur Loreley und wieder zurück.«

»Cool.«

»Hast du einen gültigen Fahrschein?«

»Was?«

»Kleiner Scherz.« Er griff in seine Hemdtasche und zog ein Ticket heraus. »Hier! Du bist natürlich eingeladen. Und jetzt komm!«

Gehorsam folgte Amelie ihm zum Anlegesteg.

Sie hatte immer noch mit ihrer Überraschung zu kämpfen und achtete deshalb nicht auf den Weg. Als sie über einen kleinen Absatz stolperte, fing Jonathan sie geistesgegenwärtig auf und nahm ihre Hand. Ein warmes Gefühl breitete sich in

Amelie aus. Leider ließ er sie sofort wieder los, als sie das Boot betraten.

»Herzlich willkommen!«, salutierte er an der Tür. »Kann ich bitte Ihren Fahrschein sehen?«

Lächelnd gab Amelie ihm das Ticket zurück. »Ich bin ja der einzige Gast«, stellte sie erstaunt fest.

»Nur bis Assmannshausen. Da nehmen wir die anderen einhundertneunundvierzig Passagiere an Bord. Und dann geht es los, rheinabwärts.«

»Bist du extra für mich diesen Umweg gefahren?«

»Nö. Wir beladen das Schiff immer hier, bevor es losgeht.«

»Wer ist wir?«

»Mein Opa, mein Onkel Heinz und ich.«

»Gehört euch das Schiff?«

Jonathan nickte. »Wir fahren schon in der vierten Generation auf dem Rhein.«

»Wo bleibt die Klarmeldung, Junge?«, knurrte in diesem Moment eine männliche Stimme aus dem Lautsprecher. »Wir haben nicht ewig Zeit. Ich habe euch genau beobachtet. Du hast dein Mädchen an Bord, also können wir los.«

Jonathan errötete.

»Geh ruhig!« Amelie winkte unbestimmt durch die Luft – auch um die Verlegenheit zu überspielen, die sie plötzlich empfand.

Dein Mädchen.

Ein solcher Gedanke war ihr bis zu diesem Morgen noch gar nicht in den Sinn gekommen. Sie und ... Jonathan? Das war doch absurd! Trotzdem machte sie die Vorstellung nervös, sein Mädchen zu sein.

Aber auf eine extrem gute Art.

»Ich ... muss dann mal«, meinte er. Er schien ebenfalls ein wenig durcheinander zu sein. »Also ... äh ... arbeiten, meine ich. Mach's dir irgendwo gemütlich!«

Während Jonathan die Passagierbrücke zurückschob, Türen verschloss und danach draußen mehrere Leinen löste, schaute Amelie sich um.

Der Raum, in dem sie stand, musste der Speisesaal sein. Er war mit grauem PVC ausgelegt, Wände und Decke mit glänzender Holzoptik vertäfelt. Große Panoramafenster zu beiden Seiten des Schiffes boten eine fantastische Aussicht auf die Flusslandschaft.

Es roch nach Kaffee und scharfem Putzmittel. Einfache Plastikstühle mit rotem Polsterbezug gruppierten sich um schmale, viereckige Tische, die mit weißen Tüchern bedeckt waren. Zur Dekoration waren Tontöpfe mit blauen Plastikblumen verteilt worden, auf jedem Tisch lag außerdem eine kleine Menükarte.

Amelie warf einen Blick auf das Angebot: Kaffee, Kuchen, Wein und Käsewürfel. Suchend sah sie sich um und entdeckte schließlich in der Mitte des Raumes, am Treppenaufgang zum Oberdeck, zwei massive Büfetttische, mehrere Kühlschränke und einen kleinen Bartresen.

»Amelie?« Plötzlich stand Jonathan wieder neben ihr, ein wenig außer Atem, aber mit wachem Blick und einem Dauerlächeln im Gesicht. »Hast du Hunger?«

So munter und lebhaft hatte sie ihn selten erlebt. Überhaupt schien er wie verwandelt zu sein. Das gefiel ihr.

»Brot und Käse sind schon an Bord«, fuhr er fort. »Oder willst du was trinken? Ich könnte dir zur Feier des Tages auch ein Glas Sekt anbieten.«

»Nein, danke, lieber nicht.« Amelie schüttelte sich. »Ich hatte gestern Abend außerplanmäßig zwei Gläser Kirschlikör und habe mich davon noch nicht erholt.«

»Eine spontane Party?«

»Nein, eher Frustsaufen mit meiner Urgroßmutter. Ist eine lange, ziemlich krasse Geschichte.«

Oma Lisbeth hatte sogar dreieinhalb Gläser Likör getrunken und war danach wortlos ins Bett gewankt. Von ihrer Tante und ihrer Großmutter hatte Amelie nichts mehr gesehen, auch heute Morgen nicht. Und was ihre Mutter betraf – die musste sich gestern noch irgendwo anders einen schönen Abend gemacht haben, denn Amelie hatte sie erst gegen Mitternacht nach Hause kommen hören.

»Erzählst du mir, was passiert ist?«, fragte Jonathan.

Warum nicht? Sie musste ja nicht alle Einzelheiten ausführen. »Klar. Aber solltest du nicht arbeiten?«

»Erst wieder in Assmannshausen, und auch dann nur mit halber Kraft. Ich habe extra Zeit für dich eingeplant.«

»Das ist nett von dir.« *Sehr nett sogar*, dachte sie.

Er schaute auf die Uhr. »Bis zum nächsten Stopp sind es jetzt noch knapp fünfzehn Minuten.«

»Das reicht nicht für meine Geschichte.«

»Egal. Dann nehmen wir uns erst mal einen Kaffee, setzen uns aufs Freideck und genießen die Aussicht.«

Amelie hatte keine Ahnung, was ein Freideck war. »Einverstanden«, sagte sie trotzdem. »Allerdings nur unter einer Bedingung.«

»Und die wäre?«

»Ich habe tausend Fragen zu dieser ganzen Sache.« Ihr Zeigefinger wanderte einmal durch den Raum. »Und du musst mir mindestens fünfzig davon beantworten.«

Das Freideck entpuppte sich als kleiner Außenbereich an der Spitze des Bootes, der mit bunten Sonnensegeln und gemütlichen Holzbänken ausgestattet war.

Einträchtig nahmen Jonathan und Amelie auf der vordersten Bank Platz und ließen sich den Fahrtwind um die Nase wehen. Ein paar Möwen kreisten über ihren Köpfen, zogen aber enttäuscht wieder ab, als sie begriffen, dass es kein Futter für sie gab.

Wie auf einem kitschigen Postkartenidyll zogen die Ansichten von alten Burgen, verträumten Dörfern und grünen Weinbergen an ihnen vorbei. Ab und zu spritzten Wellen hoch und verbreiteten einen intensiven Duft nach frischem Flusswasser. Das gleichmäßige Tuckern des Schiffsmotors war das einzige Geräusch, das ihre Unterhaltung begleitete.

Bald schon hatte Amelie ihr Kontingent von fünfzig Fragen erschöpft. Aber dafür wusste sie nun auch einiges mehr über Jonathan Ludwig, seine Familie und das Geschäft mit der Rheinschifffahrt.

»Wir betreiben neben der *MS Rheinglück* noch ein Fährboot, das regelmäßig Fußgänger und Radfahrer zwischen Rüdesheim und Bingen befördert«, hatte Jonathan ihr erklärt. »Ohne diesen Zusatzverdienst könnten wir gar nicht überleben.«

Doch auch mit den Einnahmen aus dem Fährgeschäft blieb die Ertragslage dünn. Deshalb versuchte Jonathan seit einiger Zeit, neben den fahrplanmäßigen Ausflugsfahrten am Wochenende auch Hochzeitspartys, Klassentreffen und Familienfeiern auf dem Schiff zu organisieren.

»Wir müssen nehmen, was wir kriegen können, und arbeiten teilweise die Nächte durch«, war sein knapper Kommentar zu Amelies Bemerkung, dass sie nun verstehe, warum er manchmal am Morgen so müde aussehe. »Wir haben doch keine Wahl.«

Wir – das waren Jonathans Großvater Franz sowie sein Großonkel Heinz, beide verwitwet und beide schon ihr Leben lang in der Binnenschifffahrt tätig. Unterstützt wurden die Männer von Jonathans Mutter Sylvie, die sich um das Catering und den Service kümmerte, sowie von Jonathan selbst.

»Ich mache den Rest«, meinte er. »Ich erledige Hilfsarbeiten auf dem Boot, bin für Buchhaltung, Marketing und Internetauftritt zuständig und springe immer dann ein, wenn irgendwo einer fehlt.«

Ganz schön viel Arbeit für einen Schüler so kurz vor dem Abitur, fand Amelie. Doch sie behielt diesen kritischen Gedanken lieber für sich. Sonst bereute Jonathan am Ende noch, dass er so viel von sich preisgegeben hatte.

»Das hast du nicht erwartet, nicht wahr?«, fragte er jetzt und rückte ein Stück von ihr ab, sodass er ihr in die Augen schauen konnte.

»Nicht unbedingt.« Amelie lächelte entschuldigend. »Wie sollte ich auch? Ich nahm an, du wärst eher der lässige Typ, der sich zu cool für den popeligen Durchschnitt hält.«

»Da bist du nicht die Einzige.« Jonathan zuckte mit den Schultern. »Viele schätzen mich so ein.«

Er sagte das ohne Unbehagen in der Stimme. Es schien ihm tatsächlich völlig egal zu sein, was andere von ihm hielten. Beneidenswerte Einstellung!

Trotzdem hatte Amelie das Gefühl, ihm unbedingt mitteilen zu müssen, dass sie jetzt nicht mehr so dachte. »Die wissen alle gar nicht, was sie verpassen«, murmelte sie leise.

»Danke.« Er räusperte sich und griff zu seiner Kaffeetasse.

Eine Weile sagte keiner von beiden etwas. Doch es war kein unangenehmes Schweigen, sondern eines, das sich nach Vertrautheit und Nähe anfühlte.

»Amelie?«

»Hm?« Dies war heute schon das dritte Mal, dass er ihren Namen laut aussprach – und immer brachte er damit ihr Herz zum Stolpern.

»Wir sind gleich in Assmannshausen. Dann muss ich bis zum Ablegen helfen. Kann ich vorher noch was für dich tun?«

»Eigentlich … habe ich gerade alles, was ich brauche. Außer vielleicht …« Sie brach ab.

»Ja?«

»Außer vielleicht … könntest du dich noch kurz ein bisschen näher zu mir setzen?«

Er lächelte und rutschte bereitwillig zurück zu ihr.

»Nur, weil das so schön wärmt«, fügte sie hastig hinzu. »Der Wind ist doch sehr ... äh ... windig hier draußen.«

»Tja, das hat der Wind so an sich.«

Sie stieß ihn mit dem Ellbogen in die Seite.

»Hast du keine Jacke dabei?«, fragte er.

»Nein. Woher sollte ich denn wissen, dass ich auf hoher See lande?«

»Mein Anorak hängt drinnen. Soll ich ihn holen?«

»Später vielleicht. Zuerst könnten wir doch versuchen, ob wir ohne Jacke miteinander warm werden. Was meinst du?« Ihr Herz klopfte bis zum Hals.

Jonathan tat, als müsste er überlegen – gefühlte fünfhundert Sekunden lang. Dann wurde sein Blick weicher und er legte vorsichtig einen Arm um Amelies Schulter.

»Okay«, flüsterte er ihr ins Ohr. »Versuchen wir es.«

Den Rest der Fahrt schwebte Amelie wie auf einer dicken rosa Wolke.

Natürlich hatte Jonathan ihr noch seine Jacke gebracht, bevor er zur Begrüßung der Passagiere an Land ging. Dankbar kuschelte sich Amelie in den viel zu großen Anorak. Die Jacke duftete nach Waschmittel und Jonathan – und das fühlte sich fast so gut an wie seine Umarmung vorhin auf dem Freideck.

Als die Passagiere an Bord kamen, verzog sie sich in eine Ecke des Speisesaals und beobachtete das lebhafte Treiben. Eine bunte Mischung aus Rentnern, Familien und jungen Paaren lief an ihr vorbei, suchte nach den besten Plätzen oder machte die ersten Selfies vor den Panoramafenstern.

Wenig später lernte Amelie dann auch Jonathans Mutter Sylvie kennen, die mehrere große Boxen zu den Kühlschränken schleppte und einen kleinen Jungen hinter sich herzog.

Das musste Jonathans Bruder sein.

»Ich bin Valentin«, stellte der Junge sich vor und musterte

sie neugierig. »Und wer bist du?«

Er sah aus wie eine Miniaturausgabe von Jonathan, allerdings waren sein Blick frecher und seine Haare blonder.

»Das ist bestimmt Amelie.« Jonathans Mutter stellte die Boxen ab und reichte ihr lächelnd die Hand.

Sie war klein und mollig, hatte ihre hellen Haare zu einem Zopf geflochten und strahlte über das ganze Gesicht. »Es freut mich, Sie kennenzulernen. Ich bin Sylvie. Jonathan hat ein bisschen was von Ihnen erzählt.«

»Oh, äh …«

»Das ist ein Kompliment, auch wenn es sich nicht so anhört. Sie müssen nämlich wissen, dass er sonst nie über Mädchen spricht.«

»Mädchen sind doof«, mischte Valentin sich ein.

»Nicht alle, mein Schatz.« Liebevoll verstrubbelte Sylvie ihrem Sohn die Haare.

»Kann ich helfen?« fragte Amelie.

»Heute nicht, ich habe alles im Griff. Genießen Sie lieber die Fahrt!«

Und das tat Amelie dann auch – allerdings auf ganz eigene Weise.

Natürlich bewunderte sie die grandiose Landschaft, plauderte angeregt mit den Gästen und probierte sich einmal durch die Speisekarte. Aber noch viel mehr genoss sie das Zusammensein mit Jonathan.

Wann immer er eine freie Minute hatte, setzte er sich zu ihr oder nahm sie mit auf Entdeckungsreise über das Schiff. Auf diese Weise betrat Amelie zum ersten Mal in ihrem Leben einen Maschinenraum, ließ sich den Unterschied zwischen Steuerbord und Backbord erklären und durfte schließlich sogar mit auf die Kommandobrücke.

Dort traf sie auf Jonathans Opa Franz und seinen Onkel Heinz, zwei freundliche, aber wortkarge ältere Herren mit

Halbglatze, Bart, beide in Uniform.

»Du kannst gern hier bei uns bleiben, Mädchen, bis wir unser Ziel erreicht haben«, sagte Onkel Heinz zu ihr. »Von hier oben ist der Blick nämlich am schönsten.«

Als sie den steil aufragenden Felsen der Loreley erreichten und dort eine längere Pause einlegten, führte Jonathan Amelie zum hinteren Freideck, das für Passagiere gesperrt war.

»Hier sind wir ungestört«, meinte er, räumte den Boden frei und breitete eine Decke aus. »Es ist zwar nicht ganz so bequem wie vorn, aber dafür auch nicht so voll.«

»Ist doch klar, dass jeder den besten Platz zum Fotografieren haben will.« Sie blickte den Berg hinauf. »Das ist ja auch ein tolles Motiv.« Vorsichtig ließ sie sich nieder und streckte ihre Beine aus.

Er setzte sich neben sie. »Du bist mir noch die Geschichte über das Besäufnis mit Kirschlikör schuldig.«

Eigentlich hatte Amelie keine Lust, ausgerechnet jetzt über ihre zerstrittene Verwandtschaft zu reden. Ihr fielen auf Anhieb genügend andere, viel schönere Themen ein.

Andererseits sollte sie dringend ein paar Dinge klarstellen, bevor sie sich weiter auf Jonathan einließ. Vor allem musste sie sein seltsames Verhältnis zu Tante Bianca hinterfragen. Also fasste sie sich ein Herz.

»Ich fange am besten von vorn an … Wusstest du, dass dein Vater und meine Mutter in ihrer Schulzeit ein Paar waren?«

»Echt?«

Sie nickte.

»Aber du erzählst mir jetzt hoffentlich nicht, dass du meine verschollene Halbschwester bist.«

»Nein, natürlich nicht.«

»Puh!« Er griff sich theatralisch ans Herz. »Glück gehabt!«

»Das ist noch nicht alles. Auch Bianca war mal scharf auf deinen Vater.«

»Ist ja irre.« Verlegen kratzte er sich am Hinterkopf. »Er muss eine große Anziehungskraft auf Schwanthaler-Frauen gehabt haben.«

»Zum Glück hat sich das gelegt, als er deine Mutter kennengelernt hat.«

»Na ja, so schlimm seid ihr nun auch wieder nicht.«

»Findest du?«

»Ich mag euch. Sehr sogar …«

Amelie errötete.

»… also, Bianca zum Beispiel«, fuhr er hastig fort. »Die ist super.«

Das war nicht unbedingt das, was Amelie hören wollte.

»Als Schwester ist sie leider nicht so toll«, bemerkte sie schnippisch. »Es gibt ständig Streit zwischen meiner Mutter und ihr.«

»Das tut mir leid. Aber es wundert mich nicht. Wenn Bianca will, kann sie nämlich ganz schön unangenehm werden.«

»Du sagst es! Gestern Abend kam es leider zum Super-GAU.« In wenigen Worten schilderte sie ihm, was passiert war.

Jonathans Lippen zuckten verdächtig und seine Augen blitzten amüsiert. »Deine Mutter ist also tatsächlich eingeschlafen, während Bianca gelesen hat?«, fragte er, als sie ihren kurzen Bericht beendet hatte.

»Yep.« Amelie nickte.

»Und daraufhin ist Bianca ausgeflippt. Kann ich mir lebhaft vorstellen.«

»Du scheinst sie gut zu kennen.«

»Ja klar.«

Seine spontane Antwort brachte Amelie ein wenig aus dem Konzept. Waren die beiden vielleicht doch mehr als Freunde? Bildete sie sich diese neue, wohlige Nähe zu Jonathan etwa nur ein?

»Ist was? Du guckst so böse.«

»Weil ich mir nicht sicher bin, wie gut du sie kennst. Also ... ob da vielleicht mehr ist?«

Er runzelte die Stirn. »Was ist denn das für eine komische Frage?«

»Na ja.« Verlegen begann sie, mit den Fransen der Decke zu spielen. »Eine berechtigte.« Trotzig blickte sie auf und sah ihm direkt in die Augen. »Ich weiß zum Beispiel, dass du Bianca in aller Herrgottsfrühe besuchst. Oder vielleicht auch verlässt, je nachdem, was ihr da treibt. Und ich weiß auch, dass ihr irgendein Geheimnis miteinander habt, das du mir nicht sagen willst. Da kann man schon mal auf dumme Gedanken kommen. Meine Mutter glaubt übrigens schon länger, dass ihr beide ...«

Sie ließ den Rest ungesagt.

»... dass Bianca und ich Sex im Garten haben«, beendete Jonathan den Satz mit gepresster Stimme.

»Ist es so?«, flüsterte Amelie tonlos.

Er sprang auf und lief zur Reling. Seine Hände tasteten nach dem Geländer, seine Schultern zuckten.

Er weinte doch nicht etwa? Das hatte sie nicht gewollt!

Eilig rannte sie ihm hinterher. »Du kannst mir alles erzählen«, begann sie und streichelte tröstend über seinen Rücken. »Euer Geheimnis ist bei mir gut aufgehoben. Wir finden eine Lösung. Ich meine ... natürlich wäre es mir anders lieber gewesen ... zum Beispiel du und ich ... das würde viel besser passen ... aber wenn es nicht sein soll, dann will ich eurem ... äh ... außergewöhnlichen Glück nicht im Wege stehen ...«

Außergewöhnliches Glück? Amelie merkte selbst, dass sie Blödsinn redete.

Jonathan hingegen schien gar nicht zugehört zu haben. Er krümmte sich und gab einen erstickten Laut von sich.

Und dann noch einen. Verzweifelt klang das nicht. Eher vergnügt und belustigt.

Und da erkannte Amelie, dass er gar nicht weinte, sondern lachte – ein tiefes, dunkles Lachen, das direkt aus seinem Herzen zu kommen schien.

»Ich und Bianca?« Er wirbelte herum. »Das ist doch völlig absurd«, sprudelte es aus ihm hervor. »Deine Mutter glaubt das auch? Das ist echt zum Schießen!« Wieder wurde er von einem Lachkrampf geschüttelt.

»Das ist nicht komisch!«, brüllte Amelie und fühlte sich gleichzeitig beschämt und erleichtert.

»Doch, das ist es!«, prustete er und wischte sich die Lachtränen aus dem Gesicht. »Ihr habt echt eine blühende Fantasie. Warum schreibt ihr nicht auch ein Buch? Ich wette, bei eurer Lesung schläft niemand ein.«

Jetzt machte er sich auch noch lustig über sie!

»Das reicht jetzt«, blaffte sie. »Ich gehe.«

Amelie wandte sich ab und überlegte verzweifelt, wo genau auf diesem dämlichen Schiff sie sich bis zur Ankunft in Rüdesheim verstecken könnte.

Blöderweise schien er ihre Gedanken erraten zu haben. »Wo willst du denn hin?«

»Keine Ahnung. Notfalls verbringe ich den Rest der Fahrt auf dem Damenklo. Da kannst du mich wenigstens nicht mehr auslachen.«

»Warte!« Er legte seine Hände auf ihre Schultern und drehte sie zu sich.

»Lass mich!« Sie versuchte, ihn abzuschütteln. Vergeblich.

»Ich – habe – nichts – mit – Bianca«, erklärte er betont langsam und deutlich.

»Dann bist du mir trotzdem eine Erklärung schuldig!«

»Die kriegst du, das verspreche ich. Vorher würde ich aber gern den zweiten Teil deiner Rede noch mal hören.«

»Welchen zweiten Teil?«

»Das mit dem ›du und ich‹, das viel besser passt.«

145

Also hatte er doch zugehört.

Amelies Ärger verpuffte. Stattdessen schlug ihr Magen plötzlich Purzelbäume. Und ihr Herz klopfte schon wieder bis zum Hals.

»Ach so, den Teil«, murmelte sie unbestimmt.

»Ja, genau. Ich fand das hochinteressant.« Der Druck seiner Finger auf ihren Schultern verstärkte sich auf sehr angenehme Weise.

Fast automatisch wanderten ihre Hände auf seinen Rücken. »Also, das ist so …«

Verdammt! Warum war das denn auf einmal so schwierig? Vorhin hatte sie doch auch einfach drauflos geredet.

»Du kannst es mir auch zeigen«, murmelte er. »Ich bin ziemlich gut darin, die Handlungen anderer Leute zu deuten. Viel besser als du jedenfalls.«

»Jonathan?«

»Hm?«

»Halt die Klappe!«

Mit diesen Worten stellte sie sich auf die Zehenspitzen und küsste ihn. Zuerst vorsichtig, doch dann wurde sie mutiger und presste ihre Lippen auf seine.

Er schmeckte nach Zigarette, Gummibärchen und Pfefferminz. Eine merkwürdige Mischung voller Gegensätze – aber sie passte perfekt zu ihm. Und machte augenblicklich süchtig.

Amelie war völlig benommen, eingehüllt in seinen Kuss und seine Umarmung. Nichts anderes existierte mehr, nur noch sie beide.

Wahnsinn!, dachte sie. *So also fühlt sich ein richtiger Kuss an.*

19

Backen macht glücklich. Das hatte Marlies neulich in einer Frauenzeitschrift gelesen. Das Hantieren in der Küche half angeblich gegen Verspannungen und gab dem Alltag neuen Schwung.

> *Beim Backen muss man seine Gedanken auf eine einzige Sache konzentrieren und kann Probleme ausblenden. Dadurch entstehen Ruhe, Ausgeglichenheit und frische Energie,*

hatte es in dem Artikel geheißen.

Nun, ein Versuch konnte nicht schaden – obwohl sie bei ihrer derzeit miserablen Stimmung eigentlich eine ganze Woche durchbacken müsste, um das gewünschte Ergebnis zu erzielen.

Doch so viel Zeit hatte sie nicht. Also begnügte sich Marlies an diesem Montagmorgen damit, lediglich ein neues Rezept auszuprobieren: Kümmelbrot.

Sie studierte die Zutaten. Glücklicherweise hatte sie alles im Haus. Ein Einkauf wäre auch schwierig gewesen, denn jetzt, um fünf Uhr früh, hatte noch kein Geschäft geöffnet.

Eigentlich litt Marlies nicht unter Schlafstörungen. Doch

seit dem bösen Streit zwischen ihren Töchtern fand sie einfach keine Ruhe mehr. Seit zwei Nächten wachte sie nachts auf und lag dann stundenlang im Dunkeln, nur um über ihre Probleme nachzugrübeln. Ihre Gedanken drehten sich dabei ständig im Kreis, und sie war froh, wenn es dämmerte und sie vor ihren trüben Erkenntnissen flüchten konnte.

Unglücklich seufzend legte sie das Backbuch zur Seite und schaltete Kaffeemaschine und Radio an. Der Wetterbericht versprach einen warmen, sonnigen Tag. Wenigstens etwas. Um das Wachstum der Weinreben musste sie sich vorerst keine Sorgen machen.

Sie suchte Küchenwaage, Schüssel und Zutaten heraus und begann mit der Zubereitung des Brotteiges.

Im Radio sang Cat Stevens: *Morning has broken*. Leise summte Marlies mit.

Das Mischen und Rühren hatte tatsächlich etwas Beruhigendes an sich. Bald schon stieg ihr der Duft von warmer Milch, frischer Hefe und Kümmel in die Nase und sie schloss die Augen. Gleichmäßig kneteten sich ihre Finger durch den elastischen Teig.

Es wird schon irgendwie weitergehen, redete sie sich ein. Die nächsten Verkaufsverhandlungen würden besser laufen und sie würde eine Lösung für ihre finanziellen Probleme finden.

Ich schaffe das!

Ihr blieb ja auch gar nichts anderes übrig. Einen Plan B gab es nicht, das Weingut war alles, was ihr geblieben war.

Alles wird gut.

Auch die Mädchen würden sich wieder versöhnen. Natürlich würden sie das! Das hatten sie schließlich immer getan. Wer so verschieden war wie Luisa und Bianca, der musste sich zwangsläufig ab und zu streiten. Es bestand überhaupt kein Grund, sich deshalb Sorgen zu machen.

Alles ganz normal.

Oder etwa nicht?

Der Kurzzeitwecker klingelte, die Knetzeit war vorbei. Auch Cat Stevens hatte seinen Song beendet.

Marlies öffnete ihre Augen und starrte in die Schüssel.

An den Rändern klebte noch Mehl, außerdem warf der Teig unschöne Blasen. Und dummerweise fiel ihr jetzt erst auf, dass sie vergessen hatte, einen halben Teelöffel Salz hinzuzufügen.

Schade, so einfach schien das mit dem Backen und dem Glücklichwerden leider doch nicht zu funktionieren!

Als sie den Teig endlich mit einem feuchten Tuch abgedeckt und zum Gehen auf die Heizung gestellt hatte, kam Amelie in die Küche. Sie wirkte verschlafen, trug noch ihren Pyjama und hatte dicke Wollsocken an den Füßen.

»Wusste ich es doch, dass hier unten schon jemand herumhantiert«, meinte sie und ließ sich gähnend auf die Eckbank sinken. »Was backst du?«

»Kümmelbrot.« Marlies setzte sich neben ihre Enkelin. »Du bist aber früh dran. Hast du schlecht geschlafen?«

»Eigentlich nicht.« Amelie lächelte verträumt. »Im Gegenteil, ich habe sogar sehr gut geschlafen. Um nicht zu sagen fantastisch.« Noch ein zerstreutes Lächeln. »Aber wenn ich mal wach bin, dann bin ich wach. Und dann habe ich auch noch Kaffeeduft gerochen. Da konnte ich nicht widerstehen.«

»Möchtest du eine Tasse?«

»Sehr gern.«

Glücklich darüber, ihre Enkelin mal wieder ganz für sich allein zu haben, schenkte Marlies Kaffee ein und öffnete eine Packung Löffelbiskuits.

»Deine Lieblingskekse«, sagte sie. »Weißt du noch?«

»Kann schon sein.«

»Den Zucker hast du als Kind immer zuerst abgeleckt. Und dann den Rest in Nuss-Nugat-Creme getunkt. Danach musste ich regelmäßig dein Gesicht waschen.«

»Das ist aber schon eine ganze Weile her. Inzwischen würde ich so etwas nicht mehr machen.«

»Du machst viele Dinge nicht mehr, die vor ein paar Jahren noch total selbstverständlich für dich waren.« Marlies lächelte wehmütig und dachte zurück an Gutenachtgeschichten, Legosteine, Sesamstraße und ganz viele innige Momente mit der kleinen Amelie.

»Tja.« Die große Amelie rührte Milch und Zucker in ihren Kaffee. »So ist das nun mal, wenn man erwachsen wird.«

»Du bist erst siebzehn.«

»Also fast volljährig.«

»Warum die Eile? Du wirst noch früh genug erkennen, dass das Leben als Erwachsener ganz schön mühsam sein kann.«

Verzwickt. Problematisch. Und manchmal auch sehr schmerzhaft.

»Bislang finde ich mein Leben eigentlich ganz okay.« Amelie nahm sich ein Löffelbiskuit und tauchte den Keks in ihre Tasse. »Mehr als okay sogar«, fügte sie hinzu und blickte sehnsuchtsvoll zum Fenster hinaus.

Als sie dann auch noch begann, glücklich zu lächeln und leise vor sich hin zu summen, war Marlies auf einmal alles klar. Diesen abwesenden Gesichtsausdruck kannte sie. Ihre Enkelin hatte sich verliebt!

»Wie ist er denn so?«

»Was? Wer?« Schlagartig kehrte Amelies Aufmerksamkeit zum Tisch zurück.

Statt zu antworten, grinste Marlies nur vielsagend.

Verlegen legte Amelie die Hände vors Gesicht. »Ist es so offensichtlich?«, fragte sie durch ihre Finger hindurch.

»Für mich schon. Aber ich bin ja auch deine Oma und kenne dich sehr gut.« Sie rückte noch ein Stück näher an ihre Enkelin heran. »Also, erzähl doch mal! Wie ist er so?«

»Nett. Sehr, sehr nett«, begann Amelie und errötete bis in die Haarspitzen. »Klug. Und witzig.«

»Wie sieht er aus?«

»Groß. Schmal. Blond.«

»Habt ihr euch schon geküsst?«

»Das geht dich nichts an.«

»Du musst ja nicht antworten.«

Ihre Enkelin zögerte, dann nickte sie.

»Bist du glücklich?«

»Oh, ja!«

»Das ist das Wichtigste.«

Amelie ließ ihre Hände sinken. »Aber du darfst keinem etwas verraten, hörst du?«

»Auf Dauer wird sich eure Freundschaft nicht verheimlichen lassen, schon gar nicht in einer so kleinen Stadt. Kommt er von hier?«

»Das verrate ich nicht.«

Marlies nickte, obwohl diese Information sie brennend interessiert hätte. Aber sie wollte auf keinen Fall die Vertraulichkeit zerstören, die sich da gerade zwischen Amelie und ihr entwickelte.

»Natürlich weiß ich, dass ich es irgendwann erzählen muss«, fuhr das Mädchen fort. »Aber noch will ich es für mich behalten. Kannst du das verstehen?«

»Selbstverständlich, ich war doch auch mal jung und verliebt. Von mir erfährt keiner etwas. Das bleibt unser kleines Geheimnis.«

»Danke!« Amelie beugte sich vor und gab ihrer Großmutter einen Kuss. »Du bist die Beste!«

»Danke, mein Liebes!« Jetzt war es Marlies, die vor Freude errötete. »Allerdings musst du noch ein wenig an deinem Gesichtsausdruck arbeiten. Du strahlst so sehr von innen heraus, dass dir jeder dein Glück ansehen kann.«

»Ach, keine Sorge! Ich werde einfach so wenig wie möglich zu Hause sein. Bei der derzeitigen Stimmungslage ist das sowieso eine gute Idee.«

Marlies seufzte. Schlagartig waren ihre Probleme wieder da.

»Oma?« Eine warme Hand legte sich auf ihre.

»Hm?«

»Keine Sorge! Die vertragen sich bestimmt wieder. Und dann wird alles gut.«

Amelies gut gemeinter Trostversuch rührte sie. »Bestimmt«, wiederholte sie deshalb mit mehr Zuversicht, als sie tatsächlich empfand. So schnell würde es dieses Mal mit dem »Alles wird gut« nicht funktionieren, so gern sie sich das auch einreden würde.

»Ich vermute ja, dass Mama und Bianca sich so lange streiten werden, bis es zum großen Knall kommt. Und dann, wenn sie alle Munition verschossen haben, versöhnen sie sich.« Noch einmal streichelte Amelie über ihre Hand. »Du wirst schon sehen!«

Dankbar erwiderte Marlies den Händedruck. Sie glaubte nicht an Amelies Theorie. Aber warum sollte sie ihrer Enkelin das Leben schwermachen?

Trotzdem konnte sie nicht verhindern, dass Tränen in ihre Augen traten. Rasch senkte sie den Blick – und sah gerade noch, wie die Reste von Amelies Keks im Kaffee versanken.

Ein willkommener Grund, das Thema zu wechseln!

»Ach, du lieber Himmel!«

»Was ist?«

»Dein Biskuit ist ertrunken.«

»Mist!« Fluchend fischte Amelie die angeweichten Krümel aus ihrer Tasse. »Das nächste Mal nehme ich doch lieber wieder die Nuss-Nugat-Creme!«

20

»Ich bin dann mal weg!«, rief Bianca gut eine Woche später ins Esszimmer hinein. Eilige Schritte waren zu hören, dann raschelte es im Treppenhaus und die Tür schnappte zu.

Luisa hielt es nicht für nötig, darauf zu reagieren.

Seit dem Streit ignorierte sie so gut wie alles, was ihre Schwester sagte oder tat. Auch jetzt kratzte sie lieber die letzten Reste ihres Schokoladenpuddings zusammen, als Biancas Abgang in irgendeiner Weise zu kommentieren.

Was hätte sie auch sagen sollen?

Sie wünschte ihrer Schwester weder Spaß noch Erfolg bei ihrem Kurs an der Volkshochschule. Genau genommen war es ihr egal, was Bianca dort trieb. Luisa hoffte nur, dass ihre Schwester so spät nach Hause kommen würde, dass sie selbst dann schon im Bett lag und diesen Mittwoch, ihren freien Tag, entspannt beenden konnte.

Aber eigentlich bestand sowieso keine Gefahr, dass Bianca plötzlich in ihrem Schlafzimmer auftauchen und mit ihr sprechen wollte.

Denn die Nichtbeachtung beruhte auf Gegenseitigkeit.

Auch Bianca hatte seit dem Streit kein einziges Wort an sie gerichtet. Bei den wenigen gemeinsamen Mahlzeiten saßen beide mürrisch am Tisch und antworteten nur, wenn es unbedingt sein musste. Ansonsten gingen sie sich aus dem Weg, was dank Luisas häufiger Abwesenheit bislang nicht besonders schwierig gewesen war.

»Weg ist sie.«

Marlies seufzte und schob ihren Dessertteller unberührt zur Seite. Sie litt am meisten unter dieser Situation, das wusste Luisa. Mühsam unterdrückte sie den üblichen Anflug von schlechtem Gewissen. Nein! Nicht einmal aus Rücksicht auf ihre Mutter würde sie bei diesem Streit klein beigeben! Dazu hatten sie Biancas Vorwürfe viel zu sehr getroffen.

»Wo ist eigentlich Amelie schon wieder?«, fragte Oma Lisbeth. »Ich bekomme sie kaum noch zu Gesicht, dabei müsste ich dringend ein paar goldene Armreifen bestellen.«

»Sie trifft sich mit Freunden«, entgegnete Luisa.

»Jeden Abend?«

»Na ja, das Wetter ist doch so schön, und anscheinend hat sie hier in Rüdesheim endlich Anschluss gefunden.«

»Wen denn?«

»Das hat sie nicht gesagt.«

Aber Amelie hatte sehr fröhlich ausgesehen, als sie davon erzählt hatte. Sie würde in nächster Zeit öfter abends unterwegs sein, hatte sie noch hinzugefügt. Luisa hatte das als gutes Zeichen gewertet und auf weitere Fragen verzichtet. Vorerst zumindest.

»Ich vermisse sie.« Oma Lisbeth schaute betrübt in die kleine Runde, dann jedoch hellte sich ihr Blick auf. »Kann ich deinen Pudding haben?«, fragte sie Marlies.

»Von mir aus.«

Ihre Mutter war wirklich nicht bei der Sache, stellte Luisa fest. Sonst war sie doch immer so fürsorglich und besorgt. Aber heute hatte sie sich weder zu Amelies Fehlen geäußert noch Oma Lisbeth die zweite Portion Pudding verboten.

Und natürlich nutzte die alte Dame das gnadenlos aus.

Rasch tauschte sie ihren leeren Teller gegen den vollen und verspeiste genüsslich die zweite Portion Nachtisch. Dabei zwinkerte sie Luisa gut gelaunt zu.

Luisa lächelte zurück.

Wenigstens eine ließ sich ihre Stimmung nicht verderben!

»Hast du Lust auf einen kleinen Spaziergang?«, fragte sie Marlies. »Die frische Luft würde dir guttun.«

»Ich war heute doch schon den ganzen Tag draußen. Außerdem bin ich müde und möchte früh ins Bett.«

»Wo ist Jörn?«, wollte Oma Lisbeth wissen. »Den habe ich auch schon ewig nicht mehr gesehen. Warum verschwinden plötzlich alle?«

»Er ist nicht verschwunden, er ist nur mit seinen Schafen weitergezogen und kommt erst irgendwann nach Pfingsten zurück«, entgegnete Luisa.

Auch sie vermisste Jörn – seit dem Kuss sogar noch viel mehr, als gut für sie war. Und das beunruhigte sie. Ihr Leben war momentan schon kompliziert genug, da brauchte sie nicht auch noch eine Affäre …

»Wohin soll dein Spaziergang gehen?«, unterbrach Marlies ihre Überlegungen. »Vielleicht in die Stadt? Ich habe gehört, dass neben dem Rathaus eine neue Eisdiele eröffnet hat.«

»Ich fürchte, ein Eis hat nun wirklich keinen Platz mehr«, stöhnte Luisa. »Aber vielleicht ein Espresso.«

»Geh ruhig! Ich schaffe den Abwasch schon allein.«

Das ließ sich Luisa nicht zweimal sagen.

Zum einen hatte sie tatsächlich das dringende Bedürfnis, sich nach dem Abendessen zu bewegen. Und zum anderen war sie froh, der gedrückten Stimmung im Haus entkommen zu können. Auch wenn sie wusste, dass das nur eine Lösung auf Zeit war …

Zwanzig Minuten später erreichte sie den Platz vor der Sankt-Jakobus-Kirche.

Sie war schnell gelaufen, aber die körperliche Anstrengung hatte ihr gutgetan und ihre Laune deutlich verbessert. Zufrieden ließ sie sich auf einer Bank neben dem alten Brunnen nieder, lauschte dem gleichmäßigen Plätschern des Wassers und schaute sich neugierig um.

Sie mochte diesen Platz, schon als Kind hatte sie gern hier gesessen und die Menschen beobachtet.

Seither hatte sich kaum etwas verändert.

Natürlich, die Eichen und Platanen, die man rings um den Platz angepflanzt hatte, waren im Laufe der Jahre größer und dichter geworden. Das Kopfsteinpflaster war erneuert worden und ein paar Cafés und Sitzmöglichkeiten waren auch hinzugekommen. Aber noch immer dominierten Kirche und Rathaus das Bild, malerisch eingerahmt von alten Stadtvillen und windschiefen Fachwerkhäusern.

Jetzt, am frühen Abend, war der Platz gut besucht. Es war immer noch warm, die Menschen saßen auf Bänken oder schlenderten gemütlich an Geschäften und Cafés vorbei. Vor der neuen Eisdiele hatte sich eine lange Schlange gebildet.

Träge ließ Luisa ihren Blick wandern.

Kinder spielten lautstark Fangen. Ältere Leute trafen sich auf einen kleinen Schwatz. Junge Paare kuschelten sich aneinander und …

Moment mal! Sie stutzte. Kniff die Augen zusammen, um besser sehen zu können. Stutzte noch einmal.

Konnte das sein? Ja! Es bestand kein Zweifel.

Die junge Frau da vorn auf der Bank, die völlig selbstvergessen Zärtlichkeiten mit ihrem Freund austauschte, das war …

Amelie! Ihre Amelie!

Und der Junge? Fast traf sie der Schlag, als sie Jonathan Ludwig erkannte.

»Das darf doch wohl nicht wahr sein«, murmelte sie, sprang auf und versteckte sich hinter einer alten Buche.

Gleich darauf kam sie sich furchtbar albern vor.

Was tat sie denn da? Warum ging sie nicht einfach zu ihrer Tochter und begrüßte die beiden? Sie musste sich schließlich für nichts rechtfertigen. Dies war ein öffentlicher Ort und nicht Amelies Schlafzimmer. Wenn ihre Tochter die Beziehung geheim halten wollte, hätte sie sich mit ihrem Freund nicht mitten auf den Marktplatz setzen dürfen!

Sei vernünftig und reagiere völlig normal, ermahnte Luisa sich selbst. Sie würde jetzt loslaufen und die beiden jungen Leute ansprechen. Dabei konnte sie gleich mal einen näheren Blick auf Jonathan Ludwig werfen. Das, was sie bislang von ihm wusste, gefiel ihr nicht – auch wenn er Marcos Sohn war. Aber anscheinend vertraute Amelie ihm, also war sie auch bereit, dem Jungen eine Chance zu geben.

Luisa zupfte ihre Kleidung zurecht, räusperte sich lautstark und verließ das Versteck.

Doch leider war die Bank jetzt leer. Amelie war nirgends mehr zu sehen.

Und Jonathan? Der stand inzwischen vor der Rathaustür. Er schaute auf seine Uhr und schien auf jemanden zu warten, denn sein Blick wanderte immer wieder in Richtung Bäckerei.

Nach kurzem Zögern beschloss Luisa, einfach weiterzugehen.

Es würde sich schon noch eine andere Gelegenheit zu einem Gespräch ergeben. Außerdem ging es sie nichts an, was der Junge hier machte. Wenn sie schnell genug lief, konnte sie vielleicht sogar noch Amelie einholen und ihr auf dem Heimweg ein paar Fragen stellen. Ganz ungezwungen und freundschaftlich.

Also drehte sie sich um – und erstarrte im selben Augenblick erneut. Denn dort vorn, beim Bäcker, kam Bianca mit schnellen Schritten um die Ecke gebogen und winkte fröhlich in

Jonathans Richtung. Sie hatte ihren Rucksack über die Schulter geworfen und trug eine Bäckertüte in der Hand.

In einem überhasteten ersten Impuls wollte Luisa erneut den Schutz eines Baumes suchen. Doch dann zwang sie sich, stehen zu bleiben.

Sollte Bianca sie doch ruhig entdecken!

Sie tat ja nichts Unrechtes, sondern stand einfach nur an einem lauen Frühlingsabend auf dem Marktplatz und beobachtete andere Menschen.

Zwei andere Menschen, um genau zu sein. Die sich gerade liebevoll begrüßten. Küsschen links, Küsschen rechts.

Dann legte Bianca lachend eine Hand auf Jonathans Rücken und beide verschwanden im Rathaus.

Luisa überlegte nicht lang und eilte hinterher.

Als sie das menschenleere Foyer betrat, hörte sie im ersten Stock eine Tür klappern. Dann war es still.

Sie schaute sich um. Helle Neonröhren tauchten den großen Raum in künstliches Licht. Über dem Empfangstresen flackerten mehrere kleine Bildschirme und wiesen auf anstehende Veranstaltungen hin.

Sitzung des Stadtrates um 20 Uhr im Bürgersaal.

Private Schüler-Nachhilfe 1. Stock.

Anmeldung zur Ferienbetreuung ab morgen an der Stadtkasse.

Mit schnellen Schritten durchquerte Luisa das Foyer. Sie nahm immer zwei Stufen auf einmal und stand kurz darauf im ersten Stock. Ratlos sah sie sich um, hörte dann aber Stimmen hinter einer Tür, die laut Beschriftung zum Konferenzraum 1 führte.

Erst als sie die Klinke schon in der Hand hatte, kam es ihr

in den Sinn, dass sie überhaupt keinen Plan hatte – geschweige denn einen Grund für diese voreilige Aktion. Sie wusste ja nicht einmal so genau, was sie hinter dieser Tür erwartete.

Ich tue es für Amelie, versuchte sie sich zu rechtfertigen. *Und natürlich auch, um mir und allen anderen zu beweisen, wie egoistisch und verantwortungslos Bianca ist.*

Warum sich ihre Schwester für die heimlichen Treffen mit Jonathan ausgerechnet das Rathaus ausgesucht haben sollte – diese Frage stellte Luisa sich nicht.

Leider nicht, wie sie sich wenig später kleinlaut eingestehen musste.

Denn statt einem Paar in inniger Umarmung sah sie sich beim Eintreten plötzlich mehreren jungen Leuten gegenüber, die im Halbkreis vor einem Flipchart saßen und sie neugierig anschauten.

»Hallo«, brachte Luisa verblüfft hervor.

»Hi! Sie wünschen?«, fragte ein Mädchen mit mehreren Piercings in Nase und Augenbrauen.

»Äh ... ich ... ich ...« Am liebsten wäre sie vor Scham im Boden versunken.

»Na, das ist aber eine nette Überraschung!«, bemerkte Bianca und lächelte übertrieben freundlich. »Einen schönen guten Abend, meine Liebe!« Sie stand am Fenster und packte den Inhalt der Bäckertüte auf einen Teller: Rosinenschnecken, Streuselplätzchen und Nussecken. Es duftete himmlisch nach Schokolade und Butter.

Leider jedoch war Luisa absolut nicht in der Lage, diesen Duft genießen zu können.

»Ich glaubte vorhin schon, dich draußen gesehen zu haben«, fuhr Bianca fort. »Da habe ich mich wohl nicht getäuscht. Hört mal alle her: Das ist meine Schwester Luisa.«

Jonathan Ludwig, der ganz am Rand gesessen hatte, erhob sich im Zeitlupentempo. Der Rest der Gruppe murmelte ein vielstimmiges »Hallo!«.

»Ich bin ganz zufällig vorbeigekommen«, behauptete Luisa. »Und da dachte ich, ich schaue mal rein.« Ihr war klar, dass Bianca das nicht glauben würde. Aber Angriff war immer noch die beste Verteidigung. »Außerdem habe ich mich gefragt, was genau du hier wohl tust.« Sie machte zwei Schritte in den Raum. »Und warum du es geheim hältst.«

»Bianca gibt uns Nachhilfe«, sagte das Mädchen mit den Piercings. »Zweimal pro Woche. Und das ist nicht geheim, sondern ganz offiziell.«

»Wenn ihr uns einen Moment entschuldigt, bitte!« Bianca legte die Tüte zur Seite, wischte die Hände an ihrer Latzhose sauber und zog Luisa mit sich aus dem Raum.

»Was ich hier mache, geht dich nichts an«, zischte sie. »Und jetzt verschwinde!«

»Ich verstehe nicht, warum das keiner wissen darf. Ob du einen Kurs nimmst oder einen Kurs gibst, das ist doch völlig egal.«

»Ich habe meine Gründe.«

»Der einzige Unterschied ist, dass du für das hier Geld bekommst.«

Bianca erbleichte.

Volltreffer, dachte Luisa, *und das gleich zu Beginn unseres Gesprächs!* Aber sie konnte sich keinen Reim darauf machen. »Ist dir das etwa peinlich?«

»Natürlich nicht.«

»Was ist es dann?«

»Das sage ich dir nicht.«

»Dann werde ich eben so lang herumschnüffeln, bis ich es weiß!«

»Wirst du nicht!«

»Und ob ich das werde!«

Plötzlich öffnete sich die Tür und Jonathan Ludwig trat heraus. Er hatte einen Schreibblock in der Hand, den er jetzt wie eine Barriere zwischen die Frauen schob. »Bitte nicht so laut!«, flüsterte er. »Man kann euch drinnen sehr gut hören!«

Bianca und Luisa traten beide einen Schritt zurück.

»Geht doch!«, seufzte Jonathan erleichtert und ließ den Block sinken.

»Tut mir leid«, sagte Bianca zu ihm und durchbohrte Luisa mit einem tödlichen Blick. »Meine Schwester wollte sowieso gerade gehen, nicht wahr?«

»Nein.« Luisa griff nach Jonathans Arm – diese Gelegenheit erschien ihr günstig. »Wenn ich schon mal hier bin, würde ich mich gern noch mit dem jungen Mann unterhalten.«

»Das geht nicht, er muss zum Unterricht.«

»Ein paar Minuten wird er erübrigen können.«

»Kann er nicht!«

Fast sah es so aus, als ob der Streit von Neuem losbrechen würde. Doch dann schaltete sich Jonathan ein. »Was ist denn los?«, fragte er Luisa.

»Ich habe euch beide gerade auf dem Platz beobachtet.«

»Oh.« Er verstand sofort und hatte sogar den Anstand zu erröten. »Hat Amelie noch nicht mit Ihnen gesprochen?«

»Amelie?«, wunderte sich Bianca.

»Nein, das hat sie nicht«, sagte Luisa.

»Um was geht es überhaupt?« Misstrauisch schaute Bianca von einem zum anderen.

»Es geht um Amelie und mich«, murmelte Jonathan verlegen.

»Wie bitte? Du und … Amelie?«

»Lustig, findest du nicht auch?«, meinte Luisa, obwohl ihr keinesfalls zum Lachen zumute war. Aber es bereitete ihr eine gewisse Genugtuung, ihre Schwester mit dieser Neuigkeit überraschen zu können.

Bianca hatte sich jedoch schnell wieder im Griff. »Das freut mich für dich«, sagte sie zu Jonathan. »Amelie ist ein liebes

Mädchen. Zum Glück kommt sie ganz nach ihrem Vater.«

»Das hättest du wohl gern«, knurrte Luisa.

»Bitte!« Jonathan hob beschwichtigend die Hand. »Ich sollte wirklich kurz mit Amelies Mutter reden.«

»Von mir aus«, entgegnete Bianca. »Du kriegst zehn Minuten. Aber ich verlasse mich darauf, dass bestimmte Dinge nicht zur Sprache kommen.«

Der junge Mann nickte.

Verwirrt runzelte Luisa die Stirn. Bestimmte Dinge? Was sollte das denn bedeuten? Die Sache wurde immer verworrener.

»Und du!«, fuhr Bianca fort und bohrte ihren Zeigefinger in Luisas Brustkorb. »Du wirst zu Hause niemandem erzählen, was ich hier mache.«

»Keine Angst, ich hatte nicht vor, deinen Volkshochschulkurs zum Tischgespräch zu machen.«

»Dann ist es ja gut. Und jetzt entschuldigt mich! Ich habe zu tun.« Bianca drehte sich um und verschwand im Konferenzraum. Mit einem lauten Knall fiel die Tür ins Schloss.

Luisa atmete auf, trat ein paar Schritte zurück, bis sie die Wand im Rücken spürte, und musterte Jonathan abwartend. Der Junge hielt den Schreibblock wie ein Schutzschild vor seine Brust gepresst und erwiderte ihren Blick. Sein Aussehen brachte sie für einen Moment aus dem Konzept.

Wie ähnlich er seinem Vater war!

Die gleichen sensiblen Gesichtszüge. Der gleiche kluge Augenausdruck. Und das gleiche warme Lächeln.

Kein Wunder, dass Amelie eine Schwäche für ihn hatte!

Doch was zum Teufel verband ihn mit Bianca?

»Ich weiß nicht mehr, was ich denken soll«, meinte sie und fühlte sich auf einmal furchtbar ratlos und erschöpft.

»Und ich bin mir nicht sicher, ob ich helfen kann.« Mit dem Kopf deutete er auf eine Kaffeeküche am Ende des Gangs. »Aber wollen wir uns nicht setzen?«

21

»Bianca gibt uns seit einem Jahr Nachhilfeunterricht«, erklärte Jonathan wenig später.

Sie saßen auf zwei wackeligen Bistrostühlen in der winzigen Kaffeeküche. Hier war noch nicht aufgeräumt worden. Mehrere benutzte Kaffeetassen standen in der Spüle, und vor der Kaffeemaschine hatte jemand eine Bananenschale liegen lassen, die braun angelaufen war und einen durchdringenden, süßlichen Geruch verströmte.

»Sie unterrichtet jeden Montag und Mittwoch. Deutsch, Englisch und Geschichte. Für meine Mitschüler und mich ist das eine super Chance, Lernstoff nachzuholen oder zu vertiefen. Sie macht das toll und hat schon einigen von uns den A...« Er unterbrach sich und lächelte entschuldigend. »Also, ich meine natürlich, sie hat einige von uns vor dem Sitzenbleiben gerettet.«

Luisa seufzte. »Wenn Bianca sich so sehr engagiert, warum macht sie daraus ein Geheimnis?«

»Das müssen Sie sie selbst fragen.«

»Wissen Sie es?«

»Ich hänge sogar tiefer mit drin, als es mir lieb ist. Aber es ist nichts Schlimmes«, versicherte er schnell, als er Luisas skeptischen Blick bemerkte. »Und es läuft auch nichts zwischen

Bianca und mir, falls Sie das immer noch glauben.«

Woher wusste er von ihrem Verdacht? »Hat Amelie das etwa erzählt?« Wie peinlich!

»Ja.« Ein amüsiertes Grinsen huschte über sein Gesicht, und jetzt sah er seinem Vater noch viel ähnlicher. »Ich konnte sie aber davon überzeugen, dass da nichts ist. Wirklich nicht! Ich schwöre es.«

Vorsichtig lehnte sich Luisa zurück. »Es fällt mir schwer, jemandem zu vertrauen, der mir nicht die ganze Wahrheit sagen will. Und noch schwerer ist es, mir diesen Jemand mit meiner Tochter vorzustellen. Zumal ich bis vor einer Stunde rein gar nichts von dieser Beziehung gewusst habe. Das kommt alles ein bisschen plötzlich.«

»Tut mir leid. Aber dass Sie keine Ahnung hatten, können Sie nicht mir vorwerfen.«

»Trotzdem bleibt ein ungutes Gefühl.«

»Kann ich verstehen.«

»Und wie lösen wir das jetzt?«

Jonathan rieb sich die Stirn und dachte nach. »Ich kann Ihnen gern ein bisschen was über mich erzählen«, schlug er vor. »Dann wissen Sie, mit welchem Typen Ihre Tochter zusammen ist.«

Luisa zögerte.

Seine Aufgeschlossenheit beeindruckte sie. Doch sie wollte nicht, dass sich dieses Gespräch zu einem Verhör entwickelte. Amelie würde toben, wenn sie davon erfuhr.

»Eigentlich müssen Sie mir gar nichts erklären«, sagte sie deshalb zu Jonathan. »Ich möchte nur, dass Sie ehrlich zu Amelie sind.«

»Das bin ich.«

»Ich nehme Sie beim Wort. Und wehe, Sie enttäuschen mein Vertrauen!« Sie schaute auf ihre Armbanduhr. »Ihr Kurs wartet. Sie sollten gehen.«

»Wollen Sie denn gar nichts mehr wissen?«

»Doch, aber ...«

»Dann bleibe ich.«

»Sind Sie immer so hartnäckig?«

»Nur bei Themen, die mir wirklich wichtig sind.«

Auch dieser Satz sprach eindeutig für ihn.

Also beschloss Luisa, noch eine Weile sitzen zu bleiben. »In Ordnung. Erzählen Sie mir etwas über sich.«

Jonathan goss sich ein Glas Wasser ein. »Wie Sie vielleicht wissen, starb mein Vater vor drei Jahren an Krebs«, begann er dann.

Diese sachliche Feststellung versetzte Luisa einen feinen Stich – wie immer, wenn sie an Marco Ludwig dachte. »Sein Tod hat mich schwer getroffen. Wir kannten uns früher sehr gut. Genau genommen waren wir sogar mehrere Jahre lang ein Paar.« Sie lächelte wehmütig.

Auf einmal waren alle Erinnerungen wieder da. Marco und sie auf Wolke sieben. Schmetterlinge im Bauch. Flausen im Kopf. Der erste Kuss. Das erste Mal. *Wir bleiben für immer zusammen ...*

»Ich weiß«, sagte Jonathan und holte sie damit zurück in die Gegenwart. »Amelie hat mir davon erzählt.«

Entschlossen schob Luisa ihre melancholischen Gedanken zur Seite. »Das muss ganz furchtbar für Sie alle gewesen sein.«

»Das war es. Und zur Trauer kamen leider sehr schnell auch noch Geldsorgen. Es musste ja eine ganze Familie versorgt werden: Mein Opa, mein Onkel, meine Mutter, mein kleiner Bruder und ich.«

»Ihre Eltern haben sehr spät noch einmal Nachwuchs bekommen, nicht wahr?«

»Ja. Da hatte mein Vater seine Diagnose bereits. Irgendwie haben meine Eltern wohl geglaubt, sie müssten dem Schicksal beweisen, dass sie immer noch in der Lage waren, selbst Entscheidungen zu treffen.«

»Verständlich.«

Eigentlich verstand Luisa das ganz und gar nicht. Sie hatte diesen Entschluss sogar immer schon als sehr kurzsichtig und egoistisch empfunden.

Aber wer war sie, um darüber zu urteilen? Durfte sie das als Außenstehende überhaupt? Wohl kaum …

»Es gab überhaupt kein finanzielles Polster«, sagte Jonathan. »Und plötzlich standen wir vor der Wahl: die Rheinschifffahrt aufgeben oder versuchen, unser Unternehmen zu retten.«

»Sie haben weitergemacht.« Das wusste Luisa, sie fuhr jeden Morgen an der Rheinfähre vorbei.

»Ja. Leider entpuppte sich das aber als viel schwieriger als gedacht. Mein Vater fehlte an allen Ecken und Enden. Einen neuen Mitarbeiter konnten wir uns nicht leisten. Also habe ich mich dazu entschlossen einzuspringen.«

Schnell rechnete Luisa nach. Jonathan war vor Kurzem achtzehn geworden. »Sie waren damals erst fünfzehn!«, stellte sie verblüfft fest.

»Na und? Mein Opa war vierzehn, als er aufs Boot kam.«

»Das waren andere Zeiten.«

»Der Grund war der gleiche: Es ging ums Überleben unserer Schiffe.« Er nahm einen Schluck Wasser. »Wie Sie sich vielleicht denken können, leiden seitdem meine schulischen Leistungen enorm«, fuhr er fort. »Ich will aber unbedingt meinen Abschluss machen. Und hier kommt Bianca ins Spiel. Sie sorgt seit einem Jahr dafür, dass ich im Unterricht einigermaßen mitkomme und vermutlich sogar mein Abitur bestehen werde. Als Lehrerin ist sie echt super und als Mensch sowieso.«

Nachdenklich runzelte Luisa die Stirn. Ihr passte es nicht, wie sehr Jonathan ihre Schwester bewunderte. Aber da war noch ein anderes Detail, an dem sie sich störte. »Verstehe ich das richtig? Sie arbeiten seit drei Jahren und brauchen deshalb Nachhilfe?«

Er nickte.

»So ein Kurs kostet Geld«, gab sie zu bedenken. »Verlieren Sie dadurch nicht wieder einen großen Teil Ihrer Einnahmen?«

»Ich muss die Nachhilfe nicht bezahlen.«

»Warum nicht?«

»Weil … äh …« Er wich ihrem Blick aus und begann, nervös an den Ecken seines Schreibblocks herumzuzupfen.

»Nicht! Das geht kaputt.« Vorsorglich schob Luisa seine Aufzeichnungen zur Seite. Es überraschte sie kaum noch, dass selbst Jonathans Schriftbild genauso aussah wie das seines Vaters: klare, schlichte, nach rechts geneigte Buchstaben und nachlässig gesetzte Punkte.

»Ich … äh … ich kann nicht sagen, warum ich die Nachhilfe nicht zahlen muss«, murmelte Jonathan.

»Wieso nicht?«

»Ich habe es Bianca versprochen. Tut mir leid.«

»Damit sind wir wieder am Ausgangspunkt.« Frustriert schüttelte Luisa den Kopf. »Wir haben uns lediglich einmal im Kreis gedreht.«

Beide schwiegen und schauten zu Boden.

»Ist euch wenigstens schwindelig vom Drehen?«

Die helle Stimme, die plötzlich hinter ihnen erklang und die peinliche Stille durchbrach, bebte vor Zorn.

Luisa und Jonathan fuhren herum.

Amelie stand im Türrahmen, die Hände in die Seiten gestemmt. Wütend blickte sie von einem zum anderen.

»Amelie!« Jonathan sprang auf. »Was machst du denn hier?«

»Eigentlich wollte ich dir nur dein Ladekabel vorbeibringen, weil ich es wohl aus Versehen eingesteckt hatte. Aber wie es scheint, kann ich es dir leider doch nicht zurückgeben.« Langsam kam Amelie in die Küche gelaufen und baute sich vor ihrer Mutter auf. »Ich muss nämlich erst noch jemanden damit erwürgen.«

Luisa gab sich gelassen. »Was soll die Aufregung? Ich habe nichts getan.«

»Es ist also völlig normal, dass du um diese Zeit in der Kaffeeküche des Rathauses sitzt und wildfremde junge Männer ausquetschst?«

»Na ja, so wildfremd ist Jonathan nicht. Immerhin ist er dein Freund.«

Für einen winzigen Moment flackerten Amelies Augen unsicher auf und ihr Blick huschte zu Jonathan. Als dieser beruhigend zurücklächelte, nickte sie.

»Sie hat uns vorhin draußen zusammen gesehen«, erklärte Jonathan ihr und tastete nach Amelies Hand. »Deshalb hatte sie ein paar Fragen an mich. Alles ganz harmlos.«

»Für dich vielleicht.« Amelie schüttelte Jonathans Hand ab. »Es ist ja auch nicht deine Mutter, die herumspioniert, sondern meine. Wie konntest du nur, Mama! Bist du ihm etwa bis hierher gefolgt?«

»Nein«, sagte Luisa – und das war nicht einmal gelogen. Sie war nicht ihm gefolgt, sondern Bianca. »Das Gespräch mit Jonathan hat sich … irgendwie … ganz spontan ergeben.« Luisa fragte sich, wie viel von der Unterhaltung ihre Tochter wohl mitbekommen hatte.

»Stimmt das?« Amelie drehte sich zu Jonathan um.

Dieser nickte. »Mehr oder weniger, ja.«

»Das sagst du jetzt doch nur so, ich kenne meine Mutter. Da läuft nichts spontan oder ungeplant, schon gar nicht ein zufälliger Besuch im Rathaus – und das auch noch ausgerechnet an dem Abend, wo du Nachhilfe hast.«

»Ja! Genau! Nachhilfe! Ich muss gehen!«, rief Jonathan, sichtbar erleichtert über das Stichwort. Er nahm seinen Block. »Die anderen haben bestimmt längst angefangen.«

»Warte!« Sie hielt ihn zurück. »Erst beantwortest du die letzte Frage meiner Mutter.«

»Was?« Verwirrt starrte Jonathan seine Freundin an.

»Warum musst du für Biancas Nachhilfe nicht bezahlen?«

Luisa seufzte. Also hatte Amelie tatsächlich gelauscht. Und dabei natürlich auch genau das Detail aufgeschnappt, das sie bislang noch nicht gekannt hatte.

Plötzlich tat der Junge ihr leid. »Lass ihn gehen und klärt das ein anderes Mal!«, schlug sie vor. »Jonathan hat für heute schon genug geredet.«

»Mit dir bestimmt«, entgegnete Amelie schnippisch.

»Ich kann dir das nicht sagen«, murmelte Jonathan.

»Soll ich schon mal rausgehen?«, bot Luisa an. »Dann seid ihr ungestört.«

Jonathan schüttelte den Kopf. »Ich habe versprochen, nichts zu verraten.«

»Wie bitte? Selbst mir nicht?« Amelie klang eher überrascht als gekränkt.

»Tut mir leid.«

»Oh, das kann dir auch leidtun, glaub mir! Ich frage dich jetzt zum letzten Mal ...«

»Amelie!«, warnte Luisa ihre Tochter. »Das bringt nichts.«

»Na toll!« Wütend knallte Amelie das Ladekabel auf den Tisch. »Ihr habt Glück, dass die Schnur so kurz ist. Ich wäre jetzt bereit für einen Doppelmord!«

22

»Meine Familie hasst mich«, stöhnte Luisa am nächsten Abend, als sie mit Bert nach Restaurantschluss noch bei einem Glas Weinschorle zusammensaß.

»Na, na«, machte Bert und tätschelte ihre Hand. »So schlimm wird es schon nicht sein.«

»Es ist schlimmer.« Luisa ließ ihren Kopf mit der Stirn voran auf die Tischplatte sinken. »Meine Tochter ist sauer, weil ich mich ungefragt in ihr Liebesleben eingemischt habe«, nuschelte sie ins Tischtuch. »Meine Schwester spricht seit unserem Streit sowieso kein Wort mehr mit mir. Meine Mutter leidet wie ein verwundetes Reh und meine Großmutter räumt ohne Skrupel mein Bankkonto leer.«

Bert lachte.

»Das ist nicht komisch!«

»Nein, das ist es nicht. Aber es ist auch kein Drama.«

»Hast du eine Ahnung!« Luisa hob den Kopf und nahm einen Schluck Weinschorle. »Es ist die Hölle.« Noch ein Schluck. »Ich muss mit vier Frauen unter einem Dach leben, die ständig für Stress und Unruhe sorgen.«

»Für mich klingt das nach der herkömmlichen Definition von Familie.«

»Für mich klingt das nach einem Irrenhaus.«

»Manchmal muss man sich streiten, um die Standpunkte der anderen besser zu verstehen«, meinte Bert. »Vermutlich seid ihr gerade in so einer Phase.«

»Ich fürchte, wir sind aus dieser Phase noch nie herausgekommen. Und ich habe das Gefühl, es wird täglich schlimmer.«

»Ach, komm schon! Denk positiv!« Bert überlegte. »Du hast zum Beispiel gerade gesagt, dass Amelie einen Freund hat. Das ist doch schön.«

»Ich bin mir nur leider nicht sicher, ob sie ihn jetzt noch hat. Blöderweise hat sie sich mit ihm gestritten, nachdem ich ein bisschen dazwischengefunkt habe«, murmelte sie zerknirscht.

Nachdem ihre Tochter sich gestern Abend in Rage geredet hatte, war Luisa schnell geflüchtet. Doch Amelies zornige Stimme hatte sie bis ins Foyer des Rathauses verfolgt. Der arme Jonathan konnte einem leidtun, er war überhaupt nicht zu Wort gekommen.

»Wie bitte? Du hast dich eingemischt?« Bert schüttelte missbilligend den Kopf.

»Immerhin habe ich herausgefunden, dass er ein Geheimnis vor ihr hat. Wenn auch nur ein kleines. Er will es uns partout nicht verraten.«

»Ich bitte dich, Luisa! Dir gegenüber muss sich der Junge schon mal für gar nichts rechtfertigen. Das ist allein eine Sache zwischen ihm und Amelie.«

»Ist es nicht! Ich glaube nämlich, er dreht irgendein krummes Ding mit meiner Schwester.«

»Na und? Was geht es dich an? Selbst wenn er mit Bianca rosa gepunktete Elefanten fängt und im Keller gefangen hält, ist das nicht dein Problem.«

»Aber er sagt auch Amelie nicht die Wahrheit über … über diese rosa Elefanten.«

»Wenn die beiden sich wirklich gernhaben, dann werden sie eine Lösung finden.«

»Deinen Optimismus möchte ich haben!« Luisa seufzte und stützte ihr Kinn in die Hände.

»Schon Heinz Rühmann hat gesagt, dass der Optimist ein Mensch ist, der alles halb so schlimm oder doppelt so gut findet«, sagte Bert. »Mit dieser Einstellung bin ich eigentlich bislang immer gut gefahren.«

»Soll ich es etwa halb so schlimm finden, dass meine Tochter mich für ihren Liebeskummer verantwortlich macht? Oder meine Mutter für den Streit, der zwischen mir und meiner Schwester tobt?«

»Hat sie das gesagt?«

»Nein. Aber ich weiß es trotzdem und fühle mich schuldig.«

»Bist du denn auch schuldig?«

»Ein bisschen vielleicht«, musste Luisa zugeben. »Aber Bianca ist schlimmer«, fügte sie trotzig hinzu.

»Jetzt klingst du wie ein kleines Kind«, grinste Bert.

»Ungefähr so lang besteht auch unsere gegenseitige Abneigung schon. Und seit meinem gut gemeinten, aber völlig fehlgeschlagenen Vermittlungsversuch ist alles nur noch unerträglicher geworden.«

»Das tut mir leid.« Bert kannte die Geschichte mit der verunglückten Lesung, Luisa hatte ihm gleich am nächsten Tag davon erzählt.

»Inzwischen wirft Bianca mir mehr oder weniger offen vor, meine Familie und das Weingut im Stich gelassen zu haben.«

»Was sagt denn deine Mutter dazu?«

»Das Übliche: Sie guckt unglücklich.«

»Das können Mütter besonders gut.« Bert lächelte versonnen und wischte ein paar Brotkrümel vom Tisch. »Konntest du mittlerweile mit ihr über die finanzielle Situation des Weingutes reden?«

»Nein, leider nicht«, entgegnete Luisa und seufzte matt. »Das ist auch so eine Sache, die mir Kopfschmerzen bereitet.

Sie entzieht sich jedem Gespräch mit irgendeiner fadenscheinigen Ausrede. Dabei ist das Thema viel zu wichtig, um es totzuschweigen.«

»Du hängst dich da ganz schön rein.«

»Ach, ich weiß auch nicht, was mit mir los ist. Je länger ich auf dem Weingut bin, umso mehr wächst es mir ans Herz. Und das trotz aller Probleme. Komisch, nicht?«

»Das ist nicht komisch, das ist völlig normal. Niemand kann seine Wurzeln verleugnen. Erst recht nicht, wenn sie so tief sitzen wie bei euch. Aber dann ist es umso dringender, dass du mit deiner Familie redest.«

»Ja, ich weiß. Ich muss nur noch mal einen gründlichen Blick in die Bücher werfen. Für dieses Gespräch will ich gut vorbereitet sein.«

»Schnüffelst du etwa immer noch heimlich herum?«

»Ich schnüffele nicht, ich prüfe ungestört.«

»Ach, so nennt man das heute?« Er prostete ihr zu. »Na dann, viel Glück!«

Luisa hob ihr Glas. »Danke, das kann ich brauchen.«

Sie fühlte sich schon besser, irgendwie verstanden und getröstet. Bewundernswert, wie Bert das immer wieder schaffte.

»Ich bin so froh, dass ich dich habe. Dich und Jörn …«

Überrascht blickte Bert auf. »Wer ist Jörn?«

»Der Schäfer. Habe ich dir doch erzählt. Er ist total nett.«

»Der bei euch in der Scheune wohnt? Ich dachte, der ist mindestens hundert.«

»Eher halb so alt.«

»Interessant.« Neugierig beugte Bert sich vor. »Seit wann stehst du auf Naturburschen?«

»Ich stehe nicht auf ihn.«

»So rot, wie du gerade anläufst, ist da bestimmt ein bisschen mehr.«

»Na ja, vielleicht … aber er ist ja ständig unterwegs.«

Seit dem Kuss hatte Luisa Jörn nicht mehr allein sprechen können – und dieser Kuss war mittlerweile zwölf Tage her.

Zwölf lange Tage!

»Läuft da etwa schon was?«, fragte Bert.

»Ich weiß es nicht …« Luisa schien ein dringender Themenwechsel angebracht. »Sag mal, wie weit bist du denn mit deinen Rentenunterlagen?«, wollte sie wissen und schwenkte dabei ihr Glas. Etwas zu hektisch, denn ein paar Spritzer Schorle landeten auf der Tischdecke.

Bert grinste vielsagend und nahm ihr das Glas aus der Hand. Doch er tat ihr den Gefallen und wechselte das Thema. »Ich bin fast fertig. Danke noch mal für deine Hilfe.«

»Das habe ich gern gemacht. Obwohl ich immer noch nicht glauben kann, dass du in ein paar Wochen weg sein wirst.«

»Ach, ich bin ganz froh, wenn es so weit ist. Wenn diese Räumlichkeiten wirklich zu einem asiatischen Restaurant umgestaltet werden sollen, ist das nicht mehr meine Welt.«

»Meine auch nicht«, seufzte Luisa.

Sie hatte dem Hoteldirektor deutlich zu verstehen gegeben, was sie von dem bevorstehenden Umbau hielt: nämlich nichts. Doch leider war ihre Kritik auf taube Ohren getroffen. Das alt-ehrwürdige Restaurant des *Kaiserhofes* würde sich tatsächlich schon bald in ein japanisches Steakhouse verwandeln – und deshalb viele vertraute und liebgewonnene Stammgäste verlieren.

Ob die Arbeit hier dann überhaupt noch Spaß machte?

»Du bist zu beneiden«, sagte sie. »Hast du schon konkrete Pläne für deinen Ruhestand?«

»Ich werde viele Bücher lesen, mir jeden Tag etwas Gutes kochen und lange Spaziergänge mit meinem Hund machen. Und ich möchte mir auf jeden Fall nebenbei noch etwas dazu-verdienen. Du weißt ja, wer rastet, der rostet. Wenn du also einen Job für mich hast, sag mir Bescheid.«

»Ich wüsste da etwas. Wir haben eine feuchte Wand im

Keller. Meine Mutter hat zwar gesagt, sie kümmert sich darum, aber bislang ist nichts passiert.«

»Das klingt nicht gut. Die Nässe muss schnellstens weg, sonst kommt der Schimmel. Soll ich mal nachgucken, woher das Wasser kommt?«

»Das wäre nett. Wann hast du Zeit?«

»Am kommenden Dienstag habe ich frei. Du doch auch, oder?«

»Der Dienstag nach Pfingsten?« Sie nickte. »Magst du zum Mittagessen vorbeikommen?«

»Sehr gern.«

»Ich muss dich aber warnen. Unter Umständen sitzt die ganze Familie mit am Tisch.«

»Das macht nichts. Ich bin schon mit wesentlich schlimmeren Typen fertiggeworden.«

»Du kennst die Schwanthaler-Frauen nicht.«

»Aber ich freue mich darauf, sie kennenzulernen.« Er gab ihr das Glas zurück.

»Fein! Dann ist das also abgemacht. Du schaust nach unserem Keller.« Luisa trank ihre Schorle aus. »Es sei denn, du hast Angst vor Biancas rosa gepunkteten Elefanten …«

23

Jonathan saß morgens nicht im Zug, weder am Donnerstag noch am Freitag.

Amelie hatte alle Wagen abgesucht.

Nichts.

Am Donnerstagmorgen war sie noch böse auf ihn gewesen und hatte deshalb nicht weiter über seine Abwesenheit nachgedacht. Doch im Laufe des Nachmittags, nach einer netten Stunde Internetshopping mit Oma Lisbeth, war sie zur Besinnung gekommen.

Was Jonathan betraf, hatte sie komplett überreagiert.

War es wirklich so wichtig zu wissen, warum er für die Nachhilfe nichts zahlen musste? Er verschwieg ihr lediglich dieses eine kleine Detail. Nicht, weil er es wollte, sondern weil er Bianca sein Wort gegeben hatte. Das sprach eher für als gegen ihn.

Außerdem: Sie hatte ihm bislang ja auch nicht jedes Geheimnis verraten. So etwas brauchte Zeit und vor allem Vertrauen. Amelie war bereit, Jonathan diese Zeit zu gewähren.

Anders sah die Sache mit ihrer Mutter aus – die hatte sich in ihren Augen völlig unmöglich benommen.

Welcher normale Mensch krallte sich bei der erstbesten

Gelegenheit den Freund der Tochter, um ihm haufenweise unangenehme Fragen zu stellen? Irgendwie hatte Luisa Jonathan sogar dazu gebracht, seine gesamte Lebensgeschichte vor ihr auszubreiten.

Was sollte das?

Noch schlimmer als dieses Verhör fand Amelie eigentlich nur noch die peinliche Fixierung ihrer Mutter auf alles, was Bianca sagte oder tat. Hatte sie kein anderes Hobby, als sich ständig mit ihrer Schwester zu streiten? Wenn Luisa das Weingut tatsächlich so wenig bedeutete, wie sie früher immer behauptet hatte, dann konnte ihr die Familie doch herzlich egal sein!

Dass dieses Problem nicht ganz so einfach zu lösen war, wie sie es sich gerade vorstellte, wusste Amelie natürlich, schließlich war sie nicht dumm. Sie spürte das Unbehagen und die Zerrissenheit ihrer Mutter sehr genau. Luisa hing mehr an ihrer Heimat und an ihrer Verwandtschaft, als sie es zugeben wollte.

Aber das war nicht Amelies Problem! Ihr eigenes Problem hieß Jonathan Ludwig – und der saß heute, am Freitagmorgen, schon wieder nicht auf seinem üblichen Platz am Gang.

Kurz entschlossen drehte Amelie sich um und verließ den Zug. Sie würde spontan die Schule schwänzen und ihn suchen gehen. Auf ihre Kontaktversuche hatte er ja leider bislang nicht reagiert, also musste sie sich persönlich auf den Weg zu ihm machen.

So viele Orte, wo er sein konnte, gab es ja nicht.

Als Erstes bestieg sie den Gegenzug nach Assmannshausen. Sie war erst zweimal bei Jonathan zu Hause gewesen, fand das alte Fachwerkhaus am Ortseingang aber auf Anhieb. Doch zu ihrer Enttäuschung traf sie niemanden an.

Als Nächstes besuchte sie die kleine Konditorei am Rheinufer, die er ihr bei einem Spaziergang gezeigt hatte und die angeblich den besten Milchkaffee in Assmannshausen servierte. Aber auch hier war er nicht zu finden.

Ratlos starrte Amelie auf den Fluss.

Es war kühl heute, der Wetterbericht hatte Regen und Wind vorhergesagt. Ein paar kleinere Ausflugsboote schaukelten auf den Wellen, die *MS Rheinglück* war nicht dabei.

Was hatte Jonathan neulich gesagt, als sie sich zum ersten Mal in Rüdesheim am Hafen getroffen hatten?

Wir beladen das Schiff immer hier, bevor es losgeht.

Natürlich, das war die Lösung! Das Pfingstwochenende stand vor der Tür, sicherlich lag die *MS Rheinglück* in Rüdesheim und wurde auf ihren Einsatz vorbereitet.

Keine zehn Minuten später saß Amelie wieder im Zug.

Volltreffer!

Jonathan hockte auf dem hinteren Freideck und sortierte Seile. Obwohl er sie längst gesehen haben musste, schaute er nicht einmal auf, als Amelie ihn vom Ufer aus begrüßte.

»Hi!« Hier am Fluss war es kalt, ein unangenehmer Wind fegte über das Wasser. Sie kuschelte sich tiefer in ihren Anorak und zog den Reißverschluss bis zum Kinn.

»Was willst du?«, fragte er, den Blick immer noch auf die Seile gerichtet. Das schlechte Wetter schien ihn nicht zu stören, er trug Jeans, eine gelbe Regenjacke und Gummistiefel.

»Reden.«

»Worüber?«

»Darüber, dass du nicht in der Schule bist.«

»Du doch auch nicht.«

»Stimmt«, musste Amelie zugeben.

Damit war das Thema erschöpft.

»Noch was?«, wollte er wissen.

Sie wertete das als gutes Zeichen. Wenn er sie hätte loswerden wollen, hätte er nicht nachgefragt.

»Wir müssen über unseren Streit sprechen.«

»Ach, echt?« Seine Stimme triefte vor Sarkasmus. »Ich dachte, jedes weitere Wort von mir ist gelogen und überflüssig ...«

»Ja, das habe ich gesagt, aber ...«

»... ich habe dich hintergangen ...«

»... auch das habe ich gesagt, aber ...«

»... und du willst mich nie wiedersehen.«

»... aber das war alles nicht so gemeint!« Sie stampfte mit dem Fuß auf.

Endlich sah er von seiner Arbeit auf.

»Du darfst nicht alles glauben, was ich erzähle! Schon gar nicht, wenn ich wütend bin.«

Er legte die Seile zur Seite und erhob sich. »Was erwartest du denn jetzt von mir? Soll ich sagen: Oh, klar, das konnte ich ja nicht wissen? Und dann ist alles wieder gut?«

»Schön wär's!«

»So einfach geht das nicht.«

»Jaja, ich weiß, ich muss mich entschuldigen.« Amelie trat näher ans Ufer, was Jonathan mit einem besorgten Blick quittierte. Die Anlegestelle hatte an dieser Stelle kein Geländer, sie stand jetzt direkt am Rande der Böschung und hatte das Wasser unter sich.

»Ich kann nicht behaupten, dass ich es toll finde, dass du Geheimnisse mit meiner Tante hast«, fuhr sie fort. »Aber ich vertraue dir. Wenn du sagst, es hat nichts mit uns zu tun, dann ist das auch so. Mein blödes Verhalten vom Mittwoch tut mir schrecklich leid.«

Er antwortete nicht, kam aber langsam auf sie zu.

»Im Grunde habe ich mich nicht über dich geärgert, sondern über meine Mutter. Weil sie dich ausgefragt hat. Biancas Verhalten finde ich übrigens auch zum Kotzen. Sie nimmt dir einfach irgendein blödes Versprechen ab. Und wenn ich es mir recht überlege, bin ich auch sauer auf meine Oma.«

»Warum das?«

»Weil sie nichts tut, um den Streit zwischen ihren Töchtern zu beenden.«

Inzwischen hatte er die Reling erreicht. Jetzt trennten sie nur noch das Schiffsgeländer und ein schmaler Spalt Flusswasser. »Ganz schön viele Leute, die du momentan nicht leiden kannst.«

»Ich bin noch längst nicht fertig.«

»Schon okay. Aber kannst du nicht ein Stück vom Wasser weggehen?«

Amelie holte tief Luft und ignorierte seine Bitte. »Wenn wir schon beim Thema Familie sind ... Wie du weißt, habe ich noch eine zweite zu bieten, die mir ebenfalls heftige Kopfschmerzen bereitet. Gerade hatte ich mich mit der neuen Frau an der Seite meines Vaters arrangiert, da kommen auch schon zwei Babys hinzu.«

»Eifersüchtig?«

»Nein, bestimmt nicht. Nur verwirrt und erschöpft. Ich hasse Veränderungen, und mein Leben hat sich in den letzten Wochen für meinen Geschmack viel zu sehr verändert. Manchmal weiß ich schon gar nicht mehr, wo meine Familie anfängt und wo sie aufhört. Es ist ein ständiges Gezeter und Gewusel, egal wohin man guckt.«

»So ist das nun mal. Meinst du etwa, meine Familie würde den ersten Preis in der Kategorie Frieden und Harmonie gewinnen?«

»Weiß nicht. Ihr geht sehr liebevoll miteinander um.«

»Das mussten wir auch erst lernen. Leider auf die harte Tour.«

Amelies Wut verpuffte.

Jetzt hätte sie am liebsten Jonathans Hand genommen.

Er schien das zu spüren. »Bleib bloß stehen!«, warnte er. »Ich habe keine Lust, dich aus dem Wasser zu ziehen, wenn du einen falschen Schritt machst.«

»Aber ich will bei dir sein!«

»Bist du denn schon fertig mit deiner Entschuldigung?«

»Eigentlich schon. Reicht dir das nicht?«

»Doch, das tut es.« Er grinste ein wenig schief.

»Warum kommst du dann nicht zu mir rüber?«

»Ich kann nicht«, entgegnete er zu ihrer Enttäuschung, fügte dann aber mit einem Augenzwinkern hinzu: »Ich bin allein auf dem Boot.«

»Tja, was machen wir denn da?«

»Du könntest zu mir kommen.«

»Ich kann nicht«, wiederholte sie seine Worte. Und auch Jonathans Miene verfinsterte sich, bis sie ergänzte: »Ich habe kein Ticket.«

Er lachte. »Heute gibt es Gratisfahrscheine. Worauf wartest du?«

Amelie lief los.

Sie trafen sich auf dem Anlegesteg.

Inzwischen regnete es in Strömen. Fürsorglich legte Jonathan einen Arm um Amelie und schob sie ins Trockene.

»Ich habe dich so vermisst«, flüsterte er, kaum dass sie den Speisesaal erreicht hatten. Er streichelte ihr übers Haar und wischte die Regentropfen aus ihrem Gesicht.

»Und ich erst!«, murmelte Amelie und schlang ihre Arme um seinen Nacken. »Lass uns nie wieder streiten!«

»Wird das auf Dauer nicht ein bisschen langweilig?«

»Käme auf einen Versuch an.«

»So eine Versöhnung hat doch auch was Nettes …«

»Jonathan?«

»Hm?«, machte er, seine Lippen ganz nah an ihrer Wange.

»Du redest zu viel.«

»Wieso?« Sein warmer Atem kitzelte auf ihrer Haut. »Du hast doch gesagt, du bist extra hergekommen, um zu reden.«

»Ich habe meine Pläne geändert. Jetzt würde ich lieber was anderes machen.«

»Was denn?«

Sie stellte sich auf die Zehenspitzen und schloss die Augen. »Denk dir was Nettes aus!«

»Nur zu gern …«, murmelte er, zog sie an sich und küsste sie.

Glücklich schmiegte Amelie sich in Jonathans Umarmung. Sie war wieder da, wo sie hingehörte …

24

In eine traditionelle hessische Kartoffelsuppe gehören neben Kartoffeln, Zwiebeln und Sahne auch frische Kräuter.

Zum Beispiel Kerbel und Sauerampfer – die hatte Marlies auf dem Markt gekauft. Petersilie und Dill konnte sie aus ihrem eigenen Küchengarten holen, der gut geschützt vor einer alten Steinmauer am Hinterausgang lag.

Die zarten Kräuter dufteten köstlich.

Als sie mit ihrer frischen Ernte in die Küche zurückkam, standen Luisa und ein älterer Herr am Tisch und unterhielten sich angeregt.

Marlies legte die Kräuter zur Seite und wischte sich die Hände an ihrer Schürze sauber.

»Sie müssen Bert sein«, begrüßte sie ihren Gast. »Herzlich willkommen!«

Er trug ein blaues Hemd und Cordhosen, war nicht besonders groß und leicht untersetzt. Sein Haar war dünn und sein Gesicht faltig, doch sein Blick war offen und freundlich und sein fröhliches Lächeln ansteckend.

Sie mochte ihn auf Anhieb.

»Schön, Sie kennenzulernen!«, entgegnete er charmant und

deutete eine kleine Verbeugung an. »Luisa hat mir schon viel von Ihnen erzählt.«

Diese Höflichkeit konnte Marlies leider nicht an ihn zurückgeben. Luisa hatte nämlich so gut wie nichts über Bert erzählt. Nur, dass er ein Arbeitskollege war und heute, am Dienstag nach Pfingsten, zum Mittagessen kommen würde. Bei der Gelegenheit wollte er sich dann auch die feuchte Wand im Keller ansehen, hatte sie noch hinzugefügt.

Marlies war davon ausgegangen, dass Luisa Interesse an Bert hatte. Deshalb hatte sie auch einen viel jüngeren Mann erwartet.

Aber nein, stellte sie jetzt fest. Mit dieser Annahme hatte sie völlig falschgelegen. Bert war eher der väterliche Typ und die feuchte Wand im Keller wohl doch kein Vorwand, sondern der eigentliche Grund für seinen Besuch. Vermutlich war er tatsächlich handwerklich so begabt, wie Luisa behauptete, und würde seine erste Einschätzung über den Schaden kostenlos abgeben.

Damit hatte er sich die Essenseinladung mehr als verdient.

»Er hat dir was mitgebracht«, sagte Luisa und deutete auf einen Strauß roter Pfingstrosen, der auf dem Tisch stand.

»Wie schön! Vielen Dank!« Marlies lächelte überrascht. Es war lange her, dass ihr jemand Blumen geschenkt hatte. »Das wäre aber nicht nötig gewesen.«

»Warum nicht?«, entgegnete Bert. »Sie haben doch die ganze Arbeit mit dem Kochen.«

»Das mache ich gern.«

»Was gibt es denn Gutes?«, wollte er wissen und sah zum Herd, wo ein großer Topf vor sich hin köchelte und einen unwiderstehlichen Duft nach Zwiebeln und Sahne verbreitete.

»Kartoffelsuppe. Und zum Nachtisch Rheingauer Weinäpfel mit Walnüssen und Zimt.«

»Das klingt sehr lecker. Ich liebe gutes Essen. Das sieht man ja auch.« Schmunzelnd klopfte Bert sich auf den Bauch. »Der

Wein stammt hoffentlich aus eigener Produktion?«

»Natürlich. Die Äpfel und die Nüsse auch.«

»Perfekt! Kann ich vielleicht beim Kochen helfen? Ich schaue mir immer gern ein paar gute Rezepte und Tipps ab.«

Marlies' Blick wanderte fragend zu Luisa. Sie kannte die Pläne ihrer Tochter nicht.

Doch diese winkte ab. »Das ist schon okay. Ich räume inzwischen die Wand im Keller frei, damit Bert sich nach dem Essen dort ungehindert bewegen kann. Ist es okay, wenn ich euch ein bisschen allein lasse?«

»Geh ruhig!«, meinte Bert.

»Wenn etwas zu schwer für dich ist, dann sag Jörn Bescheid!«, rief Marlies ihrer Tochter hinterher.

»Ach?« Luisa, die schon auf dem Weg zur Tür gewesen war, drehte sich um. »Ist er schon zurück? Ich habe ihn gar nicht kommen hören.«

»Na so was!«, murmelte Bert, was ihm einen strafenden Blick von Luisa einbrachte.

»Er war vorhin hier«, erzählte Marlies. »Aber da hast du gerade Bert vom Bahnhof abgeholt.«

»Schade!«, sagte Luisa.

»Ja, wirklich.« Auch Bert wirkte enttäuscht, was ihm einen weiteren strafenden Blick von Luisa einbrachte.

Irritiert sah Marlies von einem zum anderen. Was hatten die beiden denn nur?

»Er kommt übrigens auch zum Essen. Es ist ja genug für alle da.« Sie ging zum Herd und hob den Deckel vom Topf. »Aber jetzt entschuldigt mich, ich muss weitermachen. Sonst gibt es am Ende gar nichts.«

»Das wäre tragisch«, grinste Bert. »Ich helfe gern. Betrachten Sie mich als Ihren Küchenjungen.«

Luisa nickte zerstreut. »Viel Spaß!«

»Und wir beide«, sagte Bert zu Marlies, als Luisa gegangen war, »wir machen jetzt eine kleine Kochparty.« Er deutete auf die Flasche Riesling, die neben dem Herd stand. »Ein Gläschen in Ehren kann niemand verwehren.«

Am Ende waren es nicht ein, sondern drei Gläschen geworden. So leicht und beschwingt war Marlies das Kochen schon lange nicht mehr von der Hand gegangen.

Nach dem ersten Glas hatte ihr Bert das Du angeboten.

Beim zweiten Glas hatten sie einträchtig nebeneinander an der Arbeitsplatte gestanden und Kräuter gehackt. Dabei hatte Marlies aus ihrem Leben erzählt, Bert hatte hier und da eine Bemerkung einfließen lassen, und bei besonders tragischen Geschichten hatten sich beide mit einem Schluck Riesling getröstet.

Nach dem dritten Glas Wein kannte Marlies auch Berts Geschichte. Er war verwitwet, hatte keine Kinder, seine ganze Liebe galt seinem Hund und er würde demnächst seinen Ruhestand antreten.

Der Vormittag war wie im Flug vergangen.

Jetzt waren alle um den Tisch versammelt und probierten die Rheingauer Weinäpfel. Neben Bert und ihren Töchtern waren auch Amelie, Jonathan, Jörn und Oma Lisbeth da – also insgesamt acht Personen.

Vor ein paar Wochen hatte Marlies noch gedacht, dass sie sich mit fünf Leuten am Tisch glücklich schätzen konnte. So schnell änderten sich die Zeiten!

Es musste an der netten Gesellschaft liegen, dass sie sich auf einmal wieder richtig gut fühlte. Ihre Probleme kamen ihr klein und unbedeutend vor – und das sollte nach Möglichkeit auch noch eine Weile so bleiben. Entschlossen schob sie deshalb alle schlechten Gedanken zur Seite.

Dieser Bert war ein ganz feiner Mann, ein hervorragender

Koch und ein noch besserer Gesprächspartner, mit dem man viel Spaß haben konnte.

Auch jetzt, bei Tisch, bestimmte er die Unterhaltung. Mit viel Feingefühl umschiffte er schwierige Themen, beschwichtigte, wo nötig, und rang sogar Bianca ein Lächeln ab, als er sich nach ihren Katzen erkundigte.

»Ich stehe ja mehr auf Hunde«, sagte er gut gelaunt. »Aber jeder, der sich wie Sie um Tiere aus dem Tierheim kümmert, verdient meine Hochachtung.«

Daraufhin entspann sich eine lebhafte Unterhaltung über Haustiere, an der sich neben Bianca und Bert auch Jonathan und Jörn beteiligten.

Nur Oma Lisbeth, Luisa und Amelie blieben still.

Bei Oma Lisbeth war das nicht ungewöhnlich. Die alte Dame schleckte gerade ihren Löffel ab und begnügte sich damit, ab und zu einen fröhlichen Blick in die Runde zu werfen.

Amelie hingegen war völlig in sich selbst versunken – und himmelte Jonathan an, der neben ihr saß.

Es war das erste Mal, dass sie ihn mit nach Hause gebracht hatte. Die beiden waren direkt nach der Schule zum Weingut gekommen. Zunächst war Marlies ein wenig irritiert gewesen. Musste es ausgerechnet Marco Ludwigs Sohn sein? Das kam ihr so … so merkwürdig und kitschig vor. Doch mit seiner zurückhaltenden, freundlichen Art hatte Jonathan ihr Herz im Sturm erobert.

Jetzt hielten die beiden jungen Leute unter dem Tisch Händchen und glaubten wohl, dass es niemand bemerkte.

Marlies lächelte amüsiert. Manche Dinge änderten sich nie!

Ihr Blick wanderte weiter zu Luisa. Auch sie war heute eindeutig nicht bei der Sache.

Schon in den letzten Tagen war sie anders als sonst gewesen – so ruhelos und in sich gekehrt. Marlies hatte das auf die angespannte Stimmung im Haus geschoben. Und auf den beruflichen Stress, den Luisa hatte. Obendrein schien ihre Tochter sich auch noch mit Amelie verkracht zu haben, denn seit Mittwochabend redeten die beiden kaum miteinander, auch jetzt nicht.

Aber da war noch mehr. Verstohlen musterte Marlies ihre Tochter.

Luisa stocherte eine Weile lustlos in ihrem Apfel herum, dann legte sie die Gabel zur Seite und schaute auf. Ihre Augen huschten zu Jörn, der ihr gegenübersaß und immer noch lebhaft über Hunde diskutierte. Für einen kurzen Moment erschien ein Lächeln auf Luisas Gesicht, das aber schnell wieder verschwand, als sie den Blick ihrer Mutter auffing.

Marlies runzelte die Stirn. Was hatte das denn jetzt zu bedeuten? Etwa das, wonach es aussah?

»Noch ein Gläschen Wein, Marlies?« Berts Stimme riss sie aus ihren Gedanken. »Du siehst aus, als könntest du noch eins vertragen.«

Damit hatte er wohl recht. Für heute hatte sie genug Probleme gewälzt, beschloss Marlies. War sie nicht vorhin zu der Entscheidung gekommen, erst einmal alle negativen Themen beiseitezuschieben? Genau das würde sie jetzt tun!

Energisch schob sie ihr Glas in Berts Richtung. »Ich nehme sehr gern noch einen Wein.«

25

Nach dem Mittagessen fand sich Luisa plötzlich ganz allein in der Küche wieder.

Immerhin war sie nicht auf den schmutzigen Geschirrbergen sitzen geblieben, denn beim Abräumen und Spülen hatten Amelie und Jonathan noch geholfen. Dann jedoch waren die beiden in Amelies Zimmer verschwunden.

Was sie dort machten, wollte Luisa sich lieber nicht so genau vorstellen. Versöhnung feiern, nahm sie an. Sie hatte sich jedoch jeden Kommentar verkniffen. Schließlich hatte sie sich schon einmal in die Nesseln gesetzt, ein zweites Mal würde ihr das nicht passieren.

Seufzend füllte sie das Wasser in der Kaffeemaschine nach und drückte den Knopf für eine Tasse – es war ja sonst niemand da, der auch einen Kaffee wollte.

Oma Lisbeth und Marlies hatten sich hingelegt.

Oma Lisbeth hatte das freiwillig gemacht, Marlies hingegen musste zu ihrem Glück gezwungen werden. »Nur eine Stunde«, hatte ihre Mutter genuschelt, die Wangen gerötet vom Wein. »Aber klar doch«, hatte Luisa entgegnet, halb verärgert und halb amüsiert. Sie gönnte ihrer Mutter den kleinen Schwips, ahnte jedoch, dass der Katzenjammer hinterher nur noch größer werden würde.

Bianca schien das alles nicht zu interessieren. Sie hatte sich gleich nach dem Essen freundlich von den Gästen verabschiedet, ihrer Familie aber nur einen kurzen Blick zugeworfen. »Ich muss arbeiten«, war alles, was sie zu ihrer Entschuldigung gesagt hatte.

Nun gut, dachte Luisa. Vielleicht hatte ihre Schwester die Schreibblockade überwunden und es würde endlich ein Happy End für Frobert Gießwein und seinen Kater geben.

Leider waren kurz danach auch Bert und Jörn aufgestanden und gemeinsam in den Keller gegangen, um nach Ursachen für die feuchte Stelle zu suchen. Bei Bert störte das Luisa nicht weiter. Dass jedoch auch Jörn verschwinden würde, damit hatte sie nicht gerechnet – und es gefiel ihr nicht. Ganz und gar nicht!

Sie hätte gern einen ungestörten Moment mit ihm gehabt – jetzt, wo er von seiner Tour zurück war. Er war erst kurz vor dem Mittagessen in der Küche aufgetaucht, hatte alle fröhlich begrüßt und nach dem Essen seine Hilfe im Keller angeboten. Anscheinend war es ihm nicht so wichtig, Luisa allein zu sprechen.

Auch gut. Dann musste das eben warten. Sie konnte ihre Zeit auch anders nutzen. Noch dazu erheblich sinnvoller!

Sie konnte zum Beispiel einen weiteren Blick in die Bankunterlagen des Weingutes werfen und endlich eine aktuelle Tabelle über Einnahmen und Ausgaben erstellen. Danach müsste selbst ihre ewig zuversichtliche Mutter einsehen, wie schlecht es um ihre finanzielle Situation stand.

Die Gelegenheit war mehr als günstig.

Kurz entschlossen nahm Luisa ihre Kaffeetasse und machte sich auf den Weg ins Büro. Als sie die Tür öffnete, kam ihr der schwere, würzige Duft nach altem Leder entgegen. Und ein wenig roch es auch immer noch nach kaltem Pfeifenrauch, obwohl ihr Vater schon seit vielen Jahren tot war und das eigentlich gar nicht sein konnte.

Sie setzte sich in den breiten Bürosessel, der vor dem Schreibtisch stand, und stellte ihre Kaffeetasse vorsichtig neben der Tastatur ab.

Ihre Mutter war eine sorgfältige und penible Buchhalterin, die streng auf Ordnung und Genauigkeit achtete. Diese Eigenschaft hatte Luisas Nachforschungen bislang sehr erleichtert. Alle Belege waren fein säuberlich abgeheftet und alle Ordner standen nach Datum sortiert nebeneinander im Regal.

Wie es bei dieser gewissenhaften Abwicklung zu einer solchen finanziellen Schieflage kommen konnte, war Luisa immer noch ein Rätsel. Ihre Mutter hätte doch längst merken müssen, dass sie den Wein viel zu billig verkaufte.

Sie schaltete den Computer an und griff nach dem Bankordner des laufenden Geschäftsjahres. Seit sie das letzte Mal einen Blick auf die Zahlen geworfen hatte, waren einige Belege hinzugekommen.

Die Bezahlung der Stromrechnung.

Die monatliche Auszahlung an die Aushilfen.

Die Gebühren für Internet und Telefon.

Jörns Miete auf der Einnahmenseite.

Und dann … eine Einzahlung über sechstausend Euro.

Luisa stutzte.

Rechnung Nummer 4569 vom 15.04.2018, stand in der Betreffzeile. Und als Absender nur eine Kundennummer.

Wo kam denn so ein großer Auftrag auf einmal her?

Der Lebensmitteldiscounter, an den Marlies große Mengen des Weins verkauft hatte, hatte bereits vor ein paar Wochen gezahlt. Es musste sich also um einen anderen Verkauf handeln.

Aber wer – außer ein Großhändler – kaufte so viel Wein auf einmal?

Sie blätterte vor und zurück, fand aber keine weiteren Angaben. Also legte sie den Ordner beiseite und holte die Mappe mit den Kundenrechnungen.

Gleich auf der ersten Seite wurde sie fündig.

Bei der Rechnung mit der Nummer 4569 handelte es sich um den Verkauf von zweitausend Flaschen Schwanthaler-Wein aus Restbeständen der Vorjahre an die Firma *FroGie, Postfach 259, 65385 Assmannshausen.*

Von diesem Unternehmen hatte Luisa noch nie gehört.

Sie blätterte weiter zu den Aufträgen, die hinter den Rechnungen abgeheftet waren. Tatsächlich – der Verkauf war ordentlich dokumentiert worden, Bianca hatte die Verhandlungen geführt.

Das tat sie nicht oft, normalerweise kümmerte sich Marlies darum. Was eigentlich schade war, denn Luisa fand, dass ihre Schwester durchaus Verkaufstalent hatte.

Und wer war Biancas Gesprächspartner bei *FroGie* gewesen? Vielleicht gab das ja einen Hinweis darauf, wer sich hinter dieser unbekannten Firma verbarg.

Luisa untersuchte die wenigen Zeilen, die vom Kunden ausgefüllt worden waren: Bestellung, Datum und Unterschrift. Die Schrift war ein wenig nach rechts geneigt, mit schnörkellosen Buchstaben und flüchtigen Punkten. Irgendwie kam ihr dieses Schriftbild sehr bekannt vor.

Sie brauchte nur Bruchteile von Sekunden, um sich zu erinnern. Das war Jonathans Schrift!

Luisa stieß einen erstickten Laut aus und schleuderte die Mappe zu Boden. Dann stand sie auf, massierte sich den Nacken und dachte angestrengt nach.

Die Fakten waren dünn, warfen aber viele Fragen auf: Jonathan hatte für die Firma *FroGie* zweitausend Flaschen Riesling aus Altbeständen gekauft und dafür sechstausend Euro bezahlt. Geld, das dem Weingut zu diesem Zeitpunkt sehr guttat.

Aber was um Himmels willen wollte Jonathan mit so viel Wein? Woher kam das Geld? Und wer oder was war *FroGie* überhaupt?

FroGie, wiederholte Luisa leise. Ihre Gedanken überschlugen sich.

FroGie wie Frobert Gießwein!

Eine kurze Recherche im Internet reichte aus, und schon wurde die Ahnung zur Gewissheit.

Die Firma *FroGie* war vor knapp zwei Monaten von Bianca Schwanthaler gegründet worden. Hinter dieser ganzen Konstruktion steckte also nicht Jonathan, sondern Bianca!

»Jetzt bloß ruhig bleiben«, ermahnte Luisa sich selbst. Sie musste systematisch vorgehen.

Als Nächstes verglich sie die Datumsangaben für Bestellung und Abrechnung. Beide Belege stammten vom 15. April – das war exakt der Tag, an dem sie Jonathan und Bianca morgens zusammen gesehen hatte. An diesem Tag war er achtzehn geworden.

Wenigstens hatte Bianca den Anstand besessen, auf seine Volljährigkeit zu warten und keinen Minderjährigen in ihre merkwürdigen Geschäfte zu verwickeln.

»Ich hänge sogar tiefer mit drin, als es mir lieb ist«, hatte Jonathan gesagt.

Höhnisch lachte Luisa auf.

Wie wahr!

Das also war das Geheimnis zwischen ihm und Bianca: Sie gab ihm kostenlos Nachhilfe. Und er fungierte irgendwie als Strohmann für eine Bestellung, die immer noch keinen Sinn ergab.

Doch warum tat Bianca das? Wieso drehte sie ihre krummen Dinger nicht allein? Und was passierte mit dem vielen Wein, den *FroGie* gekauft hatte?

Es gab nur einen Weg, das herauszufinden!

26

»Bianca!«, brüllte sie wenig später quer über den Hof. Es war ihr egal, wie laut sie war. Wen sie weckte. Und wer sie hören konnte. »Bianca!«, rief sie noch einmal, aber wieder kam keine Antwort.

Entschlossen stapfte Luisa zum Gesindehaus und hämmerte gegen die Tür. »Du kommst jetzt sofort da raus und beantwortest mir ein paar Fragen!«

»Sag mal, spinnst du? Du hast meine Katzen zu Tode erschreckt«, kam es von drinnen durch die geschlossene Tür.

»Das ist mir egal. Ich muss mit dir sprechen.«

»Ich aber nicht mit dir.«

»Mach – die – Tür – auf!«

»Warum sollte ich?«

»Weil ich gerade sehr merkwürdige Dinge herausgefunden habe, über die ich dringend mit dir reden muss.«

»Nein!«

»Na gut.« Luisa ließ ihre Hände sinken. »Dann besprechen wir das eben durch die geschlossene Tür.«

»Um was geht es denn? Soll ich dir was vorlesen, damit du einschlafen kannst? Oder hast du einen neuen Lover für mich entdeckt? Jetzt, wo Jonathan nicht mehr zur Verfügung steht, hätte ich Lust auf was Neues, Frisches.«

»Die Witze werden dir schon noch vergehen! Und lass Jonathan aus dem Spiel, der Junge steckt sowieso schon viel zu tief in dieser Sache mit drin.«

Jetzt ging die Tür doch auf.

»Was soll das denn heißen?«, fragte Bianca.

Einen Moment lang war Luisa zu überrascht, um zu antworten.

Sie war von ihrer Schwester ja schon einiges gewohnt, doch dieser Anblick übertraf alles Bisherige. Bianca trug ein wallendes Kleid aus knalligem Batikstoff und einen ebenso bunten Turban. Große Goldringe baumelten an ihren Ohren und ihre Arme waren mit merkwürdigen Mustern bemalt.

Mehrere Katzen strichen maunzend um ihre nackten Füße herum. Panflötenmusik ertönte im Hintergrund und es roch süßlich und penetrant nach Räucherstäbchen.

»Was um Himmels willen tust du gerade?«, platzte es aus Luisa heraus.

»Meditieren«, sagte Bianca.

»Ist das wieder diese komische Empathiegeschichte?«

»Nein, das ist etwas für mich selbst. Willst du mitmachen?«

»Nicht jetzt.« Luisa riss sich zusammen. »Es gibt Wichtigeres. Komm mit! Und nimm diesen blöden Turban ab!«

»Von dir lasse ich mir gar nichts sagen.«

»Auch gut. Dann frage ich eben Jonathan, was es mit *FroGie* auf sich hat.«

Bianca schnappte nach Luft. »Wie hast du das herausgefunden? Du elende Schnüfflerin!«

Doch dann schob sie die Katzen in die Wohnung zurück, streifte den Turban ab und schlüpfte in ihre Sandalen. »Jonathan hat nichts gemacht, was ich nicht erklären könnte«, zischte sie. »Wenn du reden willst, dann mach das gefälligst mit mir!«

»Also«, sagte Luisa wenig später und schaute Bianca erwartungsvoll in die Augen. Die beiden Schwestern saßen am Küchentisch und hatten die Mappe mit den Rechnungen vor sich aufgeklappt.

»Also was?«, entgegnete Bianca gereizt.

»Du hast mir Antworten versprochen.«

»Dann formuliere deine Fragen bitte etwas präziser!«

»Nun gut.« Luisa seufzte und dachte nach.

Es gab so vieles, das sie wissen wollte! Doch sie musste klug vorgehen, sonst würde Bianca schnell wieder dichtmachen. Am besten war es vermutlich, das Ganze nicht als Verhör zu gestalten, sondern als interessierte Unterhaltung. Nichts liebte ihre Schwester nämlich mehr, als über sich selbst und ihre Ideen zu sprechen.

»Wie bist du auf den … äh … außergewöhnlichen Plan gekommen, dir selbst Wein zu verkaufen?«

Leider nahm Bianca ihr den unverbindlichen Ton nicht ab. »Außergewöhnlich?«, wiederholte sie gedehnt. »Vorhin hast du noch *sehr merkwürdig* gesagt.«

»Das war ein wenig vorschnell. Ich sollte die Geschichte zuerst kennen, bevor ich mir ein Urteil erlaube.«

»Finde ich auch.«

»Na dann, fang an!«

»Womit?«

»Bitte, Bianca!«, stöhnte Luisa und massierte ihre schmerzende Stirn. »Du weißt genau, was ich wissen will. Lass dir doch nicht jedes Wort aus der Nase ziehen.«

»Also gut.« Ihre Schwester lehnte sich zurück. »Die Idee für diese ganze Sache kam mir letztes Jahr«, begann sie. »Ich hatte gerade für meinen neuesten Krimi recherchiert und bin irgendwann auf das Thema Briefkastenfirma gestoßen. Du glaubst gar nicht, wie einfach es ist, eine solche Firma zu gründen. Ein paar Besuche bei Behörden und Banken, und schon war ich Unternehmerin.«

»*FroGie*«, warf Luisa ein.

»Lustig, nicht?« Bianca lächelte selbstgefällig. »Diese kleine Anspielung konnte ich mir nicht verkneifen.«

»Hast du keine Angst, mit dem Gesetz in Konflikt zu kommen?«

»Wieso? Ich tue doch nichts Strafbares. Ich kaufe Schwanthaler-Wein und zahle dafür. Nichts, worüber du dir Sorgen machen müsstest. Ende der Geschichte. Kann ich gehen?« Bianca wollte sich erheben, doch Luisa hielt sie zurück.

»Nicht so schnell!«

»Was denn noch?« Unwillig ließ sich Bianca auf ihren Platz zurückfallen.

»Ich verstehe immer noch nicht, warum du das gemacht hast.«

»Musst du auch nicht.«

»Will ich aber. So etwas tut man nicht aus Spaß. Da steckt mehr dahinter.« Luisa runzelte nachdenklich die Stirn. »Aber was? Wieso solltest du dem Weingut sechstausend Euro überweisen?«

Bianca rutschte unruhig hin und her.

»Und aus welchem Grund wurde dieses Geschäft heimlich abgewickelt?«, fuhr Luisa mit ihren laut ausgesprochenen Überlegungen fort. »Warum darf das niemand wissen?«

»Meine Güte!« Ihre Schwester stieß einen entnervten Seufzer aus. »Bist du wirklich so schwer von Begriff?«

»Anscheinend schon. Klär mich auf!«

Einen Moment lang schien Bianca noch mit sich zu ringen, dann nickte sie. »Also gut, ich sage es dir: Sie hätte es niemals zugelassen!«

»Wer?«

»Mama natürlich, wer sonst?«

»Mama«, wiederholte Luisa langsam. Allmählich verstand sie, worauf Bianca hinauswollte.

»Hast du ihr schon mal Geld angeboten?«

»Ja, neulich erst.«

»Und was hat sie gesagt?«

»Nein. Was sonst?«

»Siehst du? Sie ist viel zu stolz, unser Geld anzunehmen. Dabei hätte sie es so dringend nötig. Du musst dich doch nur mal umgucken!« Bianca deutete zum Fenster hinaus. »Hier verfällt alles. Und niemand kauft unseren Wein.«

»Ich hätte nicht gedacht, dass du das bemerkst.« Luisa war überrascht.

Bianca lachte bitter. »Ich mag zwar manchmal zerstreut und seltsam sein, aber blind und taub bin ich nicht. Ich weiß schon länger, dass wir dringend Geld benötigen.«

»Das Weingut wirft nicht mehr genug ab.«

»Genau! Also muss ich was dazuverdienen.«

»Ich verstehe. Die Nachhilfestunden.«

»Das und die Erträge aus dem Verkauf meiner Bücher. Ich habe ein Jahr lang gespart. Und weil ich Mama das Geld nicht einfach so geben konnte, habe ich es eben als Verkauf getarnt.«

»Und was ist mit Jonathan? Warum hängt der mit drin?«

»Der stand letzten Sommer plötzlich bei mir im Kurs. Und seitdem ist er mir echt ans Herz gewachsen. Rein platonisch natürlich.«

»Das beantwortet meine Frage nicht.«

»Aber es erklärt so einiges. Weißt du, dass seine Familie ebenfalls mit finanziellen Schwierigkeiten zu kämpfen hat?«

»Ja, das hat er mir erzählt.«

»Deshalb habe ich mir einen kleinen Handel ausgedacht, von dem wir beide profitieren. Ich habe ihn an seinem achtzehnten Geburtstag zum Geschäftsführer von *FroGie* ernannt. Bei der Gelegenheit haben wir dann auch gleich einen Verkaufsvertrag für die zweitausend Flaschen geschlossen und er hat das Bargeld für die Zahlung mitgenommen. Alles perfekt geplant! Mama wird nicht den geringsten Verdacht schöpfen, weil mein Name nirgendwo auftaucht.«

»Für Mamas Gutgläubigkeit hätten ein paar weniger Verwicklungen ausgereicht.«

»Das stimmt wohl. Aber ich wollte ja auch Jonathan etwas Gutes tun.«

»Was hat er denn davon?«

»Ich erlasse ihm die Gebühren für meine Nachhilfestunden. Und er bekommt den Wein, den ich über *FroGie* gekauft habe, geschenkt.«

»Du schenkst ihm zweitausend Flaschen Riesling?«

»Was soll ich denn sonst damit machen? Es ist doch besser, er beköstigt seine Passagiere damit, als dass der Wein hier bei uns im Keller vor sich hin schimmelt.«

»Hat er sich darauf eingelassen?«

»Zähneknirschend, ja.«

Das war gut durchdacht und ganz schön gerissen. Luisa kam nicht umhin, ihre Schwester zu bewundern. Doch leider hatte Bianca zwar ein großes Herz, aber keinen unternehmerischen Weitblick.

»Das ist eine tolle Geschichte.« Luisa verfluchte sich selbst für das, was sie gleich sagen würde. »Aber die sechstausend Euro werden kaum reichen, um das Weingut zu retten.«

»Ach, wir finden schon eine Lösung.« Bianca winkte ab. »Kommt Zeit, kommt Geld.«

Luisa schüttelte den Kopf. »Mit dieser Einstellung kann man vielleicht ein Buch schreiben, aber keinen Betrieb führen.«

Bianca runzelte die Stirn. »Willst du damit etwa sagen, dass dieses Geschäft überflüssig war?«

»Also ... sozusagen ... ja. Der berühmte Tropfen auf den heißen Stein.«

»Mama war richtig glücklich, als ich ihr von dem Vertragsabschluss erzählt habe.«

»Mama ist in dieser Hinsicht leider genauso ... äh ... optimistisch wie du.«

»Du sagst optimistisch und meinst naiv.« Bianca seufzte. »War ja klar, dass dir mein Arrangement nicht gefällt.«

»Die Idee ist super«, versuchte Luisa sie zu beschwichtigen. »Nur braucht es auf Dauer mehr als das.«

»Dann lass du dir doch was Besseres einfallen!«

»Das habe ich schon. Ich werde mit Mama reden und ihr das nötige Geld leihen. So lange, bis klar ist, was aus dem Weingut wird.«

»Glaubst du, das ist weniger naiv gedacht?«

»Es ist zumindest ehrlicher. Und ich kann mit mehr als sechstausend Euro aushelfen. Mit viel mehr. Mama hat gar keine andere Wahl, sie muss mir zustimmen.«

»Ach ja?«, rief Bianca gekränkt. »Nur weil du mehr Kohle hast als ich, hältst du deine Idee für besser? Ich will dir mal was sagen: Geld allein ist nicht die Lösung. Viel wichtiger ist doch die Frage, was aus dem Weingut wird.«

»Letztendlich werden wir es verkaufen müssen.«

»Und was wird dann aus uns?«

»Wir werden eine Lösung finden.«

»Wir? Ich höre immer wir. Du bestimmt nicht! Denn bis dahin wirst du längst wieder weg sein. Und ich bleibe wie üblich zurück und darf alles ausbaden.«

»Na prima, jetzt sind wir genau an dem Punkt, wo wir neulich schon waren«, stöhnte Luisa. »Muss das bei uns immer in einen Streit ausarten?«

»Ich hätte da eine Lösung«, zischte Bianca. »Pack deine Sachen und geh! Je eher du weg bist, umso schneller kehrt hier wieder Ruhe ein.«

Jetzt hatte auch Luisa genug. »Du glaubst gar nicht, wie gern ich das tun würde«, knurrte sie ihre Schwester an.

»Was ist denn hier los?«, kam Marlies' verschlafene Stimme von der Tür.

»Nichts.« Hastig schob Bianca die Unterlagen unter die Tischdecke.

Doch Marlies' Aufmerksamkeit war das nicht entgangen. Erstaunlich schnell war sie am Tisch und zog die Mappe mit den Rechnungen wieder hervor.

»Warum liegt das hier?«

»Keine Ahnung.« Bianca zuckte mit den Schultern. »Vermutlich hast du es vergessen, als du neulich Abend die Abrechnung gemacht hast.«

»Ich mache die Abrechnung nie am Küchentisch, sondern immer im Büro. Das weißt du doch.« Mit strengem Blick musterte Marlies ihre Töchter. »Also?«

Luisa zögerte, entschied sich dann aber für die Wahrheit. Irgendwann musste sie dieses Gespräch sowieso führen. Warum also nicht jetzt?

»Wir haben uns über die Finanzen des Weingutes unterhalten.«

»Das ist nicht eure Aufgabe«, murmelte Marlies.

Bianca nickte. »Habe ich ihr auch gesagt.«

»Es gibt keine Probleme.«

»Fein!«, sagte Luisa. »Dann tun wir jetzt alle wieder so, als sei alles in bester Ordnung.«

»Das ist es doch auch.«

»Ich bitte dich, Mama! Wie lang willst du noch den Kopf in den Sand stecken? Dieses Weingut steht kurz vor dem Ruin, und du tust nichts, um das zu verhindern.«

»Sag du ihr nicht, was sie zu tun oder zu lassen hat!«, schnauzte Bianca.

»Aber sonst macht das doch keiner!« Luisa schüttelte entnervt den Kopf.

»Gibt es heute eigentlich Kuchen?« Oma Lisbeth kam in die Küche geschlurft und blieb überrascht stehen, als sie die finsteren Mienen der drei Frauen am Tisch bemerkte. »Was guckt ihr so unfreundlich? Ist was passiert?«

»Die beiden streiten schon wieder«, stöhnte Marlies.

»Das ist ein Streit zu dritt«, korrigierte Luisa ihre Mutter ein wenig schärfer als nötig. »Du steckst da genauso mit drin wie Bianca und ich. Hab doch endlich mal den Mut, dich deinen Problemen zu stellen!«

»In welchem Ton sprichst du denn mit Mama?«, regte Bianca sich auf.

»So, wie ich es schon längst hätte tun sollen«, sagte Luisa.

»Ich habe keine Probleme!«, beteuerte Marlies.

Und dann redeten alle gleichzeitig.

Marlies, Luisa und Bianca verwickelten sich in einen heftigen Wortwechsel über Geld, Wein und die Vortäuschung falscher Tatsachen. Oma Lisbeth bat immer wieder um Ruhe, wurde aber von niemandem beachtet. Ein wenig später erschien auch noch Amelie und verschaffte sich mit lauter Stimme Gehör: »Was zum Teufel ist hier eigentlich los?«

Doch ihre Frage sorgte nur für eine kleine Atempause, dann ging das Gezeter von Neuem los. Worte wie Zerfall, Insolvenz und Enttäuschung schwebten durch den Raum, und bald schon steigerte sich das Stimmengewirr zu wütendem Geschrei.

Niemand bemerkte, dass sich im Treppenhaus ein kleines Publikum ansammelte. Zuerst waren es nur Bert und Jörn, beide in Blaumann und Schutzjacke, die den Streit mit verstörtem Gesichtsausdruck verfolgten. Später kam auch noch Jonathan hinzu.

Schließlich war es Bert, der eine kurze Gesprächsunterbrechung nutzte. »Mädels!«, brüllte er.

Die Frauen fuhren herum.

»Wir haben da was gefunden.«

»Wisst ihr jetzt, woher das Wasser kommt?«, fragte Amelie.

»Das auch. Eine undichte Drainage, kein großes Ding. Aber da ist noch was.« Bert schob seine Schutzbrille aus dem Gesicht und kratzte sich am Hinterkopf. »Ich glaube, das solltet ihr euch ansehen.«

27

»Was ist das?« Luisa kniete auf dem Kellerboden und betrachtete das Loch in der Wand, hinter dem sich ein winziger Raum verbarg.

»Das haben wir entdeckt, als wir die Wand abgeklopft haben. Weil es auf einmal so hohl klang, haben wir vorsichtshalber ein Loch geschlagen, um uns das mal näher anzusehen.« Bert kniete sich neben sie. »Warte, ich leuchte mit der Taschenlampe hinein.«

»Dahinter sind ganz viele Weinflaschen«, stellte Luisa verblüfft fest. Sie drehte sich zu den anderen um. »Habt ihr eine Erklärung dafür?«

Marlies schüttelte den Kopf. »Solange ich hier wohne, hat das niemand erwähnt.«

Auch Oma Lisbeth zuckte mit den Achseln. »Ich weiß nichts.«

»Ich denke, dass das so eine Art Nische ist, die nachträglich zugemauert wurde«, erklärte Bert und deutete auf den abgeblätterten Putz. »Seht ihr das? Diese Ziegelsteine sind anders als der Rest. Die Wand ist erst später hochgezogen worden.«

»Und was machen wir jetzt?«, fragte Marlies ein wenig ratlos.

»Aufbrechen natürlich!«, rief Amelie. »Das ist doch total spannend!«

»Und wenn dahinter eine Leiche liegt?« Bianca trat ein paar Schritte zurück.

»Dann ist sie längst verwest.« Amelie griff nach einem großen Hammer. »Los jetzt!«

»Moment mal!« Jonathan nahm ihr das Werkzeug ab. »Du hast weder Schutzkleidung noch Brille. So geht das nicht.«

»Lasst uns das mal machen, Mädels!« Bert schob die Frauen zur Seite. »Ihr könnt von da drüben aus zuschauen.« Er deutete auf eine große Werkzeugbank, die früher einmal Luisas Vater gehört hatte.

»So viel zum Thema Emanzipation«, grinste Amelie.

Auch Luisa musste lächeln.

Berts Eifer und Amelies Neugier amüsierten sie. Außerdem war sie froh, dass zur Abwechslung mal Ruhe und Eintracht zwischen ihnen herrschte. Die Ereignisse der letzten Stunde hatten ihr ganz schön zugesetzt.

»Ich hole mehr Licht.« Marlies machte sich auf den Weg ins Haus. Auch sie schien dankbar dafür zu sein, dass der Streit ein schnelles Ende gefunden hatte – wenn auch nur ein vorläufiges.

Mit wenigen Schlägen durchbrachen Bert und Jörn die Mauer. Bald schon kam tatsächlich die Nische zum Vorschein, die Bert hinter den Steinen vermutet hatte. Marlies leuchtete den Raum mit einer batteriebetriebenen Kellerlampe aus.

»Keine Leiche.« Amelie wirkte ein wenig enttäuscht.

»Aber das ist doch viel besser als jeder Tote!«, rief Luisa und trat vor. »Seht euch doch mal diese alten Weinflaschen an! Die sind alle noch voll.« Sie griff nach einer der Flaschen und rieb den Staub vom Etikett. »Schwanthaler Riesling, Jahrgang 1927.«

»Kann man den noch trinken?«, wollte Amelie wissen.

»Eher nicht. Aber Sammler zahlen dafür sicherlich einen hohen Preis.«

»Im Jahr 1927 wurde ich geboren«, kam Oma Lisbeths Stimme aus einer dunklen Ecke.

Sie war die Einzige, die sich nicht um die Nische mit dem Weinregal drängte. Stattdessen hatte sie auf einem alten Holzstuhl Platz genommen und schaute dem Treiben aus einiger Entfernung zu.

»Hier liegt etwas.« Jörn nahm einen Umschlag auf, der unter dem Weinregal auf dem Boden gelegen hatte.

Sein Haar war völlig verstaubt, sein Gesicht verschwitzt und schmutzig und seine Hände immer noch in dicken Handschuhen verpackt.

Trotzdem bekam Luisa bei seinem Anblick weiche Knie, und sie nutzte die Chance, ihm näher zu kommen. »Lass mal sehen!«, sagte sie.

Vorsichtig gab er den Brief an sie weiter.

»Für Elisabeth Paula Schwanthaler«, las Luisa vor.

»Wer ist das?«, fragte Jonathan.

Alle anderen Augen wanderten zu Oma Lisbeth.

Die alte Dame räusperte sich verlegen und lehnte sich zurück. So, als wollte sie den vielen neugierigen Blicken entkommen. Sie sagte kein Wort.

Amelie war die Erste, die ihre Sprache wiederfand. »Post für dich, Oma Lisbeth!«

Im Nachhinein konnte Luisa nicht mehr so genau sagen, wie sie alle wieder ins Haus gekommen waren.

Vermutlich war es Bert zu verdanken, dass die Frauen eine halbe Stunde später zu fünft in der Küche saßen und auf den verstaubten Umschlag starrten, der mitten auf dem Tisch lag.

Jede von ihnen hatte außerdem eine Tasse Kaffee vor sich stehen, sogar Oma Lisbeth hatte einen Milchkaffee bestellt. Wer wollte es ihr auch verdenken, dass sie nach dieser Entdeckung etwas Stärkeres brauchte als Blasentee?

»Wollen wir?« Zögernd blickte Luisa in die Runde.

Jonathan, Jörn und Bert hatten sich vorhin taktvoll zurückgezogen, sodass jetzt nur noch Amelie, Marlies, Bianca, Luisa und Oma Lisbeth am Tisch saßen.

Fünf Schwanthaler-Frauen, dachte Luisa. *Aus vier Generationen. Und dazu eine Nachricht aus der Vergangenheit.*

»Ich habe meine Lesebrille nicht auf«, meldete sich Oma Lisbeth zu Wort.

»Soll ich sie holen?«, fragte Marlies.

»Nein, lass mal! Mir wäre es am liebsten, ihr würdet mir den Brief vorlesen.« Oma Lisbeths Stimme zitterte ein wenig. »Aber bitte laut und deutlich.«

Amelie nahm ihre Hand und streichelte sie. Dankbar lächelte die alte Dame ihrer Urenkelin zu.

Wie immer verstanden die beiden sich ohne viele Worte. Luisa schluckte gerührt.

Sie nahm den Brief und gab ihn an Bianca weiter. »Magst du ihn für uns lesen? Du hast die schönste Stimme und bist das Vortragen gewohnt.«

Ihre Schwester zögerte.

Wehe, du sagst jetzt etwas Blödes übers Vorlesen und Einschlafen!, dachte Luisa und fixierte ihre Schwester mit einem warnenden Blick.

Doch Bianca nickte nur und brachte sogar ein kleines Lächeln zustande. Dann öffnete sie den Umschlag, faltete das Briefpapier auseinander und begann zu lesen:

Rüdesheim, im Juni 1937

Liebe Elisabeth, mein geliebtes Kind!
Wenn Du Diesen Brief liest, dann bin ich nicht mehr bei Dir. Glaub mir, es tut furchtbar weh, Dich zu verlassen.

Aber Gott hat andere Pläne mit mir.

Immerhin ruft er mich nicht plötzlich zu sich, sondern gibt mir Zeit, mich auf das Unvermeidliche vorzubereiten.

Ich kann Abschied nehmen.

Von unserem Weingut. Von Deinem Vater. Und von Dir.

Es gibt so vieles, was ich Dir noch zeigen wollte. Vieles, was ich Dir noch sagen wollte.

Jetzt, mit der Diagnose unheilbarer Krebs, muss ich mich auf das Wesentliche beschränken und hoffen, dass Du den Rest allein bewältigst. Aber wenn ich es recht bedenke, dann bist Du gar nicht allein.

Du hast Deinen Vater, Deine Tanten und den Rest der Familie. Sie alle lieben Dich. Und vielleicht ist das auch die wichtigste Botschaft dieses Briefes.

Die einzige, die zählt: LIEBE.

Sie hat so viele Gesichter, und jedes einzelne ist intensiv und einzigartig. Zwei dieser wunderbaren Liebesgeschichten will ich Dir heute erzählen.

Beide haben mit Dir zu tun.

Die eine passierte vor Deiner Geburt, die andere danach. Aber fangen wir von vorn an …

Ich war ein Kind wie Du. Ähnlich lebhaft, wild und dickköpfig. Glaub mir, ich erkenne so vieles von mir in Dir wieder. Meine Eltern hatten es sicherlich nicht immer leicht mit mir, das weiß ich heute. Aber sie waren geduldig und großherzig und haben mich zu einer starken jungen Frau erzogen. Von meiner Mutter habe ich die Sturheit geerbt, von meinem Vater die Liebe zum Weinbau. Wusstest Du, dass unser Weingut seit 1767 in Familienbesitz ist?

Ein großes, ein schönes Erbe!

Ich wuchs auf, umgeben von Familie, Sonne und Rebstöcken. Mein Leben schien vorgezeichnet, es fehlte nur noch der passende Ehemann. Doch dann geschah es: Im Winter 1925/26, ich war 23 Jahre alt, ertranken mein Vater und mein Bruder vor meinen Augen.

Ich erspare Dir die grausamen Einzelheiten.

Plötzlich standen meine Mutter, meine beiden Schwestern (Deine Tanten Hertha und Käthe) und ich ohne Familienoberhaupt da. Unsere männlichen Verwandten rieten uns dringend, das Weingut zu verkaufen.

Kannst Du Dir das vorstellen – nie wieder Schwanthaler-Riesling?

Wein ist ein Geschenk der Götter, hat mein Vater immer gesagt. Wenn das so ist, dann ist unser Weingut wohl so etwas wie der Himmel auf Erden für mich.

Etwas, für das es sich zu kämpfen lohnt.

Also habe ich geredet, gestritten, geweint und auch mal laut geschrien. Und am Ende hat meine Familie ihren Widerstand aufgegeben. Ich wurde zur ersten freien Winzerin in Rüdesheim.

Natürlich konnte ich diese Aufgabe nicht allein bewältigen. Meine Mutter und meine Schwestern standen mir zur Seite und ich musste mir auch Hilfe von außen suchen.

Im Frühling 1926 kamen mehrere französische Erntehelfer zu uns. Einer von ihnen war Paul Belfort, groß und stattlich, mit braunen Haaren und ebensolchen Augen. Er stammte aus Eguisheim im Elsass und war der älteste Sohn eines angesehenen Winzers und einer jüdischen Kaufmannstochter.

Von ihm habe ich mehr über moderne Methoden der Weinbereitung gelernt als von jedem anderen. Und es gab gewiss viele, die glaubten, sie müssten mir noch etwas beibringen!

Aber Paul war anders. Charmant, geduldig und klug.

Bald schon waren wir unzertrennlich, und es dauerte nicht lange, da begann er, mir den Hof zu machen. Ich war überglücklich, denn – Du ahnst es bestimmt schon – ich war längst bis über beide Ohren in ihn verliebt.

Wir verbrachten eine wunderschöne Zeit miteinander. Sommer, Herbst und Winter vergingen wie im Flug. Wenn Du alt genug bist, wirst Du verstehen, wenn ich sage, dass Paul für mich DER ERSTE UND DER EINZIGE war.

»Ma très chère« hat er mich immer genannt, was wohl so etwas Ähnliches bedeutet wie »meine Liebste«.

Doch es sollte kein glückliches Ende für uns beide geben! Zu viele unschöne, laute Stimmen erhoben sich im Land. Stimmen, die aufhetzten und nichts Gutes versprachen.

Paul befürchtete als Ausländer und noch dazu Halbjude das Schlimmste. Deshalb entschloss er sich, so schnell wie möglich zurück nach Frankreich zu gehen.

Zu seiner Ehrenrettung sei gesagt, dass er

sowieso irgendwann hätte gehen müssen, um den väterlichen Betrieb zu übernehmen.

Außerdem bat er mich, mit ihm zu kommen.

Wieder stand ich vor der Frage, ob ich unser Weingut aufgeben sollte.

Ich war hin und her gerissen zwischen meiner Liebe zu Paul und der Liebe zu unseren Ländereien. Außerdem fragte ich mich, was wohl aus meiner Familie werden würde, wenn ich wegginge. Ich hatte mich gegen viele Hindernisse durchgesetzt und die Verantwortung für alle übernommen. Und Blut ist dicker als Wasser, wie Du weißt.

Also blieb ich und ließ Paul ziehen.

Zwar versicherten wir uns beide, dass wir uns wiedersehen würden. Aber tief in unseren Herzen haben wir wohl gewusst, dass es ein Abschied für immer war.

Es tat fürchterlich weh.

Aber die Zeit heilt tatsächlich alle Wunden, besonders dann, wenn nach einem Abschied ein wunderbarer Neuanfang folgt. Denn Anfang 1927 stellte ich fest, dass ich ein Kind erwartete.

Dich, meine liebe Elisabeth.

Ich gebe zu: Zuerst waren da nur Schrecken, Schuldgefühle und eine unvorstellbare Sehnsucht nach Paul. Ich hatte niemanden, dem ich mein Geheimnis anvertrauen konnte.

Doch dann kam Rudolf Schwanthaler.

Mein Cousin. Dein Vater. Unser beider Retter.

Und der liebevollste Mensch, den man sich vorstellen kann. Ich habe ein wenig gebraucht, um das zu erkennen. Heute weiß ich: Er würde alles für Dich tun.

Paul Belfort mag Dir Dein Leben gegeben haben. Rudolf aber schenkte Dir seines.

Um das zu erklären, muss ich ein wenig ausholen und Dir noch ein Geheimnis anvertrauen. Eines, über das ich nicht gern rede. Aber ich weiß, dass es bei Dir gut aufgehoben ist:

Rudolfs Herz schlägt anders.

Es liebt und leidet intensiver – und nicht immer auf eine Art, die ich verstehen kann. Obwohl wir verheiratet waren, hat er mich nie berührt und vermutlich auch keine andere Frau. Er fühlt nicht wie ein normaler Mann.

Kannst Du Dir vorstellen, was das in Zeiten wie diesen bedeutet?

Noch vor wenigen Jahren sah das anders aus, da stand sogar eine Lockerung der Gesetze in Aussicht. Doch dann änderten sich die Machtverhältnisse, und auf einmal war alles, was anders oder fremd war, verboten.

Damals hätte Rudolf seine Sachen packen und gehen können, so wie Paul es seinerzeit gemacht hatte. Ein paar seiner Frankfurter Freunde haben versucht, ihn dazu zu überreden. Nicht, dass er das jemals mir gegenüber erwähnt hätte – aber ich habe sie im Kaffeehaus belauscht, als alle dachten, ich sei (mit Dir auf meinem Schoß) eingeschlafen.

Vermutlich hätte Rudolf in Amerika tatsächlich einen Ort gefunden, wo er seine Neigungen hätte ausleben können. Aber er verzichtete auf sein eigenes Glück und entschied sich für Dich.

Aus Liebe.

Für ihn warst Du von Anfang an sein Kind. Schon von dem Moment an, als man Dich nach der Geburt in seine Arme legte. Später hat er mir gestanden, dass das der Augenblick seines größten Glücks gewesen ist – etwas, das weder er noch ich erwartet hatten.

Und so erlebten wir viele glückliche Jahre miteinander …

Dass ich mein Schweigen heute breche, hat einzig und allein den Grund, dass ich mein Geheimnis nicht mit ins Grab nehmen möchte. Dadurch würde ich nämlich Rudolf zu der Entscheidung zwingen, ob er Dir die ganze Geschichte erzählt oder nicht.

Er würde es tun, da bin ich mir sicher. Aber es würde ihm das Herz brechen.

Also werde ich ihm die Entscheidung abnehmen.

Denn natürlich hast Du ein Recht auf die Wahrheit, meine liebe Elisabeth. Aber bitte überleg Dir gut, welcher Teil dieser Wahrheit wichtiger für Dein Leben ist!

Ich werde Rudolf diesen Brief übergeben und ihn bitten, Dir das Schreiben an Deinem 21. Geburtstag zu überreichen. Dann bist Du alt genug, um Dir selbst ein Urteil zu erlauben. Und hoffentlich auch verständig genug, um zu verzeihen.

Und Rudolf danach erneut zu sagen, dass Du ihn liebst.

Aus ganzem Herzen, so wie er es verdient.

Und ich? Ich werde Dir vom Himmel aus zuschauen.

Auf diese Weise werde ich immer bei Dir sein. Und falls Du eines Tages eigene Kinder haben solltest, werde ich auch bei Deinen Kindern sein. Und bei Deinen Kindeskindern.

Ihr werdet meine Gegenwart in jedem Blatt, in jeder Rebe und in jedem Tropfen Wein spüren können.

Bewahrt dieses Erbe!
Seid mutig, stark und voller Liebe!
Lacht, weint und lebt laut!
Ich habe es auch getan.
In Liebe und für immer,

Deine Mutter Charlotte Schwanthaler

PS: Ich habe Deinen Vater gebeten, 50 Flaschen Schwanthaler-Riesling aus Deinem Geburtsjahr aufzubewahren und sie Dir zusammen mit diesem Brief zu geben. Vielleicht schnupperst du ja ein Stück Deiner Vergangenheit darin …

28

In den nächsten Minuten war das Ticken der Küchenuhr das einzige Geräusch, das die Stille durchbrach.

Dann meldete sich Marlies zu Wort.

»Ich kann es nicht glauben«, flüsterte sie. »Charlotte Schwanthaler hat viel Schlimmes erlebt und war doch so voller Liebe.«

»Und Rudolf Schwanthaler ist gar nicht unser leiblicher Großvater«, murmelte Bianca. »Sondern irgendein französischer Winzersohn.«

»Alles in Ordnung, Oma Lisbeth?« Amelie drückte die Hand ihrer Urgroßmutter.

»Ach!«, machte die alte Dame und ließ einen lang gezogenen Seufzer hören.

Sofort erhoben sich vier besorgte Stimmen.

»Ist dir nicht gut?« Das war Marlies.

»Soll ich noch mal lesen?«, erkundigte sich Bianca.

Luisa nestelte in der Seitentasche ihrer Strickjacke herum. »Brauchst du vielleicht ein Taschentuch?«

»Oder willst du lieber einen Kirschlikör?«, fragte Amelie.

Oma Lisbeth seufzte noch einmal, dann schüttelte sie den

Kopf. »Nein, lasst mal, Kinder! Ich will jetzt erst einmal nur hier sitzen.«

Daraufhin wurde es wieder still am Tisch.

»Hast du irgendetwas davon gewusst?«, wollte Marlies schließlich wissen.

Wieder schüttelte Oma Lisbeth den Kopf. »Ich war ja erst zehn, als meine Mutter starb. Und dreizehn, als mein Vater im Krieg fiel. Mir hat niemand etwas gesagt.«

»Charlottes schöner Plan, dir die Nachricht an deinem einundzwanzigsten Geburtstag zu übergeben, wurde durch Rudolfs Tod durchkreuzt«, vermutete Luisa. »Er muss die Flaschen und den Brief vorsichtshalber gut versteckt haben, bevor er in den Krieg zog.«

»Er hat so einiges gut versteckt, bevor er loszog, weil er Angst vor Plünderungen hatte. Das meiste haben meine Tanten nach dem Krieg wieder ausgegraben.«

»Bis auf den Brief und die Flaschen«, warf Amelie ein. »Davon wussten sie nichts oder haben es vergessen.«

»Haben deine Tanten denn gar nichts von dieser verzwickten Geschichte geahnt?«

Oma Lisbeth lachte ein freudloses, heiseres Lachen. »Das waren zwei alte Jungfern. Lieb, aber völlig verklemmt. Die wussten nichts. Und selbst wenn – sie wären eher gestorben, als mir zu sagen, dass mein leiblicher Vater ein französischer Halbjude war und mein Stiefvater Männer liebte.«

»Und ich dachte immer, *ich* hätte ein kompliziertes Leben«, murmelte Amelie in ihre Kaffeetasse.

»Wie fühlst du dich denn jetzt mit dieser neuen Wahrheit?«, erkundigte sich Marlies mit sanfter Stimme bei Oma Lisbeth. »Möchtest du darüber reden?«

»Nein, möchte ich nicht. Ich sagte doch schon, ich möchte nur hier sitzen.«

Wieder schwiegen alle.

Luisas Blick wanderte in der Küche umher – von ihrer entgeisterten Familie zu den üppig blühenden Pfingstrosen, die auf der Fensterbank standen, und weiter zum Büfettschrank. Dort stand eine der alten Rieslingflaschen.

»Habt ihr euch mal das Etikett angesehen?« Sie erhob sich und holte die Flasche an den Tisch. »So schlicht und doch so wunderschön.«

Schwanthaler Riesling, stand mit dicken, geschwungenen Buchstaben auf dem Etikett. Darunter waren *Jahrgang 1927* und die Adresse des Weingutes vermerkt. Und dann kam, als absoluter Blickfang, die Zeichnung von zwei schwarzen Schwänen, die sich einander zuwandten und mit ihren Schnäbeln und den langen Hälsen die Konturen eines Herzens formten.

»Cooles Logo«, meinte Amelie. »Warum benutzt ihr das nicht mehr?«

Marlies zuckte mit den Schultern. »Das wird irgendwann im Laufe der Jahre verloren gegangen sein.«

»Mein Vater hat es abgeschafft«, sagte Oma Lisbeth. »Gleich nach dem Tod meiner Mutter. Er sagte damals, dass der Wein ohne sie nicht derselbe sei. Das Herz war ursprünglich wohl mal ihre Idee gewesen.«

»Wie traurig!«

»Was machen wir denn jetzt mit den fünfzig Flaschen?«, wollte Bianca wissen.

»Die gehören Oma Lisbeth«, entgegnete Luisa. »Sie muss das entscheiden.«

Alle Augen wanderten erneut zu Oma Lisbeth.

Doch die alte Dame ließ sich Zeit mit der Antwort.

»Ich schenke sie euch«, verkündete sie schließlich. »Jede kriegt mindestens zehn Flaschen. Werdet glücklich!«

»Aber Oma!«, protestierte Amelie. »Weißt du, wie viel die wert sind? Das können wir doch nicht annehmen.«

»Was soll ich denn in meinem Alter noch damit? Verkauft

sie und freut euch über das Geld!«

»Bedeutet dir denn die Erinnerung an deine Mutter gar nichts?«, fragte Marlies.

»Erinnerungen kann man nicht in Flaschen füllen. Die sind alle hier drinnen.« Oma Lisbeth deutete auf ihr Herz. »Und es ist ja nicht so, als könntet ihr das Geld nicht gut brauchen. Jede Einzelne von euch.«

Sie lehnte sich zurück, verschränkte die Arme vor der Brust und musterte die anderen Frauen, eine nach der anderen.

Zum Schluss blieb ihr Blick an Amelie hängen.

»Du, zum Beispiel, meine Kleine. Du bist jung und solltest Spaß haben. Kauf dir ein Auto oder so. Und du, Luisa …« Ihr Blick wanderte weiter. »Du kannst es als Wiedergutmachung ansehen. Ich verstehe zwar nicht viel von diesem Internet, aber ich nehme an, dass ich dir viel Geld für Schmuck, Schuhe und Tücher schulde.«

»Ist schon okay«, murmelte Luisa.

Aber Oma Lisbeth hatte sich bereits an Bianca gewandt. »Gönn dir von dem Geld mal was Nettes! Du könntest so viel mehr aus dir machen.«

Bianca runzelte die Stirn.

»Und jetzt zu dir, Marlies«, fuhr Oma Lisbeth fort. »Du siehst schon länger erschöpft und müde aus. Wie viele Jahre bist du nicht mehr hier rausgekommen? Nimm deinen Anteil und mach endlich mal wieder richtig Urlaub!«

»Das geht doch nicht«, protestierte Marlies. »Wer soll sich denn dann um das Weingut kümmern?«

»Tja, wer wohl?«, wiederholte Oma Lisbeth spöttisch und blickte mit zusammengekniffenen Augen in die Runde. »Niemand, nehme ich an. Oder meldet sich jemand freiwillig?«

Es blieb still am Tisch.

»Siehst du? Am besten verkaufst du es, bevor du in den Urlaub fährst. Dann hast du eine Sorge weniger.«

»Aber Oma Lisbeth!«, rief Bianca entsetzt. »Das kannst du doch ausgerechnet jetzt nicht sagen!«

»Warum nicht? Ich bin alt und kann sagen, was ich will. Und wann ich will. Außerdem spreche ich nur das aus, was hier schon viel zu lange ungesagt im Raum steht: Unser Familienunternehmen hat keine Zukunft mehr. Gesteht euch das endlich ein und verkauft es! Ich bin sicher, dass es genug Interessenten geben wird.«

»Aber … aber …«, stammelte Marlies, doch Oma Lisbeth beachtete sie gar nicht.

»Dieses Weingut hat Besseres verdient als eine Handvoll Frauen, die sich den ganzen Tag lang streiten«, fuhr sie fort. »Meine Mutter würde das genauso sehen. Also überlasst ihr Lebenswerk doch bitte jemandem, der mit ganzem Herzen dabei ist.«

»Nein!« Amelie sprang auf. »Das dürfen wir nicht!« Sie nahm den Brief zur Hand. »Habt ihr denn nicht gehört, was dort steht? Was Charlotte alles auf sich genommen hat, um das Weingut fortzuführen? *Bewahrt dieses Erbe,* hat sie geschrieben. Da könnt ihr doch jetzt nicht aufgeben, nur weil es ein paar kleine Meinungsverschiedenheiten gibt!«

»Nun, klein sind diese Meinungsverschiedenheiten mit Sicherheit nicht«, brummelte Bianca.

»Und wenn schon! *Blut ist dicker als Wasser,* schreibt Charlotte.«

»Das ist nur ein Sprichwort«, murmelte Luisa.

»Aber ein sehr weises! Ich fasse es nicht, wie gelassen du mit dieser Situation umgehst.« Amelie funkelte ihre Mutter an. »Dass du unser Haus in Wiesbaden ohne Widerstand aufgegeben hast, kann ich ja noch verstehen. Aber dieses Weingut? Ist dir eigentlich alles egal?«

»Natürlich ist es das! Das sage ich doch schon längst!«, rief Bianca.

»Du bist auch nicht besser«, entgegnete Amelie gereizt. »Bei dir sind immer die anderen schuld.«

»Schluss jetzt!« Marlies erhob sich in Zeitlupe. Sie hatte Tränen in den Augen.

Erstaunt blickten alle auf.

»Ich halte dieses ewige Gezanke nicht mehr aus«, fuhr Marlies fort und wischte sich die Tränen aus dem Gesicht. »Ich habe mir leider viel zu lange etwas vorgemacht. Ich dachte, wir wären eine Familie und würden das irgendwie hinkriegen. Aber Oma Lisbeth hat recht: Wir sollten das Weingut verkaufen.«

»Was?«, kam es gleichzeitig von Luisa und Bianca zurück.

»Nein!« Amelie bebte vor Zorn. »Seid ihr jetzt alle verrückt geworden?«

»Wir haben kein Geld mehr, keine modernen Anlagen, und so langsam gehen uns auch die Ideen für die Vermarktung aus. Also verkaufen wir, und jede macht das, worauf sie Lust hat. Das ist doch das, was ihr wollt, oder etwa nicht?« Marlies' Stimme klang plötzlich ungewohnt kühl und emotionslos. »Aus der Traum!«

Betretenes Schweigen.

»Ich kapiere das nicht.« Amelie schüttelte den Kopf. »Habt ihr denn gar nichts verstanden?« Erneut nahm sie den Brief zur Hand. »*Wein ist ein Geschenk der Götter*, hat mein Vater immer gesagt. *Wenn das so ist, dann ist unser Weingut wohl so etwas wie der Himmel auf Erden für mich. Etwas, für das es sich zu kämpfen lohnt*«, zitierte sie mit dünner Stimme.

»Irgendwann ist jeder Kampf vorbei.« Müde rieb sich Marlies die Augen. »Ich kann nicht mehr.«

»Ich bin froh, dass du es endlich zugibst«, meinte Luisa und legte tröstend einen Arm um die Schultern ihrer Mutter. »Wir finden eine Lösung, das verspreche ich dir.«

Bianca grunzte unwillig. »Und wie soll die aussehen? Du

kannst uns nicht einfach so verpflanzen, schon gar nicht Oma Lisbeth.«

»Ich gehe nirgendwohin«, ließ sich die alte Dame vernehmen.

»Vielleicht reicht es, wenn wir nur die Weinlagen verkaufen«, sagte Luisa. »Damit hättet ihr ein schönes Polster und könntet wohnen bleiben.«

»Was? Keinen eigenen Wein mehr? Hallo?«, rief Amelie. »Ich glaube, ihr habt nicht verstanden, was Charlotte geschrieben hat.«

»Doch, das haben wir«, widersprach Luisa ihrer Tochter. »Aber die Zeiten ändern sich.«

»Ich verstehe euch nicht. Natürlich ändern sich die Zeiten. Dann müssen wir uns eben auch ändern. Vielleicht solltet ihr alle noch einmal gut darüber nachdenken und euch eine Frage stellen – die einzig wichtige.« Amelie deutete auf eine Stelle im Brief. »*Kannst Du Dir das vorstellen – nie wieder Schwanthaler-Riesling?*« Herausfordernd schaute sie in die Runde. »Könnt ihr das? Könnt ihr das wirklich?«

29

»Könnt ihr das? Könnt ihr das wirklich?«

Noch Stunden später gingen Luisa die Worte ihrer Tochter nicht aus dem Kopf. Den ganzen Abend lang kreisten ihre Gedanken um Charlottes Geständnis, das Weingut und die Reaktion ihrer Familie.

Dieser Samstag hatte sich wahrlich zu einem Schicksalstag entwickelt – Ende offen …

Seufzend schüttelte Luisa den Kopf.

Sie musste dringend etwas Abstand gewinnen, sonst würde sie durch die viele Grübelei noch verrückt.

Zunächst versuchte sie, ihre aufgewühlte Stimmung mit einem Glas Wein zu betäuben. Aber schon beim ersten Schluck wurde ihr übel.

Dann nahm sie ein Schaumbad. Doch auch im heißen Wasser kam sie nicht zur Ruhe. Immer wieder sah sie das enttäuschte Gesicht ihrer Mutter vor sich. Die versteinerte Miene von Oma Lisbeth. Und immer wieder hörte sie Amelies verzweifelten Appell: »Könnt ihr das wirklich?«

Konnte sie?

Luisa war sich da plötzlich nicht mehr so sicher. Und dieses

Zögern war neu für sie, normalerweise kamen ihre Entschlüsse schneller und konsequenter.

Sie hatte in ihrem Leben schon viele Entscheidungen treffen müssen. Ihre Berufswahl zum Beispiel. Die Ehe mit Andreas. Und die Scheidung.

Aber das hier war etwas völlig anderes. Hier ging es nicht nur um ihr eigenes Leben, sondern um die Zukunft ihrer Familie.

Und ausgerechnet jetzt meldete sich auch noch eine energische Stimme aus der Vergangenheit zu Wort, die Luisas rationale Gedankenwelt völlig durcheinanderbrachte.

Ihr werdet meine Gegenwart in jedem Blatt, in jeder Rebe und in jedem Tropfen Wein spüren können.

Das war wunderbar poetisch.

Charlotte Schwanthaler musste eine lebensbejahende, starke junge Frau gewesen sein, die mit Leidenschaft und Hingabe am Weinbau gehangen hatte.

Durften sie dieses Erbe jetzt tatsächlich zerschlagen? Gab es keinen anderen Weg? Und warum fühlte sich die einfachste Lösung plötzlich so falsch an?

Luisa fröstelte. Sie war hundemüde. Ächzend streckte sie sich im warmen Wasser aus und ließ die Finger durch die Schaumblasen gleiten – doch noch immer kam sie nicht zur Ruhe.

Und als ob das alles nicht schon genug Verwicklungen wären, spukte ihr plötzlich auch noch ein attraktiver Typ durch den Kopf – der so ganz anders war als die anderen Männer, für die sie sich bislang interessiert hatte.

Moment mal! Jörn? Ausgerechnet jetzt dachte sie an Jörn?

In der momentanen Situation bräuchte sie jemanden zum Anlehnen und Trösten, doch dafür war er eindeutig die falsche Wahl. »So einer bin ich nicht«, hatte er geantwortet, als sie klargestellt hatte, dass sie nur mit verlässlichen Männern ins Bett ging, mit denen sie auch eine Beziehung führte.

Nein, Jörn war weiß Gott nicht der Typ für eine feste Bindung.

Aber trotzdem genau das, was sie jetzt brauchte.

Er konnte zuhören. War besonnen und klug. Und noch dazu verdammt sexy.

Außerdem hockte er nur wenige Meter weit entfernt allein in seiner Kammer.

Die Gelegenheit war günstig. Also zum Teufel mit ihren festen Vorsätzen!

Worauf wartete sie noch?

Keine zehn Minuten später klopfte Luisa an Jörns Tür.

Sie hatte sich nicht besonders schick gemacht, sondern war nach dem Abtrocknen lediglich in eine bequeme helle Baumwollhose und einen kurzärmeligen, wollweißen Pulli geschlüpft. Die nassen Haare hatte sie achtlos zusammengesteckt. Aber wenigstens duftete sie gut nach Fichtennadeln und Pfirsichshampoo!

»Hi«, sagte er und lächelte überrascht. Er trug Jeans und T-Shirt.

»Hast du Zeit? Kann ich reinkommen?«

Wortlos trat er zur Seite. Seine Hunde kamen angelaufen und begrüßten Luisa.

»Ich habe Sekt mitgebracht.«

Er quittierte das mit einer hochgezogenen Augenbraue, sagte aber immer noch nichts.

Sie stellte Flasche und Gläser auf dem kleinen Tisch ab. Dort lagen bereits die Tageszeitung, seine Lesebrille und eine geöffnete Tüte mit Erdnüssen. Überrascht registrierte sie, dass im Hintergrund klassische Musik lief – die *Morgenstimmung* von Edvard Grieg.

»Gibt es was zu feiern? War in dem Brief vielleicht ein Scheck? Oder eine Schatzkarte?«

Sie schüttelte den Kopf. »Über den Brief möchte ich heute nicht mehr reden.«

Er zuckte mit den Schultern. »Okay.«

»Und einen Scheck oder einen Schatz gibt es leider auch nicht.«

»Wenn es nichts zu feiern gibt, wieso dann der Sekt?«

»Braucht es dafür immer einen Anlass?«

»Außer zum Essen trinke ich nicht ohne Anlass.«

»Eine Regel?«

»Genau. Eine, die ich nie breche.«

»Wenn du heute eine Ausnahme machst, dann breche ich auch eine meiner Regeln.« Sie wandte sich zum Tisch und ließ den Sektkorken knallen. »Du darfst dir aussuchen, welche«, fügte sie mit einer Stimme hinzu, die verführerisch hätte sein sollen, aber eher wie ein unsicheres Quieken klang.

»Das überrascht mich.«

Sie hörte Schritte, dann stand er hinter ihr. So dicht, dass sie seinen Atem auf ihrer Kopfhaut spüren konnte. Langsam fuhr er mit den Fingerspitzen über ihren Nacken, und ein wohliger kleiner Schauer jagte ihren Rücken hinab. »Woher der Sinneswandel?«

»Vielleicht habe ich ganz einfach nur Lust auf dich. Oder ich brauche Ablenkung.«

»Das sind nicht die schlechtesten Gründe. Aber sie passen nicht zu dir.« Die Finger verschwanden von ihrer Haut.

Langsam drehte sie sich um. »Können wir heute Abend nicht mal so tun, als wäre ich nicht Luisa, die graue Piepsmaus, sondern Luisa, die Sexbombe?«

»Du bist keine graue Maus.«

»Aber auch keine Sexbombe.«

»Da muss ich widersprechen.« Hungrig glitten seine Augen über ihren Körper.

Luisa errötete. Sie war noch nie so angesehen worden. So, als fände er sie total begehrenswert.

»Du bist witzig, mutig, fürsorglich … und, nicht zu vergessen, auch wunderschön und verdammt attraktiv«, fuhr er fort.

»Du kennst mich doch kaum. Wie kommt es, dass du solche Dinge an mir siehst?«

»Weil sie da sind. Du bist nur viel zu sehr damit beschäftigt, sorgenvoll durch die Welt zu rennen und dich auf deine negativen Seiten zu konzentrieren. Wird Zeit, dass du damit aufhörst.«

»Aus deinem Mund klingt das alles so einfach. Dabei ist es das gar nicht.«

»Doch, das ist es. Niemand verlangt, dass du über Nacht eine andere wirst. Du musst nur ab und zu mal loslassen können, wenn der richtige Moment gekommen ist.«

»Ist jetzt so ein Moment?«

»Wenn du bereit dazu bist …«

Luisa schloss die Augen. War sie bereit? Sollte sie loslassen? Was hatte sie schon zu verlieren?

Natürlich, dieser eine Augenblick würde vergehen. Irgendwann später, vielleicht schon morgen, würde er feststellen, wie festgefahren und fremdbestimmt ihr Leben tatsächlich war. Und sie würde Probleme damit bekommen, dass er rastlos umherwanderte und seine Unabhängigkeit über alles liebte.

Und dann würden sich ihre Wege wieder trennen …

»Du denkst immer noch zu viel«, brummte Jörn.

»Sorry!«

Natürlich hatte er recht. Statt sich auszumalen, was die Zukunft bringen könnte, sollte sie lieber die Gegenwart genießen. Schließlich war sie doch hier, um sich abzulenken, oder etwa nicht?

Dann aber fiel ihr noch etwas ein und sie öffnete die Augen wieder. »Was ist mit den Hunden?«

»Was soll mit ihnen sein?«

»Gucken sie zu?«

»Keine Sorge, sie schlafen gleich ein.«

»Und wenn wir … äh … ein wenig lauter sind?«

»Das stört sie nicht.« Sein Blick wanderte zu ihrem Mund. »Und glaub mir, wir werden laut sein!«, fügte er mit heiserer Stimme hinzu.

Dann zog er sie an sich, legte seine Lippen auf ihre und küsste sie, als ob er niemals wieder damit aufhören wollte. Seine Finger strichen durch ihre Haare, über ihren Nacken und wanderten schließlich über ihren ganzen Körper.

Luisa drängte sich ihm entgegen. Sie schob sämtliche Gedanken an später beiseite und stellte sich einfach vor, alles wäre perfekt.

Und plötzlich war es das auch …

30

Marlies konnte die ganze Nacht nicht schlafen. Ihre sorgenvollen Gedanken drehten sich immer schneller im Kreis, machten sie nervös und traurig. Und dann meldete sich auch noch die Erinnerung an ihren toten Ehemann zurück.

Was hätte Werner jetzt wohl getan?

Sicherlich wäre Aufgeben für ihn keine Alternative gewesen. Er hätte Charlottes Brief zum Anlass genommen, um den Erhalt des Weingutes zu kämpfen. So, wie sie selbst das in den letzten Jahren versucht hatte.

Gegen drei Uhr morgens stand sie auf und kochte sich einen Pfefferminztee. Extra süß, mit drei Löffeln Zucker. Im Fernsehen lief die Wiederholung eines alten Films mit Robert Redford und Meryl Streep. Marlies machte es sich auf dem Sofa gemütlich und kuschelte sich in eine Wolldecke. Trotzdem wurde ihr bald kalt, die Heizung würde sich erst gegen fünf Uhr wieder einschalten. Sie brauchte ihre Strickjacke – und die hing draußen im Flur.

Als sie im Dunkeln nach dem Kleidungsstück suchte, ging plötzlich die Haustür auf.

»Mama!« Luisa knipste das Licht an. »Hast du mich erschreckt! Was machst du hier?«

»Ich hole meine Strickjacke. Und du? Konntest du nicht schlafen?«

Zu ihrer Verwunderung errötete Luisa. »Nein, konnte ich nicht. Ich bin … äh … ein bisschen spazieren gegangen.«

»Ohne Jacke?« Missbilligend deutete Marlies auf die nackten Arme ihrer Tochter. »Und dann auch nur im dünnen Pulli! Wieso ist der so zerknittert?«

Hastig schob Luisa ihre Kleidung zurecht. »Keine Ahnung. Ich habe mir vorhin das Erstbeste gegriffen, das herumlag.«

»Seit wann liegen deine Sachen herum? Dazu bist du doch viel zu ordentlich.«

»Na ja, weißt du … dieser Tag war ganz schön heftig, ich bin ziemlich durch den Wind und mache wohl Sachen, die ich normalerweise nicht tun würde.«

Irgendwie wirkte Luisa schuldbewusst. Oder war sie vielleicht nur ähnlich aufgewühlt wie sie selbst?

Tröstend nahm Marlies ihre Tochter in die Arme. »Das ist doch verständlich, mein Schatz. Mir geht es genauso.«

Zu ihrer Überraschung ließ sich Luisa die liebevolle Geste gefallen. Mehr noch, sie erwiderte die Umarmung sogar und atmete ein paarmal tief durch.

»Ich komme mir gerade vor wie in einer Parallelwelt«, murmelte sie in Marlies' Nachthemd. »Einer Welt, in der plötzlich Dinge passieren, mit denen ich nie gerechnet hätte. Und in der andere Sachen, die mir bislang total wichtig waren, auf einmal egal sind.«

»Du solltest dich hinlegen, du brauchst dringend Schlaf«, sagte Marlies.

Ihre Tochter war ja wirklich völlig durcheinander!

Vorsichtig lockerte sie die Umarmung und schob Luisa so weit von sich, dass sie ihr in die Augen sehen konnte.

»Deine Wangen glühen. Hast du Fieber?«

»Nein. Das kommt … vom … äh … schnellen Laufen.«
Luisa trat zurück ins Halbdunkel. »Aber jetzt sag mir mal, was du hier gerade machst?«

Marlies wusste sofort, dass Luisa mit dieser Frage von sich selbst ablenken wollte. Warum sie das machte, konnte sie sich allerdings nicht erklären. Es war doch nichts dabei, wenn man nachdenken musste und in der Nacht ein wenig spazieren ging.

Doch sie tat ihrer Tochter den Gefallen.

»Ich habe mir einen Tee gekocht. Willst du auch einen?«

Luisa schüttelte den Kopf. »Ich muss dringend ins Bett.« Doch an der Treppe zögerte sie und drehte sich noch einmal um. »Mama?«

»Hm?«

»Darf ich dich etwas fragen?«

»Natürlich.«

»Hast du das vorhin ehrlich gemeint? Dass du fürs Verkaufen bist?«

»Habe ich denn eine Wahl?«

Luisa setzte sich auf die unterste Treppenstufe und klopfte auf den leeren Platz neben sich. »Wir können ja mal so tun, als hättest du eine.«

Überrascht blickte Marlies auf. Was waren das denn für neue Töne? Schnell streifte sie sich die Jacke über und hockte sich neben ihrer Tochter auf die Treppe. »Du hast natürlich recht mit deiner Einschätzung der wirtschaftlichen Lage. Die Fakten sind eindeutig und sprechen für einen Verkauf.«

»Aber?«

»Für mich lässt sich diese Frage trotzdem nicht so leicht beantworten. Alles in mir schreit Nein.«

»Du wirst bald siebzig. Warum willst du dich in deinem Alter noch jeden Tag in den Weinberg stellen? Auch Bianca müsste sich langsam mal Gedanken darüber machen, was die

Zukunft für sie bringt. Der Verkauf wäre ein klarer Schnitt für alle. Und danach wäre es leichter.«

»Vielleicht will ich es gar nicht so leicht haben.«

»Aber wozu die Mühe, wenn sowieso niemand da ist, der den Weinbau weiterführen will?«

»Bist du dir da so sicher?«

»Du glaubst doch nicht im Ernst, dass Amelie echtes Interesse hat? Das verfliegt genauso schnell, wie es gekommen ist.«

Marlies lächelte nachsichtig. »Ich habe auch nicht unbedingt an Amelie gedacht. Du bist ja auch noch da.«

Sie rechnete damit, dass Luisa lauthals protestieren würde, doch zu ihrer Überraschung blieb ihre Tochter still.

»Charlottes Erbe ist Verpflichtung und Geschenk zugleich«, fuhr Marlies fort. »Denk mal darüber nach, bevor du es ablehnst. Mit frischen Ideen und neuen Krediten könnte man so einiges erreichen.«

»Ich habe schon ein bisschen nachgedacht«, murmelte Luisa. »Aber wenn ich dir das jetzt erzähle, flippst du sofort wieder aus.«

»Ich flippe nicht aus, das verspreche ich dir.«

»Na gut. Also …« Luisa holte tief Luft. »Ich hätte genug Geld, um uns ein paar Kredite zu ersparen. Es würde sogar noch reichen, um das Wohnhaus zu sanieren. Für den alten Riesling von 1927 werden wir vermutlich auch einige Tausend Euro bekommen. Und was Charlottes Geschichte betrifft: So etwas lässt sich wunderbar vermarkten. Aber …« Sie lachte unsicher und winkte ab. »Aber das sind vermutlich alles nur Hirngespinste. Ich weiß auch nicht, was gerade mit mir los ist.«

Marlies antwortete nicht.

Sie konnte sich Luisas plötzlichen Stimmungswechsel nicht erklären. Aber sie würde sich hüten, diese ersten positiven

Ansätze mit neugierigen Fragen zu zerstören.

»Vor lauter Müdigkeit rede ich Blödsinn«, seufzte Luisa. »Ich sollte ins Bett gehen. Morgen früh sieht die Welt vermutlich schon wieder ganz anders aus.«

»Vielleicht – vielleicht aber auch nicht.« Marlies war sich da auf einmal nicht mehr so sicher.

Vielleicht gab es ja doch noch ein gutes Ende.

31

»Oma Lisbeth?« Amelie hatte sich gleich nach dem Mittagessen mit einer Packung Butterkekse zu ihrer Urgroßmutter an den Küchentisch gesetzt und klappte jetzt ihren Laptop auf.

»Lass mal, Kindchen!«, antwortete die alte Dame zerstreut. »Ich will jetzt nichts kaufen.«

»Ich auch nicht. Ich will dir etwas zeigen.«

»Etwa wieder so ein lustiges Katzenvideo? Danach ist mir gerade auch nicht.«

»Kann ich mir vorstellen. Wie geht es dir? Hast du überhaupt schlafen können?«

»Ja, zum Glück. Wie ein Baby.«

Oma Lisbeth wirkte tatsächlich ausgeschlafen, wenn auch nicht besonders fröhlich. Sie trug ein geblümtes Sommerkleid mit weißer Spitze, das sie noch kleiner und zarter erscheinen ließ, als sie es ohnehin war. In ihrem Haar steckte wieder die Libellenspange und an den Füßen hatte sie ihre neuen schwarzen Sandalen.

»Und du? Wie hast du geschlafen?«, erkundigte sich die alte Dame.

»Auch gut.« Amelie errötete.

Sie mochte ihre Urgroßmutter. Sehr sogar.

Aber sie würde auch ihr nicht auf die Nase binden, dass sie die halbe Nacht in Jonathans Auto mitten im Wald verbracht hatte.

Gestern Abend hatte sie ihn gleich nach der heftigen Diskussion mit ihrer Verwandtschaft angerufen. Er war sofort gekommen und hatte sie zu einer kleinen Spritztour abgeholt. Zuerst hatten sie nur geredet – schließlich musste er auf den neuesten Stand der Ereignisse gebracht werden. In aller Ausführlichkeit hatte sie ihm vom Inhalt des Briefes erzählt.

Dann allerdings, zu späterer Stunde, hatten sie auf das Sprechen verzichtet und ihre Lippen zu anderen, viel interessanteren Tätigkeiten eingesetzt. Erst gegen zwei Uhr nachts war Amelie nach Hause gekommen und hatte sich auf Zehenspitzen in die dunkle Wohnung geschlichen.

»Wie war es in der Schule?«, fragte Oma Lisbeth.

»Ganz okay. Ich hatte nur vier Stunden.« Zum Glück! Sonst wäre sie vermutlich während des Unterrichts eingeschlafen.

»Kann ich einen Butterkeks haben?«

»Na klar, dafür habe ich sie doch mitgebracht.« Amelie startete ihren Internetbrowser. Dann wandte sie sich wieder an ihre Urgroßmutter. »Ich möchte mit dir über Paul Belfort reden.«

»Von mir aus.«

»Ich verstehe nicht, dass du so ruhig bleiben kannst. Ich glaube, an deiner Stelle würde ich ausflippen.«

Die alte Dame schmunzelte. »Du bist ja auch noch jung. Ich bin alt und gebrechlich und muss mir deshalb gut überlegen, worüber ich mich aufrege.«

»Bist du nicht sauer auf deine Eltern?«

»Meine Mutter war eine großartige Frau.«

»Und was ist mit Rudolf?«

»Du meinst, weil er Männer liebte? Das ist mir egal. Für mich ist und bleibt er der beste Vater der Welt. Erst recht, nachdem ich weiß, was er alles für mich geopfert hat.«

»Er hätte dir früher die Wahrheit sagen können.«

»Ich war fast noch ein Kind, als er starb, vergiss das nicht! Wie viel Wahrheit verträgt eine Dreizehnjährige? Nein, nein!« Oma Lisbeth schüttelte den Kopf. »Ich glaube, das war alles anders geplant, aber der Krieg hat Rudolf einen Strich durch die Rechnung gemacht.« Sie nahm sich noch einen Keks. »Und für Ärger und Wut ist es jetzt ein bisschen spät. Auf wen sollte ich auch böse sein? Auf das Schicksal? Ich kann es doch sowieso nicht mehr ändern.«

»Möchtest du denn gar nichts über deinen leiblichen Vater wissen?«

»Wozu? Der ist doch schon lange tot.«

Amelie machte ein geheimnisvolles Gesicht. »Aber vielleicht gibt es Nachkommen von Paul Belfort.«

»Wie willst du das herausbekommen?«

Amelie deutete auf ihren Laptop. »Indem ich die Angaben im Internet google.«

Oma Lisbeth wiederholte das Wort *google* und starrte verständnislos auf den Bildschirm.

»Es gibt eine Suchmaschine«, versuchte Amelie ihrer Urgroßmutter zu erklären. »Da tippst du die Angaben ein, die du weißt, und die Maschine sucht dir die Seiten raus, auf denen etwas zu diesen Themen steht.«

»Du meinst, so wie bei einem Detektiv?«

»So ungefähr, ja.«

»Dann mach mal!« Oma Lisbeth schob die Packung mit den Keksen zur Seite und lehnte sich vor, um besser sehen zu können.

Paul Belfort Eguisheim, schrieb Amelie in die Suchzeile und drückte auf *Enter*.

Gleich darauf kamen die Ergebnisse.

»Das ist leider alles auf Französisch«, stellte Amelie enttäuscht fest.

»Kannst du Französisch?«, fragte Oma Lisbeth.

»Nein.«

»Ich auch nicht.«

»Aber Jonathan kann es ganz gut!«, rief Amelie, froh über ihren Einfall. Natürlich würde sie letztendlich auch allein zurechtkommen, doch mit seiner Hilfe würde die Recherche deutlich schneller gehen. »Darf ich ihn um Rat fragen?«

»Warum nicht? Er ist ein lieber Junge.«

Rasch tippte Amelie seine Nummer in ihr Handy ein.

»Hi!«, meldete er sich schon nach dem ersten Klingeln. »Wie geht's?«

»Gut.« Sie lächelte. Sie musste immer lächeln, wenn sie seine Stimme hörte. Anscheinend konnte er selbst über das Telefon positive Schwingungen senden. »Hast du Zeit?«

»Für dich immer.«

In wenigen Worten schilderte Amelie ihm, worum es ging.

»Klingt spannend. Warte!« Er sagte irgendetwas zu seinem kleinen Bruder. Dann meldete er sich zurück. »Okay, ich habe Valentin vor dem Fernseher geparkt und meinen PC gestartet. Es kann losgehen.«

Amelie diktierte ihm, wonach er suchen sollte.

»Paul Belfort aus Eguisheim war der Besitzer eines Weingutes im Elsass«, berichtete Jonathan nach einer kurzen Recherche. Amelie hatte das Telefon auf Lautsprecher gestellt, sodass ihre Urgroßmutter mithören konnte. »Das Weingut heißt *Le petit Belfort* und wird inzwischen in der sechsten Generation betrieben.«

»Gibt es eine eigene Website mit Bildern?«

»Ja.« Jonathan nannte Amelie die Adresse.

Sie tippte und gleich darauf erschien das Foto eines stattlichen alten Bauernhauses auf dem Bildschirm. Es war in warmer gelber Farbe gestrichen, mit braunen Fensterläden und bunten Blumenkästen vor jedem Fenster. Rechts neben dem Haus führte eine Holzbrücke über einen Bach, links standen ein paar hohe Trauerweiden.

»Ist es das? Ist es das?« Aufgeregt schob Oma Lisbeth ihre Brille zurecht. Sie schien mittlerweile Gefallen an den Nachforschungen gefunden zu haben.

»Ja. Total hübsch, findest du nicht auch?«, fragte Amelie.

»Paul Belfort ist seit 1980 tot«, kam Jonathans Stimme aus dem Telefon. »Er hatte drei Söhne, von denen aber nur noch der Älteste, Louis, lebt. Geh mal auf die Unterseite *Historique*!«

Amelie tat, was er sagte. Ganz oben war ein Foto zu sehen, das drei Männer zeigte, die vor einem Weinfass standen. Alle drei trugen Bärte und lächelten fröhlich in die Kamera.

»Das sind Louis, Bernard und Pascal Belfort«, erklärte Jonathan. »Großvater, Vater und Sohn.«

»Dann ist Louis wohl der runzelige Alte?« Oma Lisbeth kniff die Augen zusammen, um besser sehen zu können.

»Er ist jünger als du«, entgegnete Amelie amüsiert. »Aber ja, das ist er.«

»Er sieht gut aus. Ein bisschen faltig vielleicht. Aber sein Lächeln ist sehr freundlich.« Die alte Dame hing fast mit der Nasenspitze auf dem Bildschirm.

»Scroll mal weiter runter!«, forderte Jonathan. »Da ist ein Bild von Paul.«

Vorsichtig schob Amelie ihre Urgroßmutter ein Stück zurück und suchte das Foto. »Da!«, flüsterte sie, als sie es gefunden hatte.

Das schwarz-weiße Porträt musste in den Fünfzigerjahren aufgenommen worden sein. Es zeigte einen gut aussehenden Mann mit dunklen Locken, Bart und Brille. Er lächelte direkt in die Kamera, stolz und selbstbewusst.

Oma Lisbeth ließ sich in ihren Stuhl zurücksinken. Ihr Gesichtsausdruck war schwer zu deuten.

»Alles okay?«, wollte Amelie wissen.

»Ich weiß es nicht.«

Amelie legte einen Arm um ihre schmalen Schultern. »Er sieht nett aus.«

Oma Lisbeth nickte.

»Und klug.«

»Findest du, dass er mir ähnlich sieht?«

»O ja!« Amelies Blick huschte zwischen dem Gesicht ihrer Urgroßmutter und dem Bildschirm hin und her. »Du kannst genauso würdevoll gucken wie er. Und seine Vorliebe für viel zu große Brillenmodelle hast du auch geerbt.«

Ihre Bemerkung hatte den gewünschten Erfolg: Lisbeth brachte ein kleines Lächeln zustande. »Früher hat jeder gesagt, dass ich aussehe wie meine Mutter.«

Amelie fragte sich, wie oft Charlotte wohl in Lisbeths Gesicht nach Ähnlichkeiten mit Paul geforscht hatte. War sie froh darüber gewesen, dass ihre Tochter eine echte Schwanthaler geworden war? Oder hatte sie es insgeheim bedauert, dass Pauls Gene sich nicht durchgesetzt hatten?

Und was war mit Paul gewesen?

Hatte er noch manchmal an Charlotte gedacht?

»Wahnsinn!« Jonathans aufgeregte Stimme riss sie aus ihren Grübeleien. »Das gibt es ja nicht! Amelie?«

»Ja?«

»Was hast du mir gestern noch gleich erzählt? Wie hat Paul Belfort Charlotte immer genannt?«

»Ma trä schär.« Oma Lisbeth betonte jedes Wort überdeutlich. Amelie war beeindruckt, dass die alte Dame sich diesen französischen Kosenamen überhaupt hatte merken können.

»Wusste ich's doch! Wechsle mal die Seite und geh auf *Nos Vins*!«, sagte Jonathan. »Und dann ganz runter, bei *Vins Blancs*! Was siehst du da?«

Amelie brauchte nur wenige Sekunden, dann war auch sie im Onlineshop des Weingutes gelandet und überflog die Bilder.

Gewürztraminer. Pinot Blanc. Und dann der Riesling.

Es waren mehrere Sorten im Angebot, alle abgefüllt in grünen Glasflaschen und mit dem typisch farbenfrohen Etikett des Weingutes versehen.

Das Etikett des letzten Rieslings jedoch war völlig anders gestaltet: Weiße Schrift auf schwarzem Hintergrund und eine schlichte Zeichnung mit mehreren weißen Schwänen, die auf einem stilisierten Teich umherschwammen.

Und dann fiel Amelies Blick auf den Namen.

»*Ma très chère*«, rief sie überrascht. »Dieser Riesling heißt *Ma très chère*!«

32

Luisa erwachte erst gegen ein Uhr mittags.

Sie brauchte einen kleinen Augenblick, um sich zu orientieren. Und in diesen wenigen ersten Sekunden war alles gut, es gab weder Probleme noch Sorgen, sondern einfach nur sie selbst und ihr warmes, kuscheliges Bett.

Doch dann war der Moment auch schon wieder vorüber und die Ereignisse des letzten Tages drängten sich mit aller Macht in ihr Bewusstsein.

Charlottes Brief. Oma Lisbeths Reaktion. Das verzweifelte Gesicht ihrer Mutter. Der Sex mit Jörn.

Stöhnend zog sie sich die Decke über den Kopf.

Es sagte viel über ihren derzeitigen Gemütszustand aus, dass ausgerechnet die Sache mit Jörn ihr geringstes Problem darstellte.

Der Abend mit ihm war atemberaubend und wunderschön gewesen, auch wenn er beim Abschied noch einmal klargestellt hatte, dass dies nicht der Beginn einer echten Liebesbeziehung sein würde.

Keine tiefen Gefühle. Keine Verpflichtungen.

Wenn doch nur der Rest ihrer Probleme ähnlich einfach gelagert wäre!

Aber nein, seit gestern türmte sich ein riesiger Berg aus Verantwortungsgefühl und schlechtem Gewissen vor ihr auf. Und zu allem Überfluss schickte Urgroßmutter Charlotte auch noch rührende Durchhalteparolen aus der Vergangenheit, die ihre Entschlussfreudigkeit gehörig ins Wanken gebracht hatten.

Luisa setzte sich auf.

Hatte sie gestern Nacht tatsächlich mit dem Gedanken gespielt, das Weingut zu übernehmen?

Ja, das hatte sie. Sie hatte diesen Gedanken sogar laut ausgesprochen – noch dazu vor ihrer Mutter!

Ich hätte genug Geld, um uns ein paar Kredite zu ersparen. Es würde sogar noch reichen, um das Wohnhaus zu sanieren. Für den alten Riesling von 1927 werden wir vermutlich auch einige Tausend Euro bekommen. Und was Charlottes Geschichte betrifft: So etwas lässt sich wunderbar vermarkten …

Einen Moment lang schossen Luisa verlockende Bilder durch den Kopf: ihre Unterschrift beim Anwalt, die sie zur Miteigentümerin des Weingutes machte; das dumme Gesicht ihres Chefs, wenn sie im Restaurant kündigte; das viele Geld, das sie bei einer Auktion für die alten Weinflaschen erhalten würden.

Und schließlich das Schwanthaler-Weingut, liebevoll restauriert und um einen eleganten Verkaufsraum und ein Bistro erweitert, in dem der eigene Riesling und ein paar leckere regionale Spezialitäten serviert wurden.

Waren das wirklich nur unrealistische Wunschgedanken?

Noch vor ein paar Wochen hätte Luisa diese Frage mit einem klaren Ja beantwortet – heute jedoch sah die Sache anders aus.

Ihre Familie brauchte sie.

Darüber hinaus hatte Charlottes Brief Gefühle in ihr geweckt, die sie bislang gar nicht gekannt hatte. Trotz aller Streitigkeiten war da ein gemeinsames Band, das sie nicht länger ignorieren konnte. Sie hatte jetzt zwei Möglichkeiten: zerschneiden oder flicken.

Seufzend schlug Luisa die Decke zurück.

Es war Zeit, sich ihren Problemen zu stellen. Lösungen zu finden.

Und sie wusste auch schon sehr genau, wo sie ungestört über alles nachdenken konnte.

Eine Stunde später stellte Luisa ihr Auto auf dem kleinen Parkplatz vor der Gärtnerei ab und öffnete das schmiedeeiserne Tor zum Friedhof.

Hohe Kastanienbäume säumten eine Allee, von der immer wieder kleine Kieswege zu den Grabstätten abzweigten. Wuchtige moosbewachsene Grabsteine, eine Trauerkapelle, viele bunte Blumen und wild wuchernder Efeu bestimmten das Bild.

Luisa mochte die friedliche, melancholische Stimmung, die hier herrschte. Für sie war der Friedhof schon immer nicht nur ein Ort der Trauer gewesen, sondern auch ein Platz zum Innehalten und Nachdenken.

Langsam schlenderte sie durch die laue Frühlingsluft zur Grabstätte ihrer Familie. Es überraschte sie nicht, Oma Lisbeth auf einer Bank vor dem Grab sitzen zu sehen. Ihre Großmutter ließ es sich nicht nehmen, alle paar Tage hier vorbeizuschauen.

Schweigend setzte sich Luisa zu ihr.

Schwanthaler stand auf dem schlichten grauen Stein zu ihren Füßen. Darunter die Namen *Charlotte, Rudolf, Hertha, Käthe* und *Werner.* Auf dem Grabbeet blühten Blumen in Rot, Gelb und Weiß und ein Fliederbaum verströmte seinen betörenden Duft. Insekten summten zwischen den Blüten umher und verbreiteten emsige Lebendigkeit.

»Ich dachte mir schon, dass du kommst«, eröffnete Oma Lisbeth das Gespräch nach einer Weile. »Du bist immer hier, wenn du über etwas Wichtiges nachdenken willst.«

»Hast du etwa auf mich gewartet?«

»Vielleicht.« Die alte Dame schmunzelte. »Vielleicht sitze ich aber auch nur hier und schlage die Zeit tot, bis Bianca mich wieder abholt. Sie hat gesagt, heute könnte es ein bisschen später bei ihr werden.«

Luisa seufzte.

An Bianca und ihre merkwürdigen Geschäfte hatte sie heute noch gar keinen Gedanken verschwendet. Doch auch für dieses Problem würde sie eine Lösung finden müssen …

»Deine Schwester ist manchmal ein bisschen schwierig«, fuhr Oma Lisbeth scheinbar ohne jeden Zusammenhang fort. »Aber sie ist ein liebes Mädchen.«

»Sie hasst mich.«

»Sie hasst dich nicht. Sie ist nur neidisch auf dich. Es ist nicht leicht, immer nur die kleine Schwester zu sein.«

»Deshalb muss sie aber nicht ständig mit beleidigtem Gesicht herumlaufen und Streit suchen.«

»Zum Streiten gehören zwei.«

»Aber sie fängt immer an!«, protestierte Luisa und fühlte sich auf einmal wieder wie eine empörte Sechsjährige.

»Dann sei du die Klügere von euch beiden und gib nach! Sonst wird das nie etwas. Und wir haben nun weiß Gott wichtigere Dinge zu tun.«

Danach verstummte die alte Dame wieder.

Missmutig starrte Luisa auf den Boden und beobachtete ein paar Ameisen, die dort umherkrabbelten. Diese Tiere hatten es gut – jede Ameise wusste genau, wohin sie gehörte und was ihre Aufgabe war. Streit gab es vermutlich nie, die Königin hatte das Sagen und alle lebten friedlich unter Millionen von Geschwistern. Gedanken über ihre Vergangenheit oder ihre Zukunft mussten sich die Tiere auch nicht machen – das konnten sie gar nicht.

»Oma Lisbeth?«

»Hm?«

»Wie geht es dir eigentlich heute?«

»Wie soll es mir schon gehen? Gut.«

»Wirklich? Man kriegt nicht jeden Tag einen neuen Vater präsentiert.«

»Paul ist nur mein Erzeuger, nicht mein Vater.« Lisbeth deutete auf das Grab. »Mein Vater liegt hier. Und ich liebe ihn mehr denn je.«

»Mich wundert, dass du das so gelassen nimmst. Bist du denn gar nicht traurig, erst nach so langer Zeit die Wahrheit zu erfahren?«

»Nein. Ich bin dankbar, dass ich es noch erfahren durfte. Aber es ändert nichts. Ich bin zu alt und zu bequem, um noch bedeutsame Schlüsse aus Charlottes Brief zu ziehen. Das überlasse ich den Jüngeren.«

»Amelie hat ja offensichtlich für sich schon einen Entschluss gefasst.« Vorsichtig, um die Ameisen nicht zu stören, streckte Luisa die Beine aus. »Sie will das Weingut halten.«

Lisbeth lächelte. »Das Mädchen weiß, was es will.«

»Aber sie ist noch viel zu jung.«

»Ist sie nicht. Du musst sie ernst nehmen! Red mal mit ihr! Ich war auch erst achtzehn, als das Schicksal mich vor so manche Herausforderung gestellt hat.«

»Das waren andere Zeiten.«

Luisa blickte hinüber zu den Soldatengräbern, die neben der kleinen Trauerkapelle lagen. Nur ein verwitterter Stein erinnerte heute noch an ihren Großvater Hans Mosler. Der junge Mann war gestorben, ohne seinen Sohn Werner je gesehen zu haben. Schlimmer noch, seine Zeit hatte ja nicht einmal ausgereicht für eine Hochzeit mit Lisbeth.

»Das Schicksal ist manchmal ganz schön ungerecht«, sagte Luisa leise.

»Nein, ist es nicht«, widersprach Lisbeth. »Es fordert uns nur immer wieder aufs Neue heraus. Was wir daraus machen, ist ganz allein unsere Sache.«

»Was würdest du denn an meiner Stelle tun?«

»Ich würde versuchen, das Weingut zu retten.«

»Was? Gestern hast du uns noch etwas ganz anderes erzählt.«

»Das war der Versuch, euch zu provozieren.«

Luisa dachte an die hitzige Diskussion, die nach Lisbeths Vorschlägen entbrannt war. »Hat ziemlich gut funktioniert.«

»Ich wollte euch vor Augen führen, dass die bequemste Lösung nicht immer die beste ist, auch wenn es zunächst so aussieht.«

»Und was ist die beste Lösung?«

»Übernimm das Weingut!«

»So einfach ist das für dich?«

»Wenn dir meine Antwort nicht passt, dann kann ich dir auch nicht helfen.«

»Drei Worte sind keine echte Entscheidungshilfe.«

»Also gut, dann machen wir das eben ausführlicher. Weil du es bist …« Lisbeth seufzte und tätschelte Luisas Hand. »Weißt du, du warst immer meine Lieblingsenkelin. Aber sag das nicht Bianca!«

»Ich wette, du erzählst ihr das Gleiche, nur umgekehrt.«

»Mag sein. Möchtest du darüber diskutieren oder soll ich weitermachen?«

»Mach weiter!«

»Schon als Kind hast du immer nur mit dem Kopf entschieden. Vermutlich war das einer der Gründe für deinen Erfolg. Aber dieser Brief meiner Mutter hat etwas in dir verändert. Die Zukunft unseres Weingutes ist zu einer Herzensangelegenheit geworden. Für uns alle.«

Luisa nickte zögernd.

»Also hör dieses eine Mal gefälligst auch auf dein Herz!«, forderte Lisbeth.

»Aber es gibt so viel zu bedenken ...«

»Dann denk nach! Dazu bist du doch hergekommen, oder nicht?« Oma Lisbeth kramte in ihrer Tasche herum und zog eine Tüte mit Bonbons hervor. »Willst du ein Pfefferminz?«

»Nein danke.«

Wieder blieb es eine Weile still.

»Ich kann doch nicht einfach kopflos losrennen und zuschnappen«, murmelte Luisa schließlich.

Mit lautem Knacken zerbiss Lisbeth die Reste ihres Bonbons. »Wieso denn nicht? Bei Jörn hat das doch auch geklappt.«

»Wie bitte?« Luisa wäre vor Überraschung fast von der Bank gekippt. »Woher weißt du das?«

»Im Gegensatz zum Rest der Familie bin ich nicht ausschließlich mit meinen eigenen Problemen beschäftigt. Ich habe Augen im Kopf. Und zufällig auch ein Fenster mit direktem Blick auf die Scheune.« Lisbeth lächelte wissend. »Gestern Nacht warst du bei ihm. Habt ihr es getan?«

Luisa wurde feuerrot. »Das geht dich nichts an.«

»Also ja.«

»Oma Lisbeth! Könnten wir vielleicht das Thema wechseln?«

»Warum denn? Jörn ist doch ein gutes Beispiel für das, was ich dir noch sagen will.«

»Und das wäre?«

»Sei nicht immer so vernünftig, sondern lass einfach mal alles auf dich zukommen! Der Rest findet sich irgendwie.«

»Dieses Irgendwie macht mir Angst.«

»Das muss es nicht.«

»Aber mein ganzes Leben würde sich ändern, wenn ich das Weingut übernehme.«

»Wäre denn eine Veränderung so schlimm?«

»Ich weiß nicht …«« Luisa musste plötzlich an lange Abendschichten im Restaurant denken, an anstrengende Gäste und schmerzende Füße. Auch die überflüssigen Diskussionen mit ihrem neuen Chef kamen ihr in den Sinn.

»Nein«, gab sie widerstrebend zu.

»Na also.« Oma Lisbeth nickte zufrieden. Für sie schien die Unterhaltung damit beendet zu sein. Erstaunlich beschwingt erhob sie sich und strich ihren Rock glatt. »Und jetzt entschuldige mich, ich will noch bei Hans vorbeischauen. Nimmst du mich nachher mit nach Hause?«

33

Amelie saß mit ihrem Laptop im Hof, als Luisa und Lisbeth nach Hause kamen. Sie hatte es sich unter einem zitronengelben Sonnenschirm bequem gemacht und löffelte von einer großen Portion Vanilleeis mit Schokoladensauce.

Essen hatte ihr schon immer beim Denken geholfen – und Probleme, über die man nachdenken konnte, gab es ja nun wahrlich genug in diesem Haus.

»Hallo, Oma Lisbeth«, begrüßte sie ihre Urgroßmutter freundlich, würdigte ihre Mutter jedoch keines Blickes. Amelie war immer noch sauer auf Luisa.

»Wo warst du?«, erkundigte sie sich bei Lisbeth.

»Auf dem Friedhof.«

»Tja, wo auch sonst?« Amelie nickte verständnisvoll.

Sicherlich hatte ihre Urgroßmutter nach den aufregenden Entdeckungen Trost gebraucht und war zu der Familie gegangen, die sie schon immer gekannt hatte – auch wenn dieser Teil der Verwandtschaft längst tot war.

Luisa stellte sich zu Amelie unter den Sonnenschirm. »Es ist ganz schön warm geworden. Hast du dich eingecremt?«

»Natürlich.« Entnervt verdrehte Amelie die Augen.

»Was soll das? Das war eine ganz normale Frage.«

»Ich bin kein Baby mehr.«

»Meinst du, das weiß ich nicht?«

»Ehrlich gesagt: nein! Du kannst dein Wissen echt gut verstecken.«

»Siehst du? Und schon seid ihr ins Gespräch gekommen. War doch gar nicht so schwer.« Aufmunternd klopfte Oma Lisbeth Luisa auf die Schulter. »Erzähl ihr von deinen Plänen. Aber auf mich müsst ihr leider verzichten, ich werde mich ein bisschen hinlegen.«

Stirnrunzelnd sah Amelie ihrer Urgroßmutter nach. »Wie meint sie das? Welche Pläne?«

Luisa antwortete nicht.

Na gut, dann eben nicht! Amelie zuckte mit den Schultern und tauchte ihren Löffel ins Eis. Wenn sie wollte, konnte sie ebenso gut schmollen wie ihre Mutter. Als sie nach einer Weile wieder aufschaute, stand diese immer noch neben ihr.

»Ist was?«

»Ja.« Luisa zog einen zweiten Gartenstuhl heran und setzte sich neben ihre Tochter. »Es ist sogar sehr viel.«

»Okay …« Für den Moment schob Amelie ihre Verärgerung beiseite. Das merkwürdige Verhalten ihrer Mutter hatte sie neugierig gemacht.

»Ich will dich etwas fragen«, begann Luisa. »Etwas sehr Wichtiges.«

»Wenn das jetzt eine schräge Unterhaltung über Verhütungsmittel werden soll, dann …«

»Wird es nicht.«

»Oh, gut. Das fehlt mir nämlich noch zu meinem Glück.«

»Aber wenn wir schon mal davon sprechen …«

»Mama!«

»Lass mich ausreden! Ich wollte gar nicht auf das Thema Verhütung hinaus, sondern auf Jonathan.«

»Der ist nicht verhandelbar.«

»Ich weiß. Und ich freue mich für dich.«

»Dann hast du eine komische Art, das zu zeigen.«

»Ihr beide habt mich letzte Woche kalt erwischt. Und was dann passiert ist, tut mir furchtbar leid. Ich hatte nicht vor, ihn ins Verhör zu nehmen. Das hat sich irgendwie ganz blöd ergeben.«

»Jonathan hat versucht, mir das zu erklären. Wie es scheint, ist er freiwillig mit dir gegangen.«

»Na ja, zumindest so halbwegs«, meinte Luisa. »Trotzdem hätte ich zuerst mit dir sprechen müssen. Akzeptierst du meine Entschuldigung?«

»Was bleibt mir denn anderes übrig?«, brummte Amelie, schon halbwegs versöhnt.

Ihre Mutter atmete hörbar auf. »Ich dachte, du würdest es mir schwerer machen.«

»Unter normalen Umständen würde ich das auch. Aber ich finde, wir haben derzeit genug andere Probleme.«

»Das finde ich auch.« Luisa lächelte, was Amelie angesichts des Ernstes der Lage völlig unpassend vorkam.

»Ich verstehe immer noch nicht, warum keine von euch das Weingut retten will«, beschwerte sie sich mit anklagender Stimme. »Das ist so was von kleingeistig und egoistisch. Schade, dass ich noch nicht volljährig bin und mein eigenes Geld verdiene. Dann würde ich es euch schon zeigen!«

Zu Amelies Überraschung blieb ihre Mutter ruhig. »Dann mach das doch!«, war alles, was sie dazu sagte.

»Wie? Was?«

»Hilf mir! Allein schaffe ich das nicht.«

»Mama! Kannst du dich mal verständlich ausdrücken?«

»Gern.« Luisa setzte eine feierliche Miene auf. »Wie würdest du es finden, wenn wir in Rüdesheim wohnen bleiben und das Weingut übernehmen?«

»Ist das dein Ernst?«, quietschte Amelie und schlug mit

der flachen Hand auf den wackeligen Tisch. Der Eisbecher schwankte gefährlich hin und her. Gerade noch rechtzeitig bekam Luisa ihn zu fassen.

»Leise!«

»Ich fände das total cool«, wisperte Amelie aufgeregt. »Seit Charlottes Brief kann ich an nichts anderes mehr denken.«

»Aber bist du auch bereit, mit den Konsequenzen zu leben? Zum Beispiel den langen Schulweg noch bis zum Abitur auf dich zu nehmen?«

»Kein Problem.«

»Und die Enge hier?«

»Nicht schlimm.«

»Meine Familie?«

»Nervt. Ist aber auszuhalten.«

»Vor ein paar Wochen hat sich das noch anders angehört.«

Amelie lächelte versonnen. »Da gab es ja auch noch keine Charlotte. Und keinen Jonathan.«

»Wenn wir anfangen, den Hof zu renovieren, wird es verdammt unbequem. Ganz zu schweigen von der Arbeit im Weinberg. Das wird kein leichtes Jahr. Ist dir das alles bewusst?«

»Klaro!«

»Gut.« Aufseufzend lehnte Luisa sich zurück.

»Meine Meinung war dir wirklich wichtig«, stellte Amelie verblüfft fest.

»Was denkst du denn? Wenn du Nein gesagt hättest, würde ich die ganze Aktion abblasen.«

»Du machst das aber alles nicht nur, weil ich mir das wünsche, oder?«

»Nein. Das spielt natürlich eine Rolle, ist aber nicht der ausschlaggebende Faktor.«

»Was hat dich umgestimmt? Gestern Abend wolltest du noch nichts davon hören.«

»Da war mir auch noch nicht bewusst, welche Tragweite

diese Entscheidung hat. Es geht hier nämlich nicht nur um mich oder dich. Es geht auch um die anderen: Marlies, Oma Lisbeth und Bianca. Und natürlich um unser Familienerbe. So etwas gibt man nicht in fremde Hände.«

Amelie nickte. »Das sage ich doch schon die ganze Zeit!«

»Ja, ich weiß. Du hast das gleich erkannt. Ich habe ein wenig länger gebraucht.«

»Darf ich raten? Oma Lisbeth hat dir vorhin auf dem Friedhof gehörig die Meinung gegeigt.«

»Ja, das hat sie«, lächelte Luisa. »Aber im Grunde hat sie nur laut ausgesprochen, was ich sowieso schon gefühlt habe.«

»Und wie geht es jetzt weiter?«

Luisa runzelte die Stirn. »Ich fürchte, jetzt kommt ein besonders harter Brocken auf mich zu. Ich muss Bianca auf meine Seite bringen …«

»Na, viel Spaß!« Um diese Aufgabe beneidete Amelie ihre Mutter nun wirklich nicht. »Und wie willst du das anstellen? Willst du sie fesseln und knebeln? Soll ich mitkommen? Oder nein, warte, nimm lieber Jörn mit! Der ist stärker und kann dich besser beschützen.«

»Ich nehme Jörn nirgendwohin mit«, entgegnete Luisa eine Spur schärfer als nötig. »Ich schaffe das auch allein.«

Amelie hob entschuldigend die Hände. »Ist ja gut!«

»Ich werde wohl noch mit meiner kleinen Schwester fertig werden.«

»Sie ist aber gerade ziemlich sauer auf dich.«

»Wann ist sie das nicht? Sie beruhigt sich schon wieder.«

»Und wie willst du vorgehen?«

»Ich muss sie einfach nur dazu bringen, mir in Ruhe zuzuhören«, meinte Luisa. »Die Rettung des Weingutes ist eine gemeinsame Aufgabe. Wenn Bianca das klar ist und sie von Anfang an in die Entscheidungen mit eingebunden ist, dann kann sie gar nichts dagegen haben.«

»Für sie wäre das so eine Art Beförderung. Momentan darf sie ja überhaupt nicht mitreden und spielt nur das Mädchen für alles.«

»Eben! Auf Dauer ist das unbefriedigend. Kein Wunder, dass sie immer so schlecht gelaunt ist.«

»Und was soll sie zukünftig machen?«

»Sie kann sich um Vermarktung und Vertrieb kümmern. Immerhin schreibt sie gute Texte, ist kreativ und hat ein gewisses Verkaufstalent.«

»Hoffentlich sieht sie das auch so«, meinte Amelie. »Wann willst du mit ihr reden?«

»Möglichst bald. Vorher brauche ich allerdings noch ein bisschen Nervennahrung.« Luisa nahm den Eisbecher und kratzte die Reste der Schokoladensauce aus dem Glas.

Amelie fand, dass das eine gute Gelegenheit war, ihrer Mutter von Oma Lisbeths französischer Verwandtschaft zu erzählen. »Hast du gewusst, dass Oma Lisbeth einen Halbbruder hat?«

Luisa schüttelte den Kopf. Reden konnte sie gerade nicht, weil sie den Löffel im Mund hatte.

Amelie berichtete in wenigen Worten, was sie mit Jonathans Hilfe über die Belforts herausgefunden hatte.

»Ein Halbbruder mit Weingut im Elsass«, murmelte Luisa. »Und ein französischer Riesling, der an Charlotte erinnert. Schöne Geschichte. Was hat Oma Lisbeth denn dazu gesagt?«

»Nicht viel. Du kennst sie doch.«

»Mir gegenüber hat sie die Belforts gar nicht erwähnt.«

»Ach, lassen wir sie noch ein paar Tage in Ruhe. Ich wette, dann siegt ihre Neugier. Vielleicht kann ich sie sogar dazu überreden, ihrem Bruder einen Brief zu schreiben. Es wäre doch toll, wenn die beiden sich treffen würden.«

»Zuerst sollten wir Kontakt zu seinem Sohn aufnehmen. So eine plötzliche Familienzusammenführung kann ganz schön aufregend sein, gerade für ältere Leute.«

»Ja, du hast recht. Dann schreib mal deinem Halbonkel …
oder was auch immer das ist …« Amelie unterbrach sich, weil
ihr gerade etwas eingefallen war. »Mensch, Mama!«, rief sie aufgeregt. »Das ist dann ja auch unsere Familie. Cool! Ich habe
Verwandte in Frankreich!«

»Noch mehr Familie!«, stöhnte ihre Mutter. »Mir reicht
schon die, die in Deutschland herumläuft.« Seufzend erhob sie
sich. »Apropos …«

»Wo willst du hin?«

»Zu Bianca. Wünsch mir Glück! Und wenn ich nicht
zurückkehre, dann musst du mich retten kommen. Von mir aus
kannst du dann auch Jörn mitbringen.«

34

»Was willst du hier?« Nach dem ersten Klopfen hatte Bianca die Tür ein kleines Stück geöffnet und funkelte ihre Schwester durch den schmalen Spalt unfreundlich an.

Luisa zählte geduldig bis fünf, bevor sie antwortete. »Ich möchte mich entschuldigen.«

Biancas Augen weiteten sich überrascht, doch sie hatte sich schnell wieder im Griff. »Wofür denn?«

»Für alles, was in der letzten Zeit zwischen uns schiefgelaufen ist.«

»Okay«, murmelte Bianca. »Das klingt zwar sehr pauschal, aber von mir aus ... Entschuldigung angenommen. Und jetzt ... tschüss!«

»Warte!« Gerade noch rechtzeitig konnte Luisa einen Fuß in den Türspalt stecken. »Ich muss mit dir reden.«

»Ich habe keine Zeit.«

»Meditierst du?«, wollte Luisa wissen.

Bianca trug wieder ähnlich bunte Kleidung wie am Vortag, dieses Mal in Form von Leggins und T-Shirt, und war – natürlich! – barfuß. Aus dem Hintergrund war leise, fremdartige Musik zu hören.

»Nein. Heute ist Mittwoch, da mache ich nachmittags immer Yoga.«

»Dauert das lange?« Luisa schielte auf ihre Armbanduhr. Um fünf Uhr, spätestens um halb sechs, musste sie zur Arbeit fahren.

»Ich habe gerade erst damit angefangen.«

»Und wann bist du fertig?«

»Das weiß ich nicht. Zwanzig, dreißig Minuten? Beim Yoga darf man nicht hetzen.«

»Hast du danach Zeit?«

»Nein. Ich muss Oma Lisbeth vom Friedhof abholen.«

»Das habe ich schon erledigt.«

»Fein! Dann kann ich mich ja stattdessen auf die Nachhilfestunde vorbereiten.«

Luisa seufzte.

Diese Unterhaltung lief schon wieder nach dem üblichen Schema ab: Bianca blockierte jeden ihrer Vorschläge und sie selbst reagierte zunehmend gereizt.

Sei du die Klügere von euch beiden und gib nach!, hörte sie ihre Großmutter sagen.

Nun gut, sie würde es zumindest versuchen. Die Sache war zu wichtig, um sie auf die lange Bank zu schieben.

»Darf ich reinkommen und zuschauen?«, fragte sie deshalb.

Bianca blinzelte verblüfft. »Das ist jetzt nicht dein Ernst, oder?«

»Bitte!«

Es lag wohl an ihrem flehenden Tonfall, dass ihre Schwester tatsächlich schweigend zurücktrat und sie ins Haus ließ. Oder an Biancas chronischer Neugier. Sie ahnte vermutlich, dass es um mehr ging als nur eine kostenlose Yogastunde.

»Ich war ewig nicht mehr hier.« Luisa folgte ihrer Schwester und sah sich dabei interessiert um. Die Einrichtung gefiel ihr, auch wenn Bianca einen ganz anderen, viel wilderen Stil bevorzugte als sie selbst.

Alles war knallig und bunt, angefangen von den roten Zimmerwänden bis hin zu den farbig gemusterten Vorhängen und Teppichen. Schränke und Regale waren vollgestopft mit allem möglichen Krimskrams, und in jedem Zimmer hing ein Windspiel von der Decke, das zarte Klänge von sich gab. Leider lag in jedem Zimmer aber auch mindestens eine Katze herum und in der Küche roch es unangenehm nach Dosenfutter.

Doch zum Glück führte Bianca Luisa an der Küche vorbei in ihr kleines Arbeitszimmer, das nur aus einem wuchtigen Holzschreibtisch, einem Drehstuhl und einer vertrockneten Yuccapalme bestand. Zwischen Pflanze und Schreibtisch hatte Bianca eine Matte ausgebreitet, auf der sie jetzt Platz nahm und zu Luisa aufsah.

Diese setzte sich auf den Drehstuhl. »Das passt doch prima. So können wir uns gut unterhalten.«

»Beim Yoga redet man nicht, sondern taucht in die Tiefe des menschlichen Seins ein. Das hat schon der große Meister Bellur Iyengar gesagt.«

»Dann muss der große Meister Bello jetzt mal damit leben, dass wir ein wenig schummeln.«

»Genug der schlechten Witze!« Bianca runzelte die Stirn. »Was willst du wirklich, Luisa?«

»Mit dir über die Zukunft des Weingutes reden.«

»Warum? Sollen wir festlegen, wann wir verkaufen? Oder an wen? Wie wir den Verkaufserlös aufteilen? Oder wer die restlichen Flaschen bekommt?«

»Nein.« Luisa schüttelte den Kopf. »Ich …«

»Für dich mag es ja nur um ein paar Tausend Euro gehen«, unterbrach Bianca sie. »Aber für uns geht es um unsere Existenz. Unser Zuhause. Hast du dir das mal überlegt?«

»Ja, das habe ich. Deshalb …«

»Ich will nicht weg von hier und in irgendeine blöde Zweizimmerwohnung ziehen.«

»Herrgott! Das will ich doch auch nicht! Jetzt lass mich doch mal ausreden!«

»Bitte sehr!«

»Ich denke, wir können das Weingut retten.«

»Was?« Ungläubig starrte Bianca ihre Schwester an. »Das sind ja völlig neue Töne.«

»Ich weiß. Ich kann es selbst kaum glauben.«

»Wenn das jetzt eines deiner Spielchen werden soll, dann kannst du gleich wieder gehen!« Bianca deutete zur Tür.

»Das ist kein Spiel, sondern mein voller Ernst.«

»Und wie stellst du dir das vor? Gestern noch hast du alles schlechtgemacht. Ist dir vielleicht über Nacht ein genialer Plan eingefallen?«

»Nein. Nur ein paar Ideen. Deshalb bin ich hier. Ich will wissen, was du davon hältst.«

»Seit wann interessiert es dich, was ich denke?«

»Wir können diese Sache nur gemeinsam schaffen. Ich brauche dich.«

»Hm.« Bianca sah noch nicht überzeugt aus.

»Dies ist ein Familienweingut«, fuhr Luisa deshalb fort. »Mit Betonung auf dem Wort Familie. Ich weiß, dass wir nicht gerade die harmonischste Truppe sind. Aber wir haben mehr gemeinsam als bloß denselben Nachnamen. Wir tragen Charlottes Gene in uns. Wir sind Schwanthalers.«

»Du kannst ja richtig poetisch sein.«

»Wenn es wirklich wichtig ist, kann ich vieles.« *Sogar eine Engelsgeduld mit dir haben,* setzte Luisa in Gedanken hinzu. »Bitte hör mich an!«

Bianca zögerte.

Ihr Blick huschte zwischen Luisa und der Yogamatte hin und her. »Einverstanden. Allerdings brauche ich vorher noch ein wenig Sport.«

»Okay.« Luisa machte eine einladende Geste Richtung Matte. »Ich schaue dir gern zu.«

»Nichts da!« Bianca lächelte zuckersüß und sofort schrillten bei Luisa sämtliche Alarmglocken. Genauso hatte ihre Schwester früher schon immer gegrinst, wenn sie etwas Hinterhältiges geplant hatte. »Du machst mit! Je entspannter wir beide sind, umso besser können wir uns hinterher konzentrieren.«

Luisa nickte ohne echte Begeisterung.

Es hätte sie schlimmer treffen können. Zwar hasste sie jede Art von Sport. Aber wenn das die einzige Bedingung für Biancas Gesprächsbereitschaft war, dann würde sie eben ein bisschen Yoga machen. So schwer konnte es ja nicht sein.

Eine halbe Stunde später wusste sie es besser.

Yoga war schwierig.

Und anstrengend.

Aber vielleicht lag das auch nur daran, dass Bianca bei den Übungen keinerlei Rücksicht darauf nahm, dass Luisa als Anfängerin völlig untrainiert war und noch dazu auf dem harten Boden lag.

Vom Sonnengruß war es sehr schnell zur Kobra und ins Brett gegangen. Allmählich spürte Luisa Muskeln und Bänder, von deren Existenz sie bislang keine Ahnung gehabt hatte. Ihr ganzer Körper schmerzte, aber sie zwang sich eisern dazu, jede der Übungen mitzumachen. Zum Glück hatte Bianca die Katzen ausgesperrt, sodass sie sich ungestört auf ihre Bewegungen konzentrieren konnte.

»Jetzt kommt die Heuschrecke«, verkündete Bianca von ihrer Matte aus.

Erleichtert atmete Luisa auf. »Das klingt nach Hüpfen.«

Endlich mal eine schnelle, unkomplizierte Aktion im Stehen.

»Oh, nein, bleib auf dem Bauch liegen!«, rief Bianca. Sie wirkte weder außer Atem noch besonders angestrengt. »Du streckst deine Arme und Beine aus. Ja, so ist es gut. Und jetzt hebst du sie an und atmest ruhig und entspannt weiter.«

»In dieser Position?«, presste Luisa mühsam hervor. »Wie lange denn?«

»Och, schon noch ein paar Atemzüge. Und ein … und aus … und ein …«

»Ich kann nicht mehr!«

»Stell dich nicht so an und denk an was Schönes.«

»Ich weiß nichts«, jammerte Luisa.

»Wann hattest du das letzte Mal Sex? Denk daran!«

»Gestern. Mit Jörn«, rutschte es Luisa heraus.

»Hä?« Bianca ließ Arme und Beine gleichzeitig fallen.

Erleichtert tat es Luisa ihr nach und setzte sich auf. Sie hatte eigentlich nicht vorgehabt, ihrer Schwester von Jörn zu erzählen. Aber sie hatte ja auch nicht ahnen können, welche Ausmaße diese Yogaübungen annehmen würden.

Da kam jeder Vorwand für eine Pause gelegen.

»Und wie war es so?« Bianca lag immer noch auf dem Bauch, hatte den Kopf auf ihre Arme gestützt und fixierte Luisa mit einem neugierigen Blick.

»Sehr … äh … nett.«

»Bist du immer noch so prüde? Dann weiß er hoffentlich, dass er dich jetzt heiraten muss.«

»So eine Art von Beziehung ist das nicht.«

»Bei ihm überrascht mich das nicht.« Bianca schüttelte den Kopf. »Aber dir hätte ich das nicht zugetraut.«

»Kannst du die Musik ein wenig leiser drehen?« Luisa gefiel

die seltsame Mischung aus Harfenspiel und Panflöte überhaupt nicht.

Achtlos schaltete Bianca ihr Handy aus. »Und wie geht es jetzt weiter mit euch?«

»Keine Ahnung. Gar nicht, nehme ich an. Bis auf ein paar gelegentliche Treffen.«

»Ich fasse es nicht. Meine Spießerschwester steht neuerdings auf Freunde mit gewissen Vorzügen.«

»Du bist aber jetzt nicht eifersüchtig, oder?«, erkundigte sich Luisa vorsichtig.

»Nein. So einer wie Jörn ist selbst mir zu eigenbrötlerisch und zu unzuverlässig.«

Diese Bemerkung musste Luisa erst einmal verdauen. Wenn schon ihre Schwester Bedenken anmeldete, konnte es um Jörns Ruf wirklich nicht zum Besten stehen …

»Jetzt kommt übrigens die Shavasana-Stellung«, unterbrach Bianca ihre Gedanken und rückte ein Stück zur Seite. »Magst du dich zu mir auf die Matte legen?«

»Wieso? Ist das etwa eine dieser anstrengenden Partnerübungen mit gegenseitigem Anschubsen, die ich schon in der Schule abgrundtief gehasst habe?«

»Nein. Wir liegen nur nebeneinander, schließen die Augen und lauschen der Stille.«

»Okay …« Zögernd ließ sich Luisa neben ihrer Schwester zu Boden sinken.

»Deine Arme und Beine müssen locker gestreckt sein«, erklärte Bianca. »Die Füße fallen nach außen, die Handflächen zeigen nach oben. Ja, so ist es gut. Und jetzt mach die Augen zu und entspann dich!«

Luisa gehorchte.

Auf der weichen Matte war es viel bequemer als auf dem Boden. Eine Zeit lang atmete sie genüsslich die frische Luft ein, die durch das geöffnete Fenster ins Zimmer strömte, und versuchte lockerzulassen.

Vergeblich. Die ungewohnte körperliche Betätigung hatte ihren Kreislauf angekurbelt. Außerdem jagte in ihrem Kopf immer noch ein schwerwiegender Gedanke den nächsten. An Entspannung war dabei nicht zu denken.

Also öffnete Luisa ihre Augen wieder und starrte nach oben. »Du hast ja den kleinen Prinzen und ganz viele Sterne an die Decke gemalt«, flüsterte sie gerührt.

Bianca antwortete nicht.

»Weißt du noch, wie wir das für Papa gemacht haben? Der fand das leider überhaupt nicht lustig.« Luisa schmunzelte. »Es ist ein Wunder, dass keine von uns beiden damals von der Leiter gefallen ist.«

Noch immer sagte Bianca nichts.

»Und weißt du noch, wie wir den Badezimmerspiegel mit Mamas Lippenstift bemalt haben? Nur, weil wir wissen wollten, ob man sich dann noch darin sehen kann. Danach durfte ich drei Wochen kein Fernsehen mehr schauen«, fuhr Luisa fort, völlig versunken in ihre Erinnerungen.

Yoga schien extrem besinnlich zu stimmen.

»Du hast damals die ganze Schuld auf dich genommen«, murmelte Bianca.

»Na ja, ich war ja auch diejenige, die den Lippenstift in der Hand hatte, als wir entdeckt wurden. Und du hast dich hingestellt und behauptet, du hättest nur zugeschaut.«

»Du hast mich nicht verraten.«

»Ja, das war eigentlich total nett von mir.« Luisa setzte sich auf.

»Fand ich auch.« Bianca nickte versonnen. »Nicht alles war schlecht zwischen uns.«

»Zum Beispiel damals, als wir den dicken Nachbarsjungen

verprügelt haben, der dich immer geärgert hat. Da waren wir ein richtig gutes Team.«

»Oder als du mir in der Schule geholfen hast, mein Zeichenprojekt pünktlich abzugeben …«

»… obwohl ich künstlerisch total unbegabt bin«, ergänzte Luisa lachend.

Bianca winkte ab. »Deshalb gab es auch nur eine Vier. Aber egal.«

»Die Sache mit der kaputten Fensterscheibe!«

»Der geliehene Hund!«

»Die Kröten in der Badewanne!«

Beide kreischten auf und bald schon schwebten die wildesten Erinnerungen zwischen ihnen hin und her.

Gemeinsames Warten aufs Christkind.

Geteiltes Leid bei Windpocken und Mumps.

Kichernde Gespräche unter der Bettdecke.

Ihre Kindheit. Ihre Jugend. Ihre Familie.

»Eigentlich war es ja doch ganz lustig mit uns beiden«, meinte Luisa schließlich und wischte sich eine Lachträne aus den Augen. »Auch wenn wir total verschieden waren.«

Bianca erhob sich und zupfte ihr T-Shirt zurecht. »Wir sind es noch.«

»Nur können wir damit nicht mehr so gut umgehen.«

»Das finde ich sehr schade«, entgegnete Bianca leise. Man konnte ihr förmlich ansehen, wie schwer ihr dieses Geständnis gefallen war.

»Das finde ich auch«, beeilte sich Luisa zu sagen. »Aber vielleicht …«

»Ja?«

»Vielleicht sollten wir einfach toleranter miteinander sein. Wir sind nun mal so, wie wir sind.«

»Und wir werden uns auch nicht mehr ändern.«

»Genau! Du hast Ecken und bei mir sind ein paar Kanten hinzugekommen.«

»Schön formuliert!« Bianca streckte ihre Hand aus. Luisa schlug ein und ließ sich hochziehen. »Darf ich mir den letzten Satz für meine Bücher notieren?«

»Gern. Gleich nachdem wir über die Zukunft des Weingutes gesprochen haben.«

»Oh, gut! Ich habe mich schon gefragt, wann du wieder damit anfängst.«

»Erst musstest du mich ja ins Schwitzen bringen.«

»Das habe ich extra gemacht.«

»Meinst du, das weiß ich nicht? Du hast es genossen, mich herumzukommandieren.«

»Und du hast dich viel besser geschlagen, als ich erwartet habe.«

»Danke.« Luisa trat ans Fenster und fächelte sich etwas Luft zu.

Draußen im Hof saß Amelie immer noch vor dem Laptop. Oma Lisbeth lag mit einem viel zu großen Sonnenhut auf einem Liegestuhl und Marlies hob gerade einen Einkaufskorb mit Erdbeeren vom Fahrrad. Wenn man sich anstrengte, konnte man den süßlich-aromatischen Duft der Früchte sogar bis hierher riechen.

»Dieser Ort war immer mein Zuhause«, sagte Luisa. »Aber erst in den letzten Tagen ist mir klar geworden, was das wirklich bedeutet.«

»Charlottes Brief?«

»Nicht nur das. Dieser Ort hat etwas Magisches. Sein Boden. Die Reben. Die Luft …«

»Du liebe Güte, Luisa! Kaum machst du ein bisschen Shavasana, schon redest du wie ein völlig anderer Mensch.« Bianca trat neben sie.

»Ich glaube, ich bin ein anderer Mensch als noch vor ein paar Wochen.«

»Jetzt mache ich mir ernsthaft Sorgen um dich. Was ist los?«

»Könntest du dir vorstellen, das Weingut mit mir gemeinsam zu führen?«, platzte es aus Luisa heraus.

»Was?«

»Eine gemeinsame Leitung. Du und ich. Ich würde mich um Produktion und Finanzen kümmern, du übernimmst Marketing und Vertrieb. Die Renovierung steuern wir natürlich gemeinsam.«

»Renovierung? Aber … aber mit welchem Geld denn?«

»Mit meinem. Ich habe einiges angespart und wollte mir davon eigentlich eine Wohnung kaufen. Ich glaube aber, dass mein Geld hier viel sinnvoller angelegt wäre.«

»Du willst dich also im großen Stil einkaufen.«

»Sozusagen, ja.«

»Dann wärst du meine Chefin. Und ich müsste im Zweifelsfall tun, was du sagst.«

»Das … äh … wäre besser so.«

Bianca dachte kurz nach, dann blitzten ihre Augen auf. »Aber wenn du nicht da bist, habe ich die Leitung. Und da du sowieso viel im Restaurant arbeitest, werde ich die Hälfte der Zeit Chefin sein.«

»Nicht ganz. Ich werde im *Kaiserhof* kündigen und mich voll auf das Weingut konzentrieren.«

»Oh!« Bianca runzelte die Stirn.

»Ändert das was?«

»Vielleicht … darüber muss ich erst nachdenken.«

Was nun folgte, war minutenlanges Schweigen.

Luisa hatte keine Ahnung, wie Bianca auf ihren Vorschlag reagieren würde. Ihre Schwester starrte aus dem Fenster und schien das Für und Wider abzuwägen.

»Na schön«, sagte sie schließlich. »Weil es dein Geld ist, ist es nur fair, dass du auch die Leitung übernimmst …«

Luisa fiel ein Stein vom Herzen. Bis zu diesem Moment hatte sie gar nicht realisiert, wie wichtig ihr die Zustimmung ihrer Schwester gewesen war.

»… obwohl ich ja auch erst neulich sechstausend Euro beigesteuert habe«, fügte Bianca mit spitzer Stimme hinzu.

»Erinnere mich nicht daran!«, stöhnte Luisa. »Darüber müssen wir dringend mit Jonathan reden. Ich will, dass das alles legal dokumentiert wird. Als Schenkung oder so. Sonst kriegt der Junge Ärger mit den Finanzbehörden.«

»Jaja, schon gut.«

»Und ab jetzt lassen wir die Finger von krummen Geschäften!«

»Jawoll!«

»Ich meine das ernst.«

»Ich auch.«

»Dann ist jetzt alles zwischen uns geregelt und du bist einverstanden?«

Bianca zuckte mit den Achseln. »Für mich ist das okay.«

Luisa lächelte, gerührt und erleichtert zugleich.

Es war okay. Kein schöner Begriff, aber ein passender.

Keine hundertprozentige Zustimmung, aber auch keine Ablehnung. Das musste vorerst reichen.

Viel wichtiger war es, dass sie sich jetzt langsam zusammenrauften. Und sich endlich so akzeptierten, wie sie nun mal waren.

Die eine mit Ecken, die andere mit Kanten.

Keine besten Freundinnen.

Aber Schwestern.

35

Die Erdbeeren waren süß und saftig.

Marlies verzichtete darauf, sie zu zuckern oder mit Vanillesauce zu übergießen – pur schmeckten sie am besten. Vorsichtig halbierte sie eine Frucht nach der anderen und gab sie in eine große Glasschüssel.

Die Frau vom Erdbeerstand hatte gesagt, dass in den nächsten Tagen so viele Früchte reifen würden, dass es sich anböte, Marmelade davon zu kochen. Auch die Stachelbeeren waren bald fällig. Daraus würde sie ein leckeres Kompott zubereiten. Oder einen Blechkuchen mit Sahneguss backen.

Marlies liebte diese Jahreszeit, in der Obst und Gemüse im Überfluss vorhanden waren. Momentan fand sie auch noch genug Zeit zum Einkochen. Später, im Sommer und Herbst, würde sie nur noch im Weinberg beschäftigt sein.

Oder auch nicht. Das wusste sie immer noch nicht so genau. Und ihr sagte ja auch keiner was.

Weder Luisa noch Bianca hatten sich noch einmal zu Charlottes Brief und seinen Folgen geäußert. Genau genommen hatte Marlies ihre Töchter heute noch gar nicht gesprochen.

Luisa war erst sehr spät aufgestanden und dann mit dem Auto weggefahren. Und Bianca hatte sich den ganzen Tag nicht blicken lassen. Allerdings war das nicht ungewöhnlich, sie tauchte oft stundenlang nicht auf, wenn sie an einem neuen Manuskript arbeitete.

»Marlies?« Jörn Freese steckte seinen Kopf zur Küchentür hinein.

Richtig! Jörn war ja auch noch da!

»Ja?« Sie blickte von den Erdbeeren auf.

»Hast du Luisa irgendwo gesehen?«

»Nein. Soll ich ihr etwas ausrichten?«

»Danke! Das sage ich ihr lieber selbst.«

»Kommst du später zum Abendessen?« Sie deutete auf die Glasschüssel. »Es gibt Erdbeeren zum Nachtisch.«

»Heute nicht.« Er trat zu ihr an den Küchentisch. »Das … äh … passt nicht. Ich muss morgen sehr früh raus und bin dann mehrere Tage unterwegs.«

»Schon wieder?«

»Ja, ein paar zusätzliche Weiden. Das ließ sich nicht anders einplanen.«

»Wie schade!«

»Tja«, murmelte Jörn und nahm sich eine Erdbeere. »Finde ich auch.«

Mit diesen Worten verschwand er wieder.

Nachdenklich starrte Marlies ihm hinterher. Jörn hatte irgendetwas auf dem Herzen, das spürte sie. Und offensichtlich hatte das etwas mit Luisa zu tun. Vielleicht stimmte ihre Ahnung ja doch? Vielleicht lief da wirklich etwas zwischen den beiden.

Vielleicht war Luisa gestern Nacht bei ihm gewesen? Nachdenklich ließ Marlies das Obstmesser sinken. Gut möglich.

Doch sie kam nicht mehr dazu, über ihre Theorie nachzugrübeln, denn in diesem Moment wurde die Tür geöffnet und Bianca stürmte in die Küche. Gleich darauf folgten Luisa und Amelie und dann, etwas langsamer, auch Oma Lisbeth.

»Es gibt etwas Tolles zu bereden!«, rief Bianca.

»Deshalb machen wir jetzt eine Familienkonferenz«, fügte Luisa hinzu.

»Eine was?« Oma Lisbeth nahm ihren Sonnenhut ab. »Warum das denn?«

»Lecker! Erdbeeren!« Amelie versenkte ihre Finger in der Glasschüssel.

»Setzt euch!« Auffordernd deutete Luisa auf die Eckbank. Sie wirkte ein wenig verschwitzt, aber auch deutlich entspannter als noch gestern Nacht.

»Ich muss mir erst die Hände waschen.« Marlies eilte zum Waschbecken und zog Amelie mit sich. »Du auch!«

So dauerte es eine Weile, bis alle Platz genommen hatten.

»Wir haben euch etwas Wichtiges zu sagen«, verkündete Luisa mit feierlicher Stimme und tauschte einen schnellen Blick mit ihrer Schwester. »Wer von uns beiden fängt an?«

»Ich.« Umständlich klemmte sich Bianca eine Haarsträhne hinter das Ohr. »Es geht um das Weingut. Wir – also Luisa und ich –, wir würden es gern übernehmen.«

»Was?«, entfuhr es Marlies. »Ihr beide?«

Gleich darauf bemerkte sie, dass sie anscheinend die Einzige war, die von dieser Nachricht überrascht wurde. Amelie nickte nur vielsagend, als hätte sie Biancas Ankündigung schon mal gehört. Und Oma Lisbeth lächelte zufrieden und stellte keine weiteren Fragen.

»Aber … aber … wie?«, stammelte Marlies.

»Mit viel Zeit und viel Geld«, erklärte Luisa. »Wir müssen unsere Produktionsanlagen erneuern, die Ernte veredeln und neue Käufer gewinnen. Da man das nicht nebenberuflich schaffen kann, werde ich im Restaurant kündigen und hier die Leitung übernehmen.«

»Und ich die Stellvertretung«, warf Bianca ein.

»Genau!«, bestätigte Luisa. »Das ist aber noch nicht alles.«

Sie räusperte sich. »Wir werden unserem Weingut zu altem Glanz verhelfen und es im großen Stil renovieren. Zusätzlich werden wir auch noch Platz für einen Verkaufsraum und ein Bistro schaffen.«

»Moment!«, rief Marlies. »Das geht mir jetzt alles ein wenig zu schnell.«

Sie lehnte sich zurück und versuchte zu begreifen, was sie gerade gehört hatte.

Es kam ihr vor wie ein Traum. Die Erfüllung ihres Herzenswunsches. Der Lohn für jahrelanges Hoffen.

Nur ein Detail störte sie. »Wenn ihr beiden die Leitung übernehmt, wo ist denn dann Platz für mich?«

»Das darfst du dir aussuchen«, entgegnete Luisa. »Aber wir dachten, mehr so … im Hintergrund.«

»Ich könnte mir vorstellen, dass du dich im Bistro sehr wohlfühlen würdest«, fügte Bianca schnell hinzu. »Du kochst doch so gern und verwöhnst deine Gäste.«

»Aber natürlich nur, wenn du willst«, meinte Luisa. »Denn eigentlich ist es an der Zeit, dass du dir ein wenig mehr Ruhe gönnst.«

»Ich soll abtreten?« Energisch schüttelte Marlies den Kopf. »Nie und nimmer! Erst recht nicht, wenn wir einen Neuanfang wagen. Ich lasse euch doch nicht im Stich!«

»Es muss dir aber klar sein, dass zukünftig Luisa und ich das letzte Wort haben«, sagte Bianca.

»Ihr beide?« Skeptisch sah Marlies von einer zur anderen. »Ihr könnt euch doch keine fünf Minuten vertragen.«

»Wir arbeiten daran«, erwiderte Luisa lächelnd.

»Genau!«, echote Bianca.

Beide sahen aus, als ob sie es dieses Mal wirklich ehrlich miteinander meinten.

Also beschloss Marlies, ihren Töchtern zu vertrauen. »Einverstanden! Ihr habt das Sagen. Aber ich weiß jetzt schon, dass ihr nicht ohne mich zurechtkommen werdet. Ihr braucht meinen Rat, meine Unterstützung und meine Vermittlung im Streitfall. Außerdem …«

»Marlies! Entspann dich!«, unterbrach Oma Lisbeth ihre Schwiegertochter. »Gönn dir doch die Ruhe! Ich persönlich kann sehr gut damit leben, nur noch auf der Bank zu sitzen und zuzuschauen. Vielleicht erzähle ich unseren Gästen hin und wieder auch mal etwas von Charlotte Schwanthaler.«

»Das sollten wir unbedingt tun«, meinte Amelie. »Schließlich haben wir es Charlotte zu verdanken, dass wir jetzt alle hier sitzen und Pläne schmieden.«

»Du könntest ihre Geschichte aufschreiben«, sagte Marlies zu Bianca. »Das drucken wir dann als Buch und legen es zum Verkauf aus.«

Luisa nickte. »Falls wir alte Fotos von Charlotte haben, müssen wir die unbedingt auch im Verkaufsraum aufhängen!«

»Moment mal! Das sind gute Ideen. Ich mache besser mal eine Liste.« Amelie holte ihr Smartphone heraus und tippte eifrig mit.

Bald schon überboten sich die Frauen mit Vorschlägen.

»Es wäre toll, wenn wir den großen Kamin im alten Schankraum wieder zum Laufen bringen könnten.«

»Hühner! Wir brauchen Hühner!«

»Wir müssen auf jeden Fall das alte Schwanlogo von Charlotte übernehmen.«

»Im Winter veranstalten wir Weihnachtsfeiern.«

»Und Hochzeiten natürlich auch. Die aber nicht nur im Winter.«

»Ich kümmere mich mit Jonathan zusammen um eine moderne Website für unser Weingut.«

»Den Weinkeller kann man bestimmt wunderschön renovieren, dann bieten wir dort Führungen und Proben an.«

»Wartet!« Amelie sprang auf, klatschte in die Hände, und

das Stimmengewirr verstummte. »Eine ganz wichtige Frage haben wir noch gar nicht geklärt.«

»Und die wäre?«, fragte Luisa lächelnd.

»Wir sind uns doch alle einig, dass wir den besten Riesling des Rheingaus produzieren wollen, oder?« Erwartungsvoll blickte Amelie in die Runde.

Alle nickten.

»Aber wie nennen wir unseren Riesling? Ich finde, er hat einen besonderen Namen verdient.«

»Das können wir doch später immer noch klären«, meinte Luisa und winkte ab.

Doch niemand beachtete sie.

»*Schwanthalers Bester*«, schlug Oma Lisbeth vor.

»Oder einfach nur *Schwanthalers Riesling*«, meinte Marlies.

»*Kater Archimedes' Lieblingstropfen.*« Das kam natürlich von Bianca.

»Ach, alles Quatsch!«, rief Amelie. Ihre Wangen glühten vor Aufregung. »An die einfachste Lösung denkt mal wieder kein Mensch.«

»Und die wäre?«, wollte Luisa wissen.

»Unser Wein verdient nur einen Namen.« Amelie räusperte sich. »Den schönsten und passendsten.« Ihre Stimme klang ungewohnt feierlich. »Unser Riesling bekommt den Namen *Charlotte*!«

36

»*Charlotte.*« Bert nickte anerkennend. »Was für eine tolle Idee!«

»*Ma très chère* wäre auch passend gewesen«, sagte Luisa. »Aber dieser Name ist ja schon vergeben.«

»Durch jemanden, der viel ältere Rechte hatte als ihr.«

»Richtig. Mein französischer Urgroßvater Paul Belfort. Ich kann das immer noch nicht so richtig glauben.«

»Du solltest ins Elsass fahren und ein Familientreffen veranstalten.«

»Das hängt ganz davon ab, ob meine Großmutter und ihr Halbbruder das wollen. Aber wer weiß, was sich dann daraus entwickelt? Vielleicht können wir für die Weinvermarktung so eine Art überregionale Partnerschaft starten.«

»Hört sich gut an«, meinte Bert. »Darauf trinken wir. *À notre santé!*«

Zur Feier des Tages hatte Luisa nach Dienstschluss eine Flasche Champagner spendiert. Nun saßen die beiden schon seit einer Stunde an ihrem Lieblingstisch im leeren Restaurant zusammen und feierten die Ereignisse der letzten beiden Tage.

»Gestern und heute ist in meinem Leben mehr passiert als in den letzten zehn Jahren davor«, meinte Luisa. »Morgen früh muss ich mich bestimmt kneifen, wenn ich wach werde. Sonst glaube ich das nicht.«

»Morgen früh musst du dich als Erstes übergeben, wenn du weiter so schnell trinkst«, grinste Bert und holte eine große Flasche Mineralwasser an den Tisch.

»Das macht nichts. Dieser Abend ist es wert.« Glückselig strahlte sie ihn an. »Weil ich endlich weiß, was ich will. Und dabei auch noch ein gutes Gefühl habe.«

»Na, dann ...« Noch einmal prostete Bert ihr zu, und Luisa genoss das frische, prickelnde Gefühl des kalten Champagners auf ihrer Zunge.

»Geht das Feiern später zu Hause weiter?«, fragte er, als beide ihre Gläser wieder abgestellt hatten.

»Nein, die schlafen doch schon alle. Wir haben das Feiern aufs kommende Wochenende vertagt.«

»Jörn ist bestimmt noch wach.«

»Schlechtes Thema.« Luisa winkte ab.

»Wieso schlechtes Thema? Er scheint mir ein ganz netter Mann zu sein.«

»Aber er will nichts Festes.«

Luisa überlegte, ob sie Bert von der gemeinsamen Nacht mit Jörn erzählen sollte. Doch dann entschied sie sich dagegen. Bert war so etwas wie ein väterlicher Freund für sie geworden – und mit ihrem Vater hätte sie dieses Thema sicherlich niemals freiwillig diskutiert.

»Ich weiß nicht, ob ich auf Dauer mit einer lockeren Beziehung klarkäme«, sagte sie stattdessen. »Was ist, wenn er mehrere Freundinnen gleichzeitig hat?«

»Aber was, wenn nicht? Er könnte genauso gut feststellen, dass du die einzig Richtige bist.«

»Du lebst im falschen Jahrhundert.« Luisa schraubte die Wasserflasche auf und nahm einen großen Schluck. »Das wird niemals passieren.«

»Macht dich das traurig?«

Sie nahm noch einen Schluck Wasser und dachte nach. War sie unglücklich über das, was sie mit Jörn begonnen hatte? »Ich weiß es nicht«, musste sie ehrlich zugeben. »Frag mich in ein paar Monaten noch mal.«

»Das werde ich.«

»Und jetzt lass uns von was anderem reden.«

»Zu Befehl!« Bert nickte gutmütig. »Dann erzähl mir doch noch mal in Ruhe von euren großen Plänen. Ich will alle Einzelheiten wissen.«

Ausführlich beschrieb ihm Luisa, welche Umbauten und Veränderungen sie planten. »Ich kann das jetzt schon genau vor mir sehen«, schwärmte sie zum Abschluss ihres Berichtes. »Ein neuer Teich mit Wasserfontänen und bunten Lichtern. Überall Blumen und Palmen. Picknickkörbe und Sonnenschirme. Fackeln, Kerzen und ausgediente Holzfässer im Weinkeller. Und ein kleines Charlotte-Museum im Verkaufsraum.«

»Das klingt wunderschön«, meinte Bert. »Ich bin schon ganz neidisch. Ihr braucht nicht zufällig einen pensionierten Barkeeper für euer Bistro?«

»Für dich ist immer eine Stelle frei, das weißt du doch.«

»Ich bin übrigens auch sehr gut darin, Baustellen zu beaufsichtigen«, bemerkte er grinsend.

Luisa runzelte die Stirn. »Ist das ein ernst gemeintes Angebot?«

»Natürlich. Ich würde liebend gern helfen.«

»Du könntest uns tatsächlich viel Arbeit abnehmen«, überlegte sie. »Bei dir wäre der Umbau in besten Händen.«

»Ich müsste allerdings meinen Dackel mitbringen.«

»Oma Lisbeth wird sich freuen.«

»Und ich sollte eines eurer Autos benutzen dürfen, wenn ich mal was aus dem Bauhandel besorgen muss.«

»Kein Problem.«

»Gegen die gute Verpflegung durch deine Mutter hätte ich auch nichts einzuwenden.«

»Das hört sie sicherlich gern.«

»Wann wollt ihr beginnen?«

»Am liebsten sofort.«

»Ab Juli bin ich flexibel.«

»Dann wäre das also beschlossen?«

»Sehr gern!« Bert lachte. »So schnell und effektiv habe ich noch nie Vertragsverhandlungen geführt.«

»Was dein Gehalt betrifft …« Luisa zögerte. »Da kann ich noch nichts endgültig versprechen. Ich muss mir erst mal einen vollständigen Überblick über alles verschaffen.«

»Ach, das regeln wir schon. Du weißt hoffentlich, dass ich notfalls auch ohne Bezahlung aushelfen würde.«

»Und du weißt hoffentlich, dass ich das niemals zulassen würde.«

»Dann steht unserer Zusammenarbeit ja nichts mehr im Wege.«

»Meine Familie wird begeistert sein. Du hast großen Eindruck hinterlassen, besonders bei meiner Mutter.«

»Das freut mich. Sie ist eine charmante Frau. Ich hoffe, ihr habt sie mit euren neuen Ideen nicht zu sehr überfahren. Das hat sie nämlich nicht verdient. Schließlich hat sie den Laden jahrelang am Laufen gehalten.«

»Stimmt. So habe ich das noch gar nicht gesehen. Darüber muss ich mit ihr reden.«

»Tu das!«

»Prost!«

Beide tranken ihre Gläser aus.

»Ich bin wirklich froh, dich mit im Boot zu haben«, sagte Luisa. »Das bedeutet eine Sorge weniger.«

»Es bleiben sicherlich noch genug andere Dinge, um die ihr

euch kümmern müsst«, meinte Bert.

»Erinnere mich nicht daran! Allein der Schriftkram!«

Vor Luisas geistigem Auge erschienen Berge von Aktenordnern, Handwerkerrechnungen, Finanzierungsunterlagen und Formularen für alle möglichen Projekte.

»Wir wollen reinen Tisch machen. Keine Alleingänge mehr und vor allem keine dubiosen Geschäfte. Alles muss von Anfang an transparent sein.«

»Zeitraubend, aber notwendig.«

»Zum Glück gibt es aber auch schönere Dinge, um die ich mich kümmern darf.«

»Ja, das kann ich mir vorstellen. Du wirst viel in den Weinbergen unterwegs sein und ein göttliches Getränk produzieren.«

»Diese Aufgabe reizt mich am meisten, aber ich habe auch riesigen Respekt vor der Verantwortung.«

»Du kriegst das hin.«

»Ich bin schon lange raus aus dem Geschäft.«

»So was verlernt man nicht.«

»Das hoffe ich. Aber es ist ja leider nicht nur damit getan, dass man guten Wein produziert. Viel wichtiger wird es sein, diesen Wein dann auch zu verkaufen.«

»Bei deinen hervorragenden Beziehungen mache ich mir da gar keine Sorgen.«

Berts Zuversicht tat Luisa gut. Beschwingt füllte sie Champagner nach.

»An deiner Stelle würde ich bei unseren Gästen im Restaurant schon jetzt kräftig Werbung machen«, meinte er. »Ich bin mir nämlich sicher, dass sich deine Kündigung bald herumsprechen wird. Dann wollen viele Stammkunden wissen, wohin du gehst. Und ehe du dichs versiehst, stehen sie bei euch im Hof und bestellen Riesling.«

»Ich hätte nichts dagegen …«

In diesem Moment klingelte Luisas Handy und der Name ihrer Mutter erschien auf dem Display.

»Hallo, Mama!«

»Wo bleibst du denn?«, kam es vorwurfsvoll zurück. »Es ist gleich elf Uhr. Ich habe schon angefangen, mir Sorgen zu machen.«

»Alles gut. Ich bin noch im Restaurant.«

»Musst du etwa die ganze Nacht arbeiten?«

»Nein. Es ist nur spät geworden heute Abend und ich habe etwas getrunken.«

»Wie viel denn?«

Luisa warf einen bedauernden Blick auf die leere Champagnerflasche. »Ein bisschen.«

»Dann solltest du vorsichtshalber nicht mehr Auto fahren«, beschloss ihre Mutter. »Ich hole dich ab.«

»Das brauchst du nicht. Ich nehme mir hier im Hotel ein Zimmer, das ist gar kein Problem. Dafür zahle ich nur eine ganz geringe Gebühr.«

»Ach, so ein Unsinn! Ich muss noch schnell was erledigen und fahre dann in dreißig Minuten los. In einer Stunde bin ich bei dir. Zu Hause schläft es sich doch am besten.«

»Aber, Mama …«

»Keine Diskussion! Ich hole dich ab. Bis gleich!«

Damit beendete Marlies das Gespräch.

Entgeistert starrte Luisa auf das Display. »Ich bin sechsundvierzig Jahre alt, angesehene Restaurantchefin und Mutter einer fast erwachsenen Tochter. Aber ich lasse mir von meiner Mutter vorschreiben, was ich tun soll.«

Bert schmunzelte vergnügt. »Eine Mutter bleibt immer eine Mutter, egal wie alt ihr Kind ist. Erst recht, wenn man zusammen wohnt. Daran wirst du dich wohl oder übel gewöhnen müssen.«

Verblüfft stellte Luisa fest, dass sie ebenfalls lächelte. »Zu

Hause schläft es sich am besten, hat sie gesagt. Zu Hause!«

»Was ist falsch an dieser Behauptung?«

»Gar nichts. Es ist nur … vor ein paar Monaten wäre mir dieser Begriff im Zusammenhang mit dem Weingut fremd und ungewohnt vorgekommen.«

»Und jetzt?«

»Jetzt stört mich das nicht mehr. Im Gegenteil. Ich glaube, Rüdesheim ist tatsächlich wieder zu meinem Zuhause geworden.«

»Na, wenn das so ist«, Bert öffnete eine neue Flasche Champagner, »dann sollten wir dein neues Zuhause auch kräftig feiern!«

37

Marlies brauchte nur fünfundzwanzig Minuten nach Wiesbaden. Sie kam schnell voran, um diese Zeit war der Verkehr ruhig und die meisten Ampeln waren abgeschaltet. Um die Stille im Auto zu vertreiben, schaltete sie das Radio an und lauschte den Kommentaren diverser Korrespondenten zur Lage im Nahen Osten. Doch das Thema deprimierte sie, deshalb wechselte sie zu einem Schlagersender.

Helene Fischer sang *Atemlos durch die Nacht*. Schon besser. Noch ein bisschen Udo Jürgens, Andrea Berg und Die Flippers, und schon war sie in Wiesbaden angekommen. Sie parkte den Wagen auf dem Seitenstreifen gegenüber dem Kurhaus, stellte das Radio ab und wartete.

Das prachtvolle Gebäude mit der runden Kuppel war hell erleuchtet. Ein dreistufiger Springbrunnen vor dem Haus schimmerte in allen Farben, ab und zu spiegelte sich der Mond auf der Wasseroberfläche. Ein paar nächtliche Spaziergänger schlenderten über den Platz.

Früher war Marlies oft mit Werner hier gewesen. Sie hatten im Spielkasino kleine Summen verspielt oder waren ins Theater gegangen. Manchmal hatten sie sogar bei Luisa im *Kaiserhof* zu Abend gegessen.

Heute fuhr sie aus Zeitmangel kaum noch nach Wiesbaden. Aber vielleicht würde sich das ja in naher Zukunft ändern? Wenn sie das Weingut an ihre Töchter übergäbe, hätte sie wieder mehr Zeit für sich selbst.

Ein verlockender Gedanke. Einer, der ihr bislang noch gar nicht gekommen war.

Sie könnte wieder mehr für ihre Gesundheit tun. Sprachkurse belegen. Das stadtbekannte *Kaffeehaus Maldaner* besuchen. Und natürlich in der Kirchgasse bummeln gehen …

»Hallo, Mama!« Luisa öffnete die Beifahrertür und ließ sich auf den Sitz fallen.

»Hallo, mein Liebes!« Marlies startete den Wagen.

»Danke, dass du mich abholst.«

»Das mache ich gern. Hattest du Spaß?«

»Ja. Ich hab Bert von unseren Plänen erzählt und wir haben gemeinsam eine Flasche Champagner geleert. Oder vielleicht auch zwei.«

Aha, dachte Marlies. *Ihre Tochter hatte einen kleinen Schwips.*

Laut sagte sie: »Bert ist ein sehr netter Mann.«

»Ungefähr das Gleiche hat er auch über dich gesagt.«

Eine Weile blieb es still.

Marlies musste sich auf den Weg konzentrieren und Luisa spielte mit dem Kleingeld in der Ablage herum. Erst als sie Walluf passiert hatten und längst wieder auf der Landstraße unterwegs waren, meldete sich Luisa erneut zu Wort.

»Du, Mama?«

»Ja?«

»Bist du böse, dass Bianca und ich dich heute mit unserem Vorschlag überfallen haben?«

»Machst du Witze?« Marlies warf ihrer Tochter einen schnellen Blick zu. »Ich freue mich, dass alles so gekommen ist.«

»Obwohl wir dir die Leitung wegnehmen?«

»Ich habe diese Aufgabe nie gewollt, sondern nur aus einer

Notlage heraus übernommen. Nach dem Tod deines Vaters war ja sonst niemand da.«

Luisa stieß einen tiefen Seufzer aus. »Tut mir leid«, murmelte sie. »Vielleicht hätte ich damals schon …«

»Nein, das hättest du nicht! Du warst noch nicht so weit.«

»Manchmal frage ich mich, wie es ausgesehen hätte, wenn ich nie weggegangen wäre. Vielleicht wären uns allen dann viele schwere Jahre erspart geblieben.«

»Was redest du denn da?«

»Ach … ich weiß auch nicht … mir ist gerade ein bisschen melancholisch zumute …«

Offenbar hatte ihre Tochter mehr getrunken, als sie vertrug. Marlies schaltete das Warnblinklicht ein und parkte am Straßenrand.

»Warum hältst du?« Verwirrt blickte Luisa sich um.

»Weil ich dir in die Augen sehen will. Das, was ich dir zu sagen habe, kann ich nicht bei hundert Stundenkilometern auf der Landstraße besprechen.« *Und eigentlich auch nicht, wenn du angetrunken bist,* fügte sie in Gedanken hinzu. Aber das war jetzt auch schon egal. Diese Gelegenheit würde so schnell nicht wiederkommen. Die Chance, ihre Tochter noch einmal in einer so rührseligen Stimmung zu erwischen, war mehr als gering. »Alles ist gut so, wie es ist. Du darfst deine Entscheidungen niemals infrage stellen!«, erklärte sie in eindringlichem Tonfall.

»Aber ich … du … das alles …« Luisa schüttelte den Kopf.

»Ich hatte zwar schwere, aber auch gute Jahre«, unterbrach Marlies sie. »Und ich bin unglaublich stolz auf das, was du in der Ferne erreicht hast. Überleg mal, was du alles verpasst hättest, wenn du geblieben wärst! Deine Karriere. Deine Auslandsaufenthalte. Deine Ehe. Und nicht zuletzt Amelie. Ohne diese Jahre in der Ferne wärst du nicht der Mensch, der du heute bist.«

»Aber vielleicht wäre ich Marcos Frau geworden …«

»… und damit jetzt auch seine Witwe. Ende der Diskussion.«

»Aber …«

»Es ist müßig, darüber nachzudenken, was alles hätte sein können.«

»Wahrscheinlich hast du recht.« Luisa ließ sich zurücksinken und schloss die Augen. Dann atmete sie ein paarmal tief durch. »Du hast mich nie gefragt, was zwischen Marco und mir vorgefallen ist. Damals, bevor ich weggegangen bin.«

»Hättest du es mir denn erzählt?«, wollte Marlies wissen.

»Nein, vermutlich nicht.«

»Erzählst du es mir jetzt?«

»Warum nicht? Mit dem Abstand von so vielen Jahren klingt es vermutlich längst nicht mehr so dramatisch, wie es sich damals angefühlt hat.«

»Dramatisch?«

»Eine ungewollte Schwangerschaft kann für eine Auszubildende ein Drama sein.«

»Ungewollt schwanger?«

Luisa öffnete die Augen wieder und grinste verlegen. »Du kannst deine schrillen Nachfragen einstellen, Mama. Das Ganze hat sich sehr schnell als falscher Alarm entpuppt. Aber da war dann leider auch schon etwas zwischen Marco und mir zerbrochen.«

»Hat er dich etwa mit deinen Sorgen im Stich gelassen?«

»Nein, ganz im Gegenteil. Er hat sich wahnsinnig gefreut. Kannst du dir das vorstellen? Während ich dachte, meine Zukunft wäre vorbei, noch bevor sie richtig begonnen hatte, hat er sich alles bereits in den schönsten Farben ausgemalt: er, ich und das Baby, für immer vereint auf seinem Boot. Mir hat diese Aussicht Angst eingejagt.«

»Ihr wolltet verschiedene Dinge.«

»Das wussten wir auch vorher schon. Nur hatte ich bis zu diesem Moment nie darüber nachgedacht, was das konkret für uns bedeutete. Ich hatte immer gehofft, wir könnten Kompromisse finden.«

»Aber das wollte Marco nicht.«

»Nein. Er war schrecklich enttäuscht, als meine Regelblutung einsetzte, während ich vor lauter Erleichterung am liebsten jubiliert hätte. Danach haben wir alles versucht, unsere Beziehung doch noch zu retten. Aber letztendlich war nichts mehr zu machen.«

»Deshalb hattest du es nach deiner Abschlussprüfung so eilig zu verschwinden.«

»Ja. Ich brauchte neue Perspektiven. Da kam das Angebot aus München genau zur richtigen Zeit. Der Rest ist Geschichte.« Luisa lächelte versonnen. »Meine Geschichte.«

Liebevoll strich Marlies ihrer Tochter über die Wange. »Ich gönne dir ein Happy End.«

»Das gönne ich uns allen.«

»Ich habe überhaupt keine Bedenken, dass wir das schaffen.« Marlies startete den Motor und rollte auf die Straße zurück. Bald schon fuhren sie durch Oestrich-Winkel und Geisenheim.

»Luisa?«

»Ja?«

»Ich muss dir auch etwas gestehen.«

»Was denn?«

»Früher oder später wirst du es sowieso herausfinden.«

»Jetzt bin ich neugierig.«

»Ich habe mir neulich, als Oma Lisbeth und Amelie im Internet unterwegs waren, etwas mitbestellt. Auf deine Rechnung.«

»Der schwarze Push-up-BH mit Spitze?«

Marlies nickte.

»Da bin ich ja beruhigt. Ich hab schon überlegt, wem er besser steht: Oma Lisbeth oder Amelie. Beide Vorstellungen fand ich irgendwie nicht so toll.« Luisa kicherte. »Ich bin froh, dass es deiner ist. Führst du ihn mir mal vor?«

»Gern. Ich weiß noch nicht, ob ich ihn behalte. Du musst mir bei der Entscheidung helfen.« Erneut warf Marlies einen kurzen Seitenblick auf ihre Tochter. Luisa nickte zwar zustimmend, sah aber nicht ganz zufrieden aus. Offensichtlich hatte sie noch etwas auf dem Herzen, das sie gern loswerden wollte.

Marlies beschloss, einfach abzuwarten. Sie wollte die neue Vertrautheit, die sich da gerade zwischen ihnen anbahnte, nicht durch neugierige Fragen belasten.

Ihre Geduld wurde belohnt.

»Kann ich dir jetzt auch etwas beichten?«, fragte Luisa nämlich nach ein paar Minuten.

»Natürlich.«

»Ich habe mit Jörn geschlafen.«

»Was?« Marlies' Fuß wechselte vom Gas auf die Bremse und das Auto geriet ein wenig ins Schlingern. »Entschuldige!«, murmelte sie, als sie den Wagen wieder unter Kontrolle hatte. »Das kam jetzt reichlich unerwartet. Ich meine … ich habe natürlich geahnt, dass da irgendetwas läuft zwischen euch. Aber gleich so viel …«

Luisa lächelte schuldbewusst.

»Seid ihr … seid ihr … zusammen?«

»Nein. So eine Art von Beziehung ist das nicht.«

»Oh.« Marlies wollte lieber nicht wissen, um was für eine Art von Beziehung es sich sonst handelte. Sie konnte es sich denken.

Und das gefiel ihr nicht. Ganz und gar nicht. Aber das würde Luisa kaum interessieren.

Inzwischen hatten sie Rüdesheim erreicht und fuhren die Straße zum Weingut hinauf.

»Er ist übrigens ab morgen wieder weg«, sagte Marlies und erzählte Luisa von Jörns Plänen.

»Das hat er mir gar nicht erzählt.« Ihre Tochter seufzte.

»Muss er natürlich auch nicht ... doch ... dann sollte ich mich noch verabschieden gehen. Oder ist es jetzt zu spät?«

»Keine Ahnung. Aber vom Bürofenster aus kann man sehen, ob bei ihm noch Licht brennt.«

»Was? Vom Bürofenster auch? Mann, sein Zimmer braucht dringend Sichtschutz!«

»Wie bitte?«

»Ach, schon gut.«

Marlies bog in den Hof ein und parkte vor der Scheune.

»Wenn du unbedingt noch zu ihm willst, solltest du vorher einen starken Kaffee trinken«, sagte sie, nachdem sie den Motor ausgemacht hatte. »Das muntert deinen Verstand ein wenig auf.«

Ihre Tochter nickte.

Marlies löste ihren Sicherheitsgurt und öffnete die Tür.

»Mama?«, kam es noch einmal vom Beifahrersitz.

»Hm?«

»Du magst das nicht. Also ... das mit Jörn.«

»Nein.«

»Ich geh aber trotzdem.«

»Ich weiß.«

»Warum sagst du dann nichts?«

»Weil du sowieso nicht auf mich hören wirst.«

»Stimmt. Bei dieser einen Sache höre ich ja nicht mal auf mich selbst.«

Marlies legte einen Arm um Luisas Schultern. »Du wirst schon wissen, was du tust.«

»Danke für dein Vertrauen!« Luisa drückte einen dicken Schmatz auf Marlies' Schläfe. »Und fürs Abholen!« Noch ein Kuss. »Ach, weißt du was?« Ein dritter Kuss. »Danke einfach für alles!«

38

Die Hitze kam früh in diesem Jahr. Schon Anfang Juni stieg das Thermometer auf über dreißig Grad. Die Sonne schien den ganzen Tag, Regen gab es kaum noch und selbst die Nächte blieben mild.

Für die Rebstöcke war das gute Wetter ein Segen. Ihre Triebe reckten sich der Sonne entgegen, die hellen Blüten öffneten sich. Alles, was Luisa und ihre Familie jetzt noch tun mussten, war, abzuwarten, zu bewässern und regelmäßig die Schafe zum Auslichten in den Weinberg zu schicken.

Auch auf dem Weingut kehrte allmählich ein wenig Ruhe ein. Amelie verbrachte jede freie Minute mit Jonathan. Bald schon war der Anblick des jungen Paares, wenn sie eng umschlungen am Rhein entlangbummelten, vielen in Rüdesheim bekannt und vertraut.

Oma Lisbeth stellte ihre Shoppingaktivitäten im Internet vorerst ein. Sie fand, dass sie nun genug neue Accessoires eingekauft hatte. Immerhin rang sie sich endlich dazu durch, ihrem Halbbruder einen Brief zu schreiben. Die ganze Familie wartete gespannt auf eine Antwort.

Marlies gönnte sich ab und zu einen freien Tag in Wiesbaden. Ganz zufällig traf sie dabei auch immer wieder auf

Bert und seinen Dackel – und kam dann abends gut gelaunt und voller Pläne zurück.

Bianca hingegen ging ihrer neuen Aufgabe auf dem Weingut mit Feuereifer nach. Ende Mai hatte sie verkündet, ihr Autorendasein fürs Erste an den Nagel zu hängen – sie habe jetzt Wichtigeres zu tun. Stattdessen lief sie neuerdings in schwarzer Hose und Rüschenbluse herum und versuchte hartnäckig, mit ihrer Schwester Schritt zu halten.

Das war nicht immer ganz leicht, denn auch Luisa war voller Tatendrang. Nach der Kündigung im Restaurant hatte sie ihren gesamten Resturlaub nehmen müssen und war jetzt viel zu Hause. Die freien Tage kamen ihr gelegen, so konnte sie die dringendsten Projekte angehen.

Ein neues Finanzierungskonzept zum Beispiel. Die Verhandlungen mit dem Architekten. Und die Modernisierung der Produktionsanlagen. Wenn alles gut lief, würden schon bald die ersten Handwerker mit ihren Baumaschinen anrollen.

Gleichzeitig kümmerte sich Luisa auch noch um die Einstellung neuer Saisonkräfte und sprach mit befreundeten Winzern darüber, wie man die Qualität des Weines weiter verbessern könnte.

An einem Freitagabend Mitte Juni hatte sie gerade mehrere Winzerkollegen verabschiedet, als Jörn an die geöffnete Bürotür klopfte.

Er war – wie so oft in letzter Zeit – einige Tage unterwegs gewesen. Luisa hatte noch nicht mit seiner Rückkehr gerechnet. Aber eigentlich wusste sie sowieso nie so genau, wann er wieder vor ihr stehen würde – sie hatte den Verdacht, dass er ihr das absichtlich nicht sagte.

»Hast du mal einen Moment für mich?«, fragte er und fuhr sich mehrmals mit den Fingern durch die Haare – ein sicheres Zeichen für Unsicherheit, wie sie inzwischen wusste.

Sie schaute auf die Uhr. »In einer Stunde gibt es Essen.«

»Das reicht.« Er hielt ihr seine Hand hin. »Komm!«

»Seit wann bist du wieder da?«

Er trug nur Jeans, Pulli und Schlappen und hatte wohl bereits geduscht. Sie selbst war wegen des vorausgegangenen Gesprächs immer noch in eleganter Kleidung unterwegs: enges blaues Kleid und schwarze Pumps.

»Ich bin vor einer Stunde gekommen.«

Er führte sie in den Hof und beide nahmen auf einer alten Holzbank Platz. Die Sonne stand schon tief und würde bald hinter dem Wohnhaus verschwinden. Ein Rudel Spatzen schimpfte aufgeregt vom Dach auf sie hinunter, Hunderte von Grillen zirpten im Garten und ein wunderbarer Duft nach Sommer lag in der Luft.

»Was ist los?«, fragte sie, weil er nichts sagte. »Du hast mich sicherlich nicht ohne Grund hierhergelockt.«

»Stimmt.« Sein Blick glitt über ihre Beine und ihren Körper zu ihrem Gesicht. Andächtig, aber auch fast schon ein wenig melancholisch.

Und plötzlich wusste Luisa, was los war. »Du wirst gehen«, stellte sie fest. »Für länger.«

Er nickte.

»Wann?«

»Schon morgen. Ich habe rheinabwärts mehrere lukrative Aufträge bekommen. Die konnte ich nicht ablehnen.«

»Lukrativer als das, was du hier ausgehandelt hast?«

»Ja.«

»Und wer übernimmt dann das Auslichten in Rüdesheim? Du hast hier viele neue Kunden gewonnen.«

»Ein junger Kollege von mir wird das machen. Es ist schon alles geregelt.«

»Fein!« Es verletzte sie, dass er bereits alles in die Wege geleitet hatte und erst jetzt, einen Abend vor seiner Abreise, mit ihr darüber sprach.

»Bist du sauer?«

»Wieso? Du hast mich doch nie im Unklaren darüber gelassen, dass das zwischen uns nichts Festes ist.«

»Du siehst aber trotzdem ziemlich wütend aus.«

»Wann kommst du zurück?«

»Erst im nächsten Jahr. Oder vielleicht auch gar nicht.«

»Was?« Damit hatte sie nicht gerechnet, und sie wusste nicht, wie sie auf seine Ankündigung reagieren sollte. Am liebsten hätte sie ihn geschüttelt und angebrüllt.

Aber er hasste solche Szenen.

Vielleicht war Flucht die bessere Lösung? Sie erhob sich, so schnell es ihre hohen Absätze zuließen.

»Wo willst du hin?«

»Weg. Ich muss aus diesen engen Klamotten raus.«

Auch er stand auf und stellte sich aufreizend dicht vor sie. »Du kannst das Kleid gern bei mir ausziehen«, raunte er ihr ins Ohr.

»Das ist jetzt nicht dein Ernst, oder?« Sie trat einen Schritt zurück. »Du gehst weg, von einem Tag auf den anderen und vielleicht sogar für immer, und erwartest auch noch Abschiedssex? Du hast sie ja nicht mehr alle!«

Plötzlich waren die Tränen da, sosehr sich Luisa auch bemühte, sie zurückzuhalten. Rasch drehte sie sich um und eilte zum Haus.

»Luisa!« Natürlich war Jörn schneller als sie und hielt sie fest.

»Lass mich!« Sie wirbelte herum. »Das ist doch das, wie du es willst, oder etwa nicht? Wir trennen uns ohne viel Worte.«

»Auch Ungesagtes kann verdammt laut sein.«

»Oh, bitte! Ich kann auch hysterisch herumschreien, wenn du magst.«

»Das macht es auch nicht besser.«

»Dann geh doch endlich – und komm nie wieder!«

Noch mehr Tränen liefen ihre Wangen hinab.

»Verdammt!« Mit einer hilflosen Geste versuchte Jörn, ihr die Tränen aus dem Gesicht zu wischen. »Genau davor hatte ich Angst«, murmelte er, während seine Finger sanft über ihre Haut strichen. »Dass der Abschied wehtut.« Sein Daumen fuhr über ihre Lippen, immer und immer wieder. »Und dass mir dein Kummer das Herz bricht.«

Sein gequälter Gesichtsausdruck sprach Bände.

Und plötzlich wusste Luisa mit absoluter Sicherheit, dass das hier – entgegen seiner Ankündigung – noch nicht das Ende war. Dass sie ihn wiedersehen würde.

Irgendwann würde er zurückkommen, auch wenn er sich das selbst noch nicht eingestehen wollte.

Diese Gewissheit half ihr, jetzt genau die Worte zu finden, die er so gern hören wollte und die ihm den Abschied erleichterten.

Sie holte tief Luft. »Dann ist unsere kleine Affäre jetzt wohl vorbei«, sagte sie leise. »Ich fand's sehr schön. Pass gut auf dich auf.«

Eigentlich hatte sie vorgehabt, mit ihrem Kummer allein zu bleiben und ihn zu späterer Stunde mit einer Flasche Riesling zu ertränken. Doch daraus wurde nichts.

Denn als sie ins Haus trat, war aus der Küche das ohrenbetäubende Brummen des Mixers zu hören und ein leckerer Duft nach Zwiebelbrot lag in der Luft.

»Luisa?«, rief ihre Mutter. »Ich brauche gleich mal deine Hilfe! Irgendetwas stimmt nicht mit diesem verflixten Ding!«

»Ich ziehe mich schnell um!«, schrie Luisa zurück.

»Was? Ich verstehe dich nicht!«

»Ich sagte, ich muss mich nur schnell mal umziehen!«, brüllte sie noch etwas lauter und machte einen Bogen um drei dicke Katzen, die im Gang Fangen spielten.

Als Nächstes traf sie auf Bianca, die gerade zwei Altkleidersäcke die Treppe hinaufschleppte und dabei leise vor sich hin fluchte.

»Das hat man nun davon, dass man seine Garderobe auf schick umstellt. Im nächsten Leben werde ich wieder Schriftstellerin.«

Und in Amelies Zimmer saßen ihre Tochter und Oma Lisbeth und stöberten online nach neuen Brillengestellen.

»Ich will noch mal genau das gleiche haben«, forderte die alte Dame mit energischer Stimme.

»So etwas Hässliches wird schon längst nicht mehr verkauft«, gab Amelie gnadenlos ehrlich zurück.

Oma Lisbeth kicherte.

Nein, in diesem Haus war wirklich kein Platz für einsamen Kummer, stellte Luisa aufseufzend fest, als sie endlich in ihrem Schlafzimmer stand und sich das Kleid auszog.

Hier war man niemals wirklich allein. Zwischen den alten Mauern wurde herzhaft gelacht, wild geträumt, lautstark diskutiert, heftig gestritten und sich genauso leidenschaftlich wieder versöhnt.

Hier sprudelte das Leben.

Manchmal schrill und bunt. Immer ein wenig verrückt.

Doch so war das nun mal mit Familie. Es bedeutete Verantwortung und Geborgenheit zugleich.

Und auf einmal wusste Luisa, dass sie nirgendwo anders sein wollte – sie gehörte hierher.

Wie zur Bestätigung kam ihr jetzt auch noch Charlottes Rat in den Sinn.

»Seid mutig, stark und voller Liebe! Lacht, weint und lebt laut!«

Das klang nach einem guten Plan.

Epilog

Zwei Jahre später

»Auf unsere *Charlotte*!«

Luisa hob ihr Glas, und Lisbeth, Marlies, Bianca und Amelie folgten ihrem Beispiel. Fünf Gläser wurden in den Himmel gestreckt, hell funkelte der Wein im Licht der untergehenden Sonne.

Es war ein warmer Sommerabend im Juli.

Die Frauen saßen an ihrer Lieblingsstelle im Weinberg, direkt am Weg zum Kloster der heiligen Hildegard. Seit dem letzten Jahr stand hier eine bequeme Bank, die lang genug für sie alle war. Luisa hatte sie errichten lassen, noch bevor die Weinlese begonnen hatte. Sie hatte auch für einen kleinen Holztisch gesorgt, auf dem die Frauen jetzt ihre Gläser abstellen konnten.

Der Tag war klar und sonnig gewesen, der Sonnenuntergang würde großartig werden. Das saftige Grün der Rebstöcke raschelte im Abendwind und der melancholische Gesang der Amseln wurde allmählich lauter.

Luisa seufzte glücklich. Diesen Tag würde sie nie vergessen!

Am Morgen war die Nachricht gekommen, dass ihr Riesling *Charlotte* den Preis für den besten Weißwein des Rheingaus gewonnen hatte. Sie hatten es alle kaum glauben können. Der erste Jahrgang, den sie gemeinsam produziert hatten – und dann gleich so ein Erfolg!

Der Anruf der Jury war mitten in die Vorbereitungen für eine Hochzeit geplatzt, die am Wochenende ausgerichtet werden sollte – und hatte erst einmal für eine kurze Arbeitsunterbrechung gesorgt. Jubelschreie waren ertönt und Freudentränen geflossen. Natürlich hatten sie auch sofort eine Flasche *Charlotte* trinken müssen. Dann aber hatten die Frauen beschlossen, das Feiern auf später zu verschieben. Es gab einfach noch so viel zu tun.

Und so saßen sie erst jetzt, am Abend, hier auf ihrer Lieblingsbank und schauten zu, wie die Sonne allmählich wie ein glühender Feuerball hinter einem Hügel versank.

»Morgen wird es wieder schön«, sagte Marlies. »Ich werde zur Sicherheit noch ein paar Kuchen mehr backen.«

»Ich helfe dir«, meinte Amelie.

Inzwischen war das Schwanthaler-Weingut zu einem beliebten Ausflugsziel geworden. Egal ob besondere Feierlichkeiten oder einfach nur ein gemütlicher Nachmittag mit der Familie – manchmal konnten sie sich vor dem Ansturm der Gäste kaum retten.

Zum Teil war das sicherlich Bianca zu verdanken, die bei allen Gelegenheiten kräftig die Werbetrommel rührte. Sie hatte es sogar geschafft, dass mehrere Hochglanzmagazine mit wunderschönen Fotoreportagen über das Weingut berichteten.

Aber auch Marlies hatte großen Anteil am Erfolg. Ihre Koch- und Backkünste waren mittlerweile in der ganzen Region bekannt, und mit ihrer freundlichen, warmherzigen Art bezauberte sie alle Gäste.

Meistens stand ihr dabei Bert zur Seite, der in seiner neuen

Rolle als Oberkellner völlig aufging. »Natürlich macht mir das Spaß. Ich arbeite ja auch im schönsten Weingut der Welt«, entgegnete er im Brustton der Überzeugung, wenn ihn jemand auf seine gute Laune ansprach.

Das schönste Weingut der Welt? Da konnte ihm Luisa nur aus ganzem Herzen zustimmen.

Die Renovierungsarbeiten waren Anfang letzten Jahres abgeschlossen worden. Jetzt strahlten die Räumlichkeiten in neuem Glanz – eine perfekte Mischung aus Alt und Neu.

Die vorhandene Bausubstanz hatte weitgehend erhalten bleiben können. Mauern und Fachwerk waren sorgfältig freigelegt und restauriert worden. Der ehemalige Schankraum wurde jetzt als Tagungssaal genutzt und im neu gestalteten Verkaufsbereich konnten die Kunden alles über die wechselvolle Geschichte der Familie Schwanthaler erfahren.

Das Herzstück des Weingutes aber bildete das Bistro, das sie auf den Namen »Rudolf & Paul« getauft hatten.

Es war aus der ehemaligen Scheune entstanden und entsprechend großzügig ausgefallen. In seinem Innern dominierten warme Pastelltöne den Raum, dessen Charme noch durch den hellen Holzboden und die hohe Deckenvertäfelung unterstrichen wurde. Mehrere geschickt platzierte Stehlampen tauchten abends alles in ein weiches Licht. Es gab einen separaten Bereich mit festlich gedeckten Tafeln und einen weiteren mit kleinen Tischen, bequemen Sesseln und bergeweise bunten Kissen – an jedem Wochenende ein beliebter Platz für Familien mit Kindern.

Der Zugang zur Küche war extra breit gestaltet worden, sodass jeder Gast bei Interesse einen Blick in Marlies' Reich werfen konnte. Auch dieser Raum strahlte perfekte Harmonie aus. Holzschränke, Edelstahlgeräte, Regale und mehrere Kühlschränke waren so angeordnet worden, dass man selbst bei großem Andrang ungestört arbeiten konnte.

Im Sommer stellten sie Tische in den Hof, breiteten auf der Wiese Decken aus und boten Picknickkörbe an. Im Herbst veranstalteten sie Weinproben und Feinschmeckertage. Und im Winter verwandelte sich das Weingut in ein Meer aus Kerzen und Lichterketten.

Kurz gesagt: Es war genauso schön geworden, wie sie es sich erträumt hatten. Vielleicht sogar noch ein bisschen schöner.

»Hättet ihr das gedacht?«, fragte Luisa und blinzelte in den rosaroten Abendhimmel. »Dass wir so bald schon einen so großen Erfolg feiern könnten?«

»Ich schon«, entgegnete Amelie prompt.

Sie studierte seit knapp einem Jahr an der Hochschule im benachbarten Geisenheim. Weinbau natürlich. Es war ihr fester Plan, eines Tages das Weingut zu übernehmen. Bei allem Ehrgeiz jedoch hatte sie es zum Glück bislang nie versäumt, sich auch um ihre Familie und ihre Freunde zu kümmern.

Seit ihre beiden kleinen Halbschwestern auf der Welt waren, verbrachte sie regelmäßig einen Tag pro Woche bei ihrem Vater. Lea und Mara waren zwei süße blonde Mädchen, die anscheinend jeden um den Finger wickeln konnten. Amelie erzählte immer ganz begeistert von ihnen, wenn sie abends nach Hause kam.

Um ihr ein wenig mehr Freiraum zu verschaffen, hatte Luisa für ihre Tochter die beiden ehemaligen Kinderzimmer im ersten Stock des Wohntraktes zu einem kleinen, aber komfortablen Apartment ausbauen lassen. Hier wohnte Amelie nun, meistens zusammen mit Jonathan.

Auch Jonathan hatte mit Biancas Hilfe seinen Schulabschluss geschafft und ließ sich zum Binnenschiffer ausbilden. Es war keine Frage, dass er einmal die *MS Rheinglück* übernehmen würde. Schon jetzt schmiedeten die beiden junge Leute große

Pläne, wie man ihre Familienunternehmen zukünftig miteinander verbinden könnte.

Das Schicksal geht oft merkwürdige Wege, dachte Luisa. Mit Marcos Sohn und ihrer Tochter schloss sich ein Kreis, der vor vielen Jahren begonnen hatte. Sie schluckte und blickte noch einmal in den Himmel hinauf. *Bist du darüber genauso erstaunt wie ich, Marco?*

»Ich wusste auch, dass wir das schaffen.« Biancas laute Stimme riss Luisa aus ihren wehmütigen Gedanken. »Aber dafür haben wir auch ganz schön schuften müssen!«

»O ja!«, stimmte Luisa ihrer Schwester zu und dachte an Monate voller Baulärm und Dreck. An die vielen Diskussionen mit Architekten und Handwerkern. Sie sah ihre Familie an der Traubenpresse stehen. Vor den Holzfässern. Im Weinberg, bei Wind und Wetter. Und sie spürte die skeptischen Blicke der anderen Leute, als wäre es erst gestern gewesen.

Sie hatten es allen gezeigt. Nicht zuletzt sich selbst.

Natürlich war der Umbau nicht ganz ohne familiäre Krisen abgelaufen. Insbesondere zwischen Luisa und Bianca hatte es immer wieder heftig gekracht. Doch im Gegensatz zu früher hatten die beiden sich bemüht, ihre Meinungsverschiedenheiten auszufechten, statt den Groll hinunterzuschlucken und weiter mit sich herumzutragen.

Mittlerweile konnten sie sich so akzeptieren, wie sie nun mal waren.

Mehr noch. Sie respektierten sich. Meistens jedenfalls …

»In meiner Hose ist ein Loch«, bemerkte Bianca und fuhr bedauernd über den regenbogenfarbenen Stoff. »Schade, das ist mein Lieblingsstück. Hoffentlich kann man das nähen.«

Die Phase, in der sie sich elegant gekleidet hatte, war längst wieder vorbei. Inzwischen hatte sie auch ihre Wäschesäcke wieder aus der Rumpelkammer gezerrt und zu ihrem typisch grellen Stil zurückgefunden.

Merkwürdigerweise störte ihr schriller Auftritt die Kunden nicht. Manchmal glaubte Luisa sogar, dass Bianca gerade wegen ihrer Eigenarten so großen Erfolg bei ihren Verkaufsaktivitäten hatte.

Sie war authentisch. Ein bisschen verrückt vielleicht, aber authentisch. Eine Kombination, die ankam.

Außerdem trat sie mittlerweile wesentlich selbstsicherer auf – was vermutlich auch eine Folge ihres schriftstellerischen Erfolges war.

Charlottes Geschichte hatte die Menschen bewegt, schon sehr bald nach Erscheinen war Biancas Buch ausverkauft gewesen. In diesem Frühling hatte sogar ein kleiner Verlag Interesse an einer Veröffentlichung angemeldet.

Wenn diese Zusammenarbeit zustande käme, so hatte Bianca verkündet, würde sie ihre Autorenkarriere noch einmal überdenken. Eventuell würde sie dann sogar Frobert Gießwein und seinen Kater wieder ausgraben.

»Ich war mir nicht ganz so sicher, dass wir es schaffen«, sagte Oma Lisbeth jetzt. »Aber ich habe natürlich nichts gesagt.«

»Wie?«

»Was?«

»Gerade du?«

»Nee, oder?«

»Doch, ich war skeptisch.« Die alte Dame nickte. »Vor allem deshalb, weil ich nicht wusste, ob wir uns alle zusammenraufen können.«

»Aber es klappt doch wunderbar«, entgegnete Marlies.

Luisa biss sich auf die Lippen.

Natürlich sah ihre Mutter die Realität mal wieder ein wenig zu rosarot.

»Aber klar doch, Oma«, grinste Amelie, auch sie verkniff sich jeden bösen Kommentar.

»Immerhin hat sich unsere Familie durch unsere neue französische Verwandtschaft enorm vergrößert«, entgegnete Marlies.

Die Belforts hatten sich als reizende Menschen entpuppt, die sie nur zu gern in ihren Kreis aufgenommen hatten. Die erste Begegnung zwischen Oma Lisbeth und *grand-père* Louis war rührend verlaufen und auch jetzt noch besuchte man sich regelmäßig zu jeder Gelegenheit.

»Und was ist mit dir, Mama?«, fragte Amelie.

»Was?« Luisa schreckte aus ihren Gedanken auf.

»Hättest du geglaubt, dass wir so schnell Erfolg haben würden?«

»Nein, niemals.«

»Typisch Luisa. Erst mal schwarzsehen«, bemerkte Bianca. Doch sie klang dabei nicht spöttisch, sondern gutmütig.

»Und?«, wollte Amelie wissen. »Bist du glücklich darüber, wie es gekommen ist?«

»Ja, das bin ich«, sagte Luisa. *Wirklich.*

Ihr Wagnis hatte sich ausgezahlt. Nicht nur finanziell, sondern auch, was ihre Familie betraf.

Sogar Jörn war wieder da.

Nach einem Jahr Abwesenheit hatte er irgendwann plötzlich in der Tür gestanden und sie mit einem schiefen Grinsen abwartend angeschaut. Genauso groß, stark und gut aussehend, wie sie ihn in Erinnerung gehabt hatte.

Und doch hatte er sich verändert.

Seine Berührungen waren zärtlicher geworden. Seine Augen ruhten jetzt öfter nachdenklich auf ihr. Und er war auch nicht mehr so viel unterwegs.

Überraschenderweise hatte er auch ohne zu zögern zugestimmt, in Amelies ehemaliges Zimmer zu ziehen, da seine frühere Kammer dem Umbau zum Opfer gefallen war.

Und so wohnten sie jetzt Wand an Wand, zumindest

offiziell. Inoffiziell verbrachte Jörn die meisten Nächte in Luisas Bett.

Ob das etwas zu bedeuten hatte? Gefiel ihm das?

Und was war mit ihr? War sie nicht viel zu beschäftigt für so eine komplizierte Beziehung? Falls man das überhaupt so nennen konnte …

Nun, sie würde wohl abwarten müssen! Und es fiel ihr nicht einmal besonders schwer.

»Die Liebe hat viele Gesichter«, hatte Charlotte geschrieben. *»Und jedes einzelne ist intensiv und einzigartig.«* Luisa war noch längst nicht fertig damit, diese vielen unterschiedlichen Facetten der Liebe zu erkunden.

Sie erhob ihr Glas. »Auf uns!«

»Auf uns!«, kam es vierstimmig zurück.

»Auf unser Weingut!«

»Auf unser Weingut!«, wiederholten alle.

Plötzlich wurde das abendliche Vogelgezwitscher lauter.

Und wie aus dem Nichts kam eine frische Brise auf.

Sie wirbelte durch den Weinberg, raschelte in den Blättern und zerzauste die Haare der Frauen. Die Luft schmeckte klar und frisch und es duftete herrlich süß und verlockend.

»Es ist, als würde sie vor Freude tanzen«, murmelte Oma Lisbeth verträumt.

Niemand fragte, wen sie meinte. Sie wussten es auch so.

Luisa hob ihr Glas.

»Auf Charlotte! Und auf den besten Riesling aller Zeiten!«

MIX

Papier | Fördert
gute Waldnutzung

FSC® C083411

Zeitfracht Medien GmbH
Ferdinand-Jühlke-Straße 7
99095 Erfurt, Deutschland
produktsicherheit@kolibri360.de

Druck:
CPI Druckdienstleistungen GmbH
im Auftrag der
Zeitfracht Medien GmbH
Ein Unternehmen der Zeitfracht - Gruppe
Ferdinand-Jühlke-Str. 7
99095 Erfurt